JN130764

私、不運なんです!?

Sachiko & Takashi

あかし瑞穂

Mizuho Akashi

エタニティ文庫

目次

私、不運なんです⁉

一話　私、不運なんです

――私、寿幸子《ことぶきさちこ》は――会社で『社内一不運な女』と呼ばれている。

元々、私のひいひいおじいちゃんが、祈祷師《きとうし》だかなんだかの一派で、そこで起こった跡目争いに巻き込まれて……呪《のろ》いをかけられ、この『不運力』を授かった（？）と言われている。だから、寿家には、『不運な人間』がたまに生まれてくるのだとか。……つまり、私の『不運』は筋金入りなのだ。

思えば幼少の頃から、入園・入学、卒業時の集合写真で、隅っこの小さな枠に収まらなかった事はない。どんなに元気でも、当日になると、発熱、嘔吐《おうと》、下痢《げり》、インフルエンザで欠席……

好きな男の子の前でずっこけて膝小僧《ひざこぞう》をすりむき、その手当てをしてくれた私の親友に、その男の子が一目惚《ひとめぼ》れ……なんて事は、日常茶飯事《にちじょうさはんじ》。いつもちゃんとやってる宿題をたまたま忘れた日に、先生からあてられる事も、しょっちゅうだった。

中学入試は、遅刻しそうになり、焦《あせ》ったせいで答えを書く欄が一つずつずれて、不合格。高校入試は、会場に向かう途中で事故渋滞《じゅうたい》に巻き込まれたけれど、ギリギリセーフで滑《すべ》り込んだ。かと思ったら試験の途中でお腹が痛くなり、退席……不合格。そして、第一志望の大学入試は……やめよう。不毛な話だ。

第二志望の短大に進んだ後の就職も、難難難難を極《きわ》め……数えきれないほどの会社に落ちた。不運体質の上に、おっちょこちょいな性格も兼《か》ね備《そな》えている私は、緊張するとドジを踏んでしまう。就職活動でも、その能力を遺憾《いかん》なく発揮し、何度も面接官の目を丸くさせた。

なんとか今のKM株式会社に入社できたのは、おじいちゃんの知り合いの知り合いが、KM社の誰かと知り合いだった、とかいうコネ（？）とも言えないような御縁《ごえん》があったから。

KM社は元々建築会社だったけれど、今では市街計画や百貨店改築等のコンセプトを提案する、中堅の総合建築コンサルティング企業だ。総務部や人事部といったスタッフ部門も充実してるから、そういう目立たない部署で縁《えん》の下の力持ちとして役に立ちたいと希望を出したのに……新人研修後に配属されたのは、男性社員の憧れ＋《プラス》美人で仕事がばりばりできる女性社員が揃《そろ》ってる、秘書室だった。挨拶《あいさつ》の時、先輩秘書のおねーさま方の顔には『どうして、こんな子が秘書室にっ⁉』って書いてあったよね……はあ。

(配属先まで、不運……)

とはいえ、役員の皆さんが気さくなのは幸運だった。小柄な私は『娘か孫のようだ』と古参《こさん》の役員さん達に飴《あめ》をもらったりして、可愛がってもらっている。そんな役員さん達のためにも、会社に貢献《こうけん》できるよう一生懸命頑張ろう。そう思ってるのに、やっぱり不運属性が発現し、ここぞという場面で誰かにぶつかって書類を撒《ま》き散らしたり……派手にやらかしてしまう。

(そう、特に……)

――鋭《するど》い目付きの鉄仮面を思い出し、私は溜息をついた。あの人の前だと酷《ひど》いんだよね、ドジが。苦手意識があるからか、自意識過剰なだけなのか……いっつも睨《にら》まれている気が……する。最近は、なにかドジを踏むたびに、ぽかっと小突《こづ》かれるようにまでなってきた。そんな事する役員は彼しかいない。なんなんだろう、あの人は。

(きっと、相性が悪いんだよね……うん)

鉄仮面の攻撃にもめげずに七年間、頑張ってなんとかここまで来たけれど……はあ。

明日は、一番仲が良い同期の女の子の結婚式。多分寿《ことぶき》退職してしまう。これで何人目だろう……

当然ながら(?)私に彼氏はいない。私の『不運』は、恋愛関係だとほぼ百パーセントの割合で発動する。いい雰囲気になっても、絶対に邪魔が入ってだめになるのだ。反対に、私の親しい友人は恋が成就する割合が高く……「幸子って幸運のマスコットかも！」と言われた事もあったなあ。

「はあ……」

一人暮らしのアパートに、溜息だけが響く。私は気を取り直してクローゼットを開き、薄いクリーム色のワンピースを手に取った。

「これ着るの、何回目かなあ……」

ついでに、あと何回着るのかな。それで一体……

「……いつ、自分の結婚式ができるのかなあ」

好きな人もいない状態からじゃあ……まだまだだよねえ。

私はまた、深い溜息をついた。


——自分の筋金入りの『不運』が、とんでもない悲劇を引き寄せようとしてるとは、この時まるで気が付いていなかった。

二話　やっぱり、不運かもしれない

白いチャペル。色とりどりの薔薇《ばら》の花がいっぱい飾られた、有名ホテルの披露宴《ひろうえん》会場。美男美女のカップルに、舞い散る紙吹雪《かみふぶき》。本当に、結婚情報誌のＣＭのワンシーンに出てきそうな光景だった。

「美恵子《みえこ》……おめ、でどう」

ぐしぐしと涙を拭《ふ》きながら、なんとか祝福の言葉を贈った私に、白のウェディングドレスを身にまとった美恵子が困ったような笑顔を見せた。

「もう、幸子ったら……赤鼻のトナカイ状態になってるわよ」

「ぞ、ぞんな事……言われで、も」

同じ秘書室所属の村越《むらこし》美恵子。秘書にふさわしくない、と私に対して眉を顰《ひそ》める先輩秘書のおねーさまが多い中、「同期だから仲良くしてね？」と笑って言ってくれた彼女。大事な会議の資料を運ぶ途中で、『不運』を発動して書類を廊下に撒《ま》き散らした時、すぐに拾うのを手伝ってくれたのも彼女だった。先輩秘書から目をつけられる事が多い私を、いつも庇《かば》ってくれていた。

　本当に、今日の彼女は綺麗で、お姫様みたいで。今までの苦労を知っているだけに、嬉しくて……そしてちょっと淋《さび》しくて、涙が止まらなかった。

「寿さんのおかげだよ。いろいろ美恵子の相談に乗ってくれて、ありがとう」

　私は涙目のまま、美恵子の隣に立つ、背の高い男性を見上げた。美人の美恵子と並んでも遜色《そんしょく》ない、白の婚礼衣装を身にまとった、麗《うるわ》しの王子様。

「専務……」

　──鳳裕貴《おおとりひろたか》。我が社の社長の二番目の息子で、専務。彼が美恵子に目を留めたのは、先の書類を拾い集める美恵子を、たまたま通りかかった専務が見たのがきっかけだった、と聞いている。

　美形で人当たりがよく、仕事のできる社長令息《れいそく》。そりゃあモテないわけがない。私だって、ちょっと憧れてたところもあるし。だから、美恵子に対する女子社員からのバッシングは酷《ひど》かった。

　──ぼろぼろにされた鞄《かばん》。落書きされたロッカー。罵詈雑言《ばりぞうごん》のメール。美恵子が会社で泣きそうになっているところを何度も見た。

　どんどん顔色が悪くなっていく美恵子を、なんとか元気付けようとしたけれど、あまり上手くいかず……おまけに、そんな時に限って私の『不運』が発動してしまった。

次の会議に提出する資料を完成させた直後に落雷に見舞われ、なんの因果《いんが》かデータが消えてしまったのだ。しかも他の人のパソコンは、まったくの無傷だったらしい。

美恵子が手伝ってくれて、二人で残業して資料を作っていたら……なんとその時に、美恵子に嫌がらせしていた犯人が机に悪戯《いたずら》しようとしているところに出くわした。当時専務の専属秘書だった加藤《かとう》さんが犯人だったなんて、思ってもみなかった。

『あなたなんか、なにもできないくせに！　私はずっとずっと専務を支えてきたのよ⁉　なのに、あなたなんかに……っ！』

そう言って、美恵子に飛びかかろうとした加藤さん。それを止めるべく、二人の間に割《わ》って入った私は、勢い余って加藤さんにぶつかり、そのまま加藤さんを巻き込んで、思いっきり派手にすっ転んでしまった。

その時に加藤さんが足首を酷《ひど》く捻挫《ねんざ》して数日休む羽目《はめ》になって、そのまま会社に戻る事なく退職。その間に彼女がしていた、美恵子への数々の嫌がらせが公《おおやけ》になった。

主犯格だった加藤さんがいなくなったせいか、他の嫌がらせも下火になり、美恵子の顔に笑みが戻った。

専務には「美恵子を守ってくれてありがとう」と感謝されたけど、正直複雑な思いだった。私の『不運』が役立ったって……

「美恵子からよく聞かされたよ。辛い時、寿さんにとても励《はげ》まされたって。それがなかったら、俺の事も諦《あきら》めていたかもしれないって……本当にありがとう」

そこまで言われると、なんだか恥ずかしいけれど……幸せそうな二人の姿に、私も思わず笑みがこぼれた。

「美恵子の事、よろしくお願いします」

ぺこり、と頭を下げた私に、専務は「ああ」と答え、その後、なにかを思い出したらしく、ぽん、と手を叩いた。

「そうだ、寿さん。また改めて話があると思うけれど」

「はい？」

私は優しい笑みを浮かべた専務を見上げた。専務はにっこりと笑いながら、大きな爆弾を一つ、私の頭上に投下した。

「兄貴が君を専属秘書に欲しいって。だから、そのうち人事の話がくると思うよ？」

「……はぁっ⁉」

私の感動の涙は、どこかにすっ飛んだ。ぶわっと脳裏《のうり》に浮かぶ、鉄仮面。ああ、兄貴って……あの、兄貴ですかっ⁉　もう一人、どこかに生き別れの兄貴がいるなんて事はないんですか、専務っ⁉

「え、あの、私、そんな……」

戸惑いを隠せない私の背後から……地獄へと招くような、低ーい声が聞こえてきた。

「よもや断ろうなどと考えてるわけではないよな？　……寿」

（ひいいいいっ！）

顔を引き攣《つ》らせ、冷や汗をかきながら、そっと後ろを振り返ると、そこには……

「ふ、副社長……」

黒の礼服をびしっと着こなし、端整《たんせい》な顔に、それはそれは邪悪《じゃあく》な笑みを浮かべた、長身の男性が立っていた。

ああ、親友の結婚式《こんな時》にまで、私の『不運』属性は健在なんだろうか……

（恨《うら》むわよぉぉぉ、ひいひいおじいちゃんっ！）

心の中で、『呪《のろ》い』の元凶である高祖父《こうそふ》に当たってみたものの、とっくの昔にご昇天《しょうてん》された人に言っても仕方がない事で。

私は、はああと重い溜息をついて、鋭《するど》い目付きの鉄仮面に向き直った。

――鳳貴史《たかし》副社長、確か今年で三十四歳。社長の長男で専務の兄、だ。

いつも笑みを絶やさない専務と違って、副社長は無表情がデフォルト。美形の無表情って、能面みたいで非常に怖い。しかも鋭《するど》い目で、事あるごとに睨《にら》みつけられている私としては、是非《ぜひ》とも関わり合いになりたくない相手、である。

（絶対、大口開けて笑ったら口元からひびが入って、ぴきぴき顔が割《わ》れるに決まってるわ、この人！）

私は、ほほほと引き攣《つ》った愛想笑《あいそわら》いをしながら、無言の圧力をかけてくる副社長に言った。

「わ、私のような若輩者《じゃくはいもの》が副社長の専属秘書など、恐れ多くて。秘書室には他に、優秀で適任な人材がおりますから……」

「――決定事項だ。来週から引き継《つ》ぎに入る。準備しておけ」

うぐ。ばっさり切り捨てられたっ。二の句を継《つ》げない私をちら、と見下ろした後、副社長は専務の方を見た。その顔に笑みらしきものが見えて、私は目が点になる。

「良かったな、裕貴。美恵子さん、裕貴をよろしくお願いします」

あ、美恵子が頬を染めてる。専務はちょっとむっとしてる。

「はい……こちらこそ、よろしくお願いいたします」

副社長、こんな表情もできるんだ……とぼんやり思っていた私の頬が、突然うにっと引っ張られた。

「痛っ！」

なにするのよ、いきなりっ！　右のほっぺたを押さえ、私は涙目で副社長を睨《にら》む。副社長の顔は、また無表情に戻っていた。

「お前、今、失礼な事を考えていただろう」

「そ、そんな事……っ」

なに言ってるの、いきなり人の頬つねる方が失礼じゃないっ‼　そんな、私の心の叫びを察知したのか、副社長の右眉が上がった。

「お前がぼーっとしてる時に、口で言っても始まらん」

く、悔《くや》しい……っ！　けれど、当たっているだけに反論できないっ……！

うぐうぐと唸《うな》り声を上げる私に、にんまりと極悪な笑みを浮かべた副社長が言った。

「楽しみにしてるぞ？　お前の『不運』とやらを」

――ああ、やっぱり、私は『不運』なのかもしれない。

副社長の面白がるような視線に、私はまたもや深い溜息をついた。

三話　そもそも、始まりから

今にして思えば、副社長とは最初の出会いからして最悪だった。

――やっとこぎつけた就職最終面接の日。私は会社の一階玄関ロビーのど真ん中で、カエルのように床にのびていた。

早めに乗った電車の中。隣の人が青い顔をして、ふらふらしているのに気付いた。慌てて支えて、駅員さんに知らせ、それで電車が停止して遅れて。駅からバスに乗ろうとしたけれど、乗ったバスに不具合があったとかで途中で降ろされた。タクシーを捕まえたけど、交通事故で渋滞《じゅうたい》。仕方ないからその場で降り、残り三〇〇メートルほどを必死で走って、なんとか時間ぎりぎりにロビーに滑《すべ》り込んだところで、派手にすっ転んだ。

「うう……痛たた……」

四つん這《ば》いの状態でふと前を見ると、ぴかぴかの高そうな革靴が。そのまま視線を上げていくと……いつまで経っても足⁉　遥《はる》か上の方から、低い声が聞こえた。

「面接に来たのか？」

あ。郵送されてきた書類が散らばったままだった。

床に散らばった封筒やポーチを肩掛け鞄《かばん》に入れ、勢いよく立ち上がったら……

「す、すみませんっ‼」

「んきゃっ⁉」

今度は踵《かかと》がずるりと滑《すべ》って、ひっくり返りそうに。そんな私の腰を、がしっと大きな手が掴《つか》んだ。見上げると、無表情な美形がじっと見下ろしていた。その視線に、どくん、と心臓が鳴る。

「ごごご、ごめんなさいっ！」

離れようと身を引いた私の足首に、ずきっと衝撃が走った。

「……っ⁉」

ぐらり、と揺れた身体がまた、力強い腕に捕らわれる。すっと目を細めた男性は、黙ったまま私の右足を――パンストが破けて、膝《ひざ》が丸出しになっている足を見た。

「えっ⁉」

次の瞬間、急に視界が高くなった。床がいつもより、ずっと遠いっ⁉

「あああああ、あのっ⁉」

男性が、ひょい、と私を左肩に担《かつ》いでいた。お姫様抱っこではない。いうなれば、米俵《こめだわら》だ。あああ、周りの人達が何事かと集まりだした。視線が痛いっ……！

「その足、医務室で診《み》てもらえ。歩きにくいだろう」

私を担《かつ》いだまま平然と歩き始めた男性の背中をぽこぽこ叩きながら、私は焦《あせ》って叫ぶ。

「で、でもっ、面接の時間がっ……！」

ぴたり、と足を止めた男性は、上着のポケットからスマホを取り出した。

「……ああ、俺だ。今日の面接だが……」

スマホを耳から離し、男性が私に顔を向ける。男性の肩と背中に手を置いて顔を上げた私は近距離で見るド迫力な美形に、息を呑んだ。頬が熱くなる。

「お前、名前は？」

「こ、寿幸子、です……」

——一瞬、男性が固まった気がした。

「寿……？」

「は、はい……」

しばらく沈黙した後、男性はまたスマホを耳にあてる。

「今日これから、寿幸子という学生の面接予定が入っているだろう。怪我をしているようだから医務室に連れていく。面接の時間を遅らせておいてくれ」

「え」

私が目を丸くしていると、通話を終えた男性はスマホをまたポケットに入れ、ふたたび歩き始めた。

「あ、ありがとう……ございます」

「……」

周りが、ざわめいてる。社員と思《おぼ》しき人達の、驚きの表情を見るのが恥ずかしくて、私は広い背中に顔を伏《ふ》せた。そして、そのまま大人しく俵《たわら》となって担《かつ》がれていったのだった。


「……え」

面接官が居並《いなら》ぶ会議室で、私は目が点になった。

「寿幸子。短大卒の二十歳。……高校卒かと思っていた」

真正面に座り、じーっと書類を見ているその人は、医務室に私を運んだ後、さっさとその場を立ち去った彼だった。

「……専務、彼女がそうですか？」

彼の隣に座った、年配の男性が尋ねる。彼は、ああ、と答えて顔を上げ、真っ直ぐに私を見た。

——澄《す》んだ漆黒《しっこく》の瞳。すっと鼻筋の通った顔は、やっぱりとても綺麗だった。

「ＫＭ株式会社専務、鳳貴史だ。……寿」

名前を呼ばれて、思わずびくっと身体が震える。そんな私に、専務はどこか面白がるような視線を向けてきた。そうそう、この時まだ副社長は専務だったんだ。

「……で？　何故《なぜ》さっきロビーの床に這《は》いつくばっていたのか、ここで説明しろ」

朝、家を出てからの不運の数々を正直に話した私を見る面接官の方々の表情は、怪《あや》しむものばかりだった。……約一名を除いては。

「判った。で、志望動機だが……」

専務があまりにあっさり話を進めたので、逆に焦《あせ》ってしまった。

「あ、あの……私の話、信じるんですか？　こんな突拍子《とっぴょうし》もない……」

じろっと睨《にら》まれて、私は首を竦《すく》めた。ううう、ヘビに睨《にら》まれたカエルの気持ちが判る……っ。

「嘘をつくなら、もう少しまともな話をするだろう。お前の様子もぼろぼろだったしな。作り話をする余裕などなさそうに見えたが」

「は、い……」

専務がそう言うと、周りの面接官も納得したような表情を浮かべた。助けられたのか、そうでないのか、よく判らない……。

――その後は、ごくごく普通に面接が進み、私は「ありがとうございました」とお辞《じ》儀《ぎ》をして会議室を出るまで、なんとか冷静さを保つ事に成功した。

でも、外に出た途端《とたん》に力が抜けて、溜息が出た。

ああ、今回もだめなんだろうなあ。よりによってロビーでずっこけて、会社の専務に担《かつ》がれるなんて……鈍《どん》くさくて使えそうにない奴って思われたよね……

私は肩を落とし、湿布《しっぷ》を貼った足を引きずりながら、KM社を後にした。


――しかし数日後に届いたのは、採用通知だった。信じられなくて頰をつねったけれど、やっぱり痛かったので本物だと理解した。

私は実家である寿堂《ことぶきどう》に戻り、採用通知を黒塗りの仏壇に供《そな》えて報告した。ちなみに寿堂は、私の祖父が営む和菓子屋である。

(お父さん、おばあちゃん……無事就職できました。見守っていてくれて、ありがとう)

手を合わせて拝んでいると、私の横に藍色《あいいろ》の作務衣《さむえ》を着たおじいちゃんが座った。おじいちゃんが右手に持っている赤い小皿の上には、見た事のない和菓子が載っている。

繊細《せんさい》な細工《さいく》の練り切り……

「あ、もしかして新作?」

「……ああ。幸一《こういち》とあれにも食べて欲しいと思ってな」

私が横にずれると、おじいちゃんは座布団に座った。小皿をお供《そな》えして鈴《りん》を一回鳴らし、白髪頭を下げて手を合わせる。おじいちゃんはいつも、新作の和菓子ができるとお供《そな》えしてるよね。この練り切りも、そのうち寿堂のショーケースに並ぶんだろうな。

「良かったな、幸子。勤め先がやっと決まって、ほっとしただろう」

おじいちゃんが私の方を向いて微笑んだ。私は「うん」とうなずきつつも、首を傾げた。

「でも……なんでかよく判らないの。役員さんの前で、思いっ切り転んじゃったし……」

「そりゃあ、わしの可愛い孫娘の魅力に気が付いたからに決まってるだろうが。お前を就職させるんだからな、その会社には感謝してもらいたいぐらいだぞ?」

「いや、それは身びいきってもんで……」

こんなドジな人間、厄介者《やっかいもの》扱いされてもおかしくないんだけど。私がそう言うと、からからから、とおじいちゃんが高笑いをした。

「そのうち、嫌でも判る。あそこでお前を必要としている奴がいる、って事がな」

「そう……かな……」

くしゃくしゃと私の髪をかき回したおじいちゃんに、私もふふっと笑顔を向けた。

——で、入社してみたら、まさかの秘書室配属だった、と。

秘書室って、いわゆる女性のエリート、社内の高嶺《たかね》の花が揃《そろ》ってる部署じゃないの⁉

そこに、ちんちくりんな私が紛れ込んでもいいの⁉　辞令をもらった時の衝撃は、七年経った今でも忘れられない。

先輩秘書の方々の目は、当然のごとく冷たかった。でも、そんな中で唯一《ゆいいつ》、私にふわっと微笑んでくれた女性がいた。

『……私、村越美恵子。同期になるのね、よろしく』

優しい笑顔。すらりと背が高くて、モデルみたいな美人。同期だけど、先輩みたいに感じた。

『私、寿幸子。こちらこそ、よろしく！』

私もにっこり笑って、美恵子の手をしっかりと握った。

＊＊＊

「うーん……もぐもぐ……はあ」

竹の菓子切りで鶯色《うぐいすいろ》の練り切りを切り、口に運ぶ。ほんのりとした甘さが、口の中に広がった。さすが、おじいちゃんの和菓子。心が和《なご》むなあ……

「なに唸《うな》ってるんだよ、姉貴」

過去の回想を遮《さえぎ》る声に、私は顔を上げる。ことん、と目の前のこたつテーブルに、薄緑色の湯呑みが置かれた。緑茶のいい香りが鼻をくすぐる。

「ありがと、幸人《ゆきと》」

紺色チェック柄のパジャマを着た幸人が、私の前にどかっと座り、手に持っていた紺色のマグカップに口をつけた。私も湯呑みを両手で持ち、温かいお茶を一口飲む。お茶独特の柔らかな苦みが和菓子の甘みと調和して、なんとも言えない美味《おい》しさだ。

「美味《おい》しい」

幸人って、本当よく気が利くわよねえ……私は、まじまじと目の前の弟を見た。幸人は二歳年下で、身長は百八十二、私より三十センチ高い。すっと鼻筋が通った和風イケメンだ。一緒に歩いていても、私が年上に見られる事は、ほぼ百パーセントない。姉の威厳《いげん》はどこ行った。

「で？　なにがあったんだよ？」

私が目を丸くすると、はあ、と幸人が溜息をついた。

「姉貴が実家に戻ってくる時って大抵、なんかドジ踏んだか、悩んでる時だろ？　さっきから、こたつに潜《もぐ》って、うんうん唸《うな》ってるしさ。ほら、さっさと話せよ」

「……うう」

（バレてる……）

——落ち込んでる時には、おじいちゃんの和菓子を食べる。それが一番、元気が出る方法。だから、嫌な事があった時やドジした後は、ここ寿堂に戻る事が多い。渋めのお茶を飲みながら、優しい甘さの和菓子に舌鼓《したつづみ》を打つ。それだけで、また明日も頑張ろうって思えるから。

隠そうとしても、いっつも幸人にはバレるのよねえ……悩みがあるって。私も溜息をつき、幸人に美恵子の結婚式で聞いた話をした。

「でね、来週から……副社長付きになりそうで……ううう」

ぐてっと、こたつテーブルに頭を載せた私に、幸人が眉を顰《ひそ》めて言った。

「その副社長って、どんな奴？」

「長身美形な鉄仮面」

きっぱり言い切った私に、「なんだ、それ」と幸人が突っ込んだ。

「だって……私が失敗してるところに、必ずと言っていいほど居合わせるのよ⁉　そのたびに睨《にら》まれて……っ」

思わずぐっと拳《こぶし》に力が入る。そりゃ、あちこちでぶつかったり、転んだりしてるけど！　でも、幸人以上に長身な副社長に見下ろされる、ちんくしゃな私の気持ちにもなって欲しい。威圧感《いあつかん》、ハンパじゃないんだから！

「仕事ができて、社長の息子だからモテるし……秘書室で総スカンくらいそう……」

　はあああ、と溜息をつく私の頭を、幸人がぽんぽん、と軽く叩いた。

「きっと大丈夫だろ。ああ、今度新作作るからさ、また食いに戻ってこいよ。姉貴に食べて欲しいから」

　成績優秀で東大にだって行ける、と言われてた幸人は、高校卒業後あっさりとおじいちゃんの弟子《でし》になり、和菓子職人の道に入った。「元々寿堂を継《つ》ぐ予定なんだから、早い方がいいだろ」って言って。もったいないって私は言ったけど、幸人は「やりたい事やってるから」と意《い》に介《かい》さずだった。

「うん……ありがと、幸人」

　幸人の方が、お兄ちゃんみたいだよね……小さい頃は、すごく可愛くて女の子みたいだったのに。

「私のスカート穿《は》いたら、すんごい似合ってて『寿堂に美少女がキター』って評判になった幸人が、大きくなったねえ……」

　私がしみじみ言うと、幸人の頬骨あたりがぱっと赤くなった。

「……っ、無理矢理着せておいてなに言ってんだよ⁉　そんな黒歴史は記憶から消せっ！」

「えーっ、可愛かったのに！　ほら、おかーさんだって褒めてたじゃない。『シンデレラみたいね、幸人』って」

「あの人の感性は人と違うだろうがっ‼」

そんなに大声で叫ばなくても。今だって女装したら、きっと私より美人だよ、幸人。でかいけど。

「……そう言えば、おかーさん、どうしてるかなあ……最近、顔見てないし」

私と全然似てないおかーさんは、一言では言い表せない人物だ。お父さん亡き後、アメリカ人と再婚し、そのまま世界中を飛び回っている。今どこにいるのかさえ、不明だ。

すると幸人が、ぼそっとつぶやく。

「昨日、ジャックからメール来てた。二人でどっかの奥地にいるらしいぞ」

「……なんかまた、怪《あや》しそうな……」

余計なトラブル引き起こすからなあ、おかーさんは。まあ、頼れる旦那さんのジャックが一緒なら安心だけど。それなら当分日本には帰ってこないかな。

私はふと仏壇の方に顔を向けた。

「……幸人って、お父さんに似てきたよね」

写真の中で笑うお父さんの顔は、目の前の弟によく似てて。幸人の方が、お父さんの本当の子供みたい。

すると、幸人がすっと目を細めた。

「なんだよ、突然。そりゃ伯父《おじ》と甥《おい》の関係なんだから、似るだろ多少は」

お父さんは優しい声と大きな手の持ち主で、いつも笑顔で見守ってくれていた。私が小学校に上がる前に病気で亡くなって、すごく悲しくて。涙も出なくなった私の前に現れたのが、幸人だった。

将来の寿堂の後継者にって、従弟《いとこ》――三人兄弟の末っ子だった幸人が、私の『弟』になってくれた。お父さんの弟である孝造《こうぞう》叔父さんが、一人っ子だった私の事を心配してそうしてくれたんだって知ったのは、ずいぶん後の事だったけれど。

「あの時、幸人が弟になってくれて、とても嬉しかったよ。ありがと、幸人」

私がそう言うと、一瞬、幸人の目が光った気がした。

「……ほら、さっさと飲めよ。明日も会社なんだろ？」

「……うん」

私は弟に、にっこりと笑いかけ、また湯呑みに口をつけた。

四話　専属秘書に、なりました

「聞いたわよ、異動の話。一体どういう事、寿さん⁉」

「……私にも判りません。副社長にお聞き下さい」

朝っぱらから目を吊り上げた秘書室の面々に迫られて、私はげんなりしながら答えた。机の上で書類の整理をしている手は止めなかったけど。

「んまっ、一番できそこないの秘書のくせに、生意気なっ‼」

私は一番いきり立っている二年先輩の佐々木真由香《ささきまゆか》に目を向けた。軽いウェーブのかかった黒髪に、つんとした表情。いつ見てもペルシャ猫を思い出すような美人だ。確か、あの加藤さんと同期で、なにかと競《きそ》い合ってた仲、だと聞いている。

「突然言われたので本当に、私はなにも知らないんです。……ですから、詳しくは副社長に」

――と言った瞬間、佐々木さんの手が動いた。ばしっという音と共に、書類があたりに散る。

「せいぜい媚《こび》でも売って、恥をかくがいいわ。どうせ副社長の気まぐれでしょうから……『社内一不運な女』が、どんなものだか試したいんだわ、きっと。『社内一強運の男』って有名な副社長の事だから」

「……」

『強運の男』って通り名も、イタイわよねえ……私は心の中で溜息をつき、床に落ちた書類を拾い始めた。

「まあまあ、佐々木さん。どうせ、この子の事だから、なにかやらかして即お役御免《やくごめん》になるわよ」

……はい、それを切《せつ》に願ってますが。

「そうよ、副社長の専属秘書に一番ふさわしいのは、主任である佐々木さんですもの」

秘書室所属の一般秘書が、各部署の部長や専属秘書の手伝いを持ち回りで行《おこな》っているのに対し、専属秘書は特定の役員直属の秘書だ。役員側から能力を見込まれて引き立てられる事が多く、秘書の中でもエリート扱いされている。だから、みそっかすの私が取り立てられたとなったら、皆様のプライドは傷付くわよねえ……

「えっと……あと一枚……」

入り口付近まで飛ばされた書類を拾っていた私の視界に、ぴかぴかに磨かれた黒の革靴が入ってきた。

「なに、床に這《は》いつくばってるんだ？　寿」

頭の上から落ちてきた呆《あき》れたような声に、私は顔を上げた。

「は、い？」

じっとこちらを見下ろす鋭《するど》い視線。慌てて立ち上がろうとして、右のヒールがずるりと滑《すべ》った。

「きゃ……！」

尻餅《しりもち》をつきそうになった私の腰に、がしっと力強い腕が回された。そのままぐいっと身体を引き寄せられて、副社長の広い胸に、もたれかかる格好になる⁉

「相変わらずだな、お前は。もっと足元を確認しろ」

「はははは、はいっ！」

はーなーしーてーっ‼　胸に片手を当てて、距離を取ろうとしても何故《なぜ》か放してくれない。スーツ越しに温もりを感じ、いたたまれない気持ちになる。秘書の皆さまから、殺気《さっき》がめらめらと立ち上っているのを感じ、背筋がぞっと寒くなった。

「……失礼ですが、副社長。寿さんが副社長の専属秘書になるというお話は本当でしょうか？」

一歩前に出て、にっこりと微笑む佐々木さんに副社長が向き直る。ようやく解放された私は、一、二歩後ろに下がって距離を置いた。

「ああ。さっそく今日から副社長室に来てもらう。秘書室の君達には、迷惑をかける事になるが、こちらも急ぎでね」

ひくり、と佐々木さんの口元が引き攣《つ》った。だから言ったじゃない、私の意思じゃないって。こほん、と咳《せき》払いをした佐々木さんが、改めて副社長を問い質《ただ》す。

「その、本当に、寿さんで間違いございませんの？　少々言いづらいのですが……彼女の能力では、専属秘書など……」

佐々木さんはわざとらしく、私に憐《あわ》れむような視線を送ってくる。ちょっとそれ、うっとうしいんですが。私はふう、と溜息をつき、自分の席に戻ろうとした。

――がし。

「へ？」

なんですか、この左腕をがっちり掴《つか》んでいる手は⁉　思わず振り払おうとした瞬間、ぐいっと引っ張られた。

「あ、あの⁉」

どうして、副社長の右隣にいるんですか、私⁉　しかもホールドされた左腕が痛いんですけど⁉　体格差あるんですから、力加減して下さいよっ！

「寿、という名の秘書が他にいるのか？」

副社長の冷たく低い声が秘書室に響いた。佐々木さんは一瞬言葉に詰まったが、持ち直して答える。

「いいえ、寿さんは一人しか」

「なら、こいつだ。間違いないから、さっさと準備させるように。ああ、それから」

口元だけ微笑んだ副社長のオーラが黒かった。

「こいつはもう、俺の管理下にある。余計な手出しはするな」

ぴき、と秘書室全体に、ひびが入った音がした。

「て、手出しだなんて、そんな……ほほほ」

青い顔で誤魔化《ごまか》す佐々木さんをじろりと睨《にら》んだ副社長が、そのまま私を睨《にら》みつける。

「さっさと支度《したく》しろ。三十分後に副社長室に来い。鹿波《かなみ》に連絡してある」

「……はい、判りました」

しぶしぶ返事をすると、さらに副社長のオーラが黒さを増した。

「逃げたら承知しないからな。判ったか？」

あまりの気迫に圧倒され、思わずこくこくと首を縦に振ってしまった私だった。

恐る恐る訪れた副社長室隣の専属秘書室では、にこにこと感じのよい五十代後半ぐらいの女性が私を出迎えてくれた。ゆるいパーマに丸眼鏡をかけた姿は、まるでアメリカのカントリードラマに出てくる、ふくよかで人のいいおばさんみたいだった。

「あら、あなたが寿さんね。私、副社長専属秘書の鹿波雅子《まさこ》です。まあまあ、噂通り可愛らしいお嬢さんだこと！」

「こ、寿幸子です。よろしくお願いします」

う、噂ってなんですか⁉　しかも可愛らしいって⁉　聞き慣れないセリフに、頬が熱くなるのを感じる。私と同じくらい小柄な鹿波さんは、ふふふと優しく笑った。

「副社長、とても心配していらしたのよ？　ほら、突然の引き抜きでここへ配属になったでしょう？　秘書室でなにか言われたりしてないかって」

「……え」

私は鹿波さんをまじまじと見てしまった。嘘を言っているような感じではない。いや、でも。

（あの副社長が……私の事を心配？）

大体さっきだって、私を思い切り睨《にら》んでなかったっけ⁉　あれが心配してる人の態度なのだろうか。いや、とてもそうは思えない。

（きっと鹿波さん、拡大解釈してるのよね……）

確か社長の古くからの知り合いで、副社長や専務を子供の頃から知ってるって聞いた事がある。鹿波さんにとっては、あんな副社長でも子供みたいに可愛く見えてるんだろう、きっと。

紺色のスーツ姿の彼女の背筋はぴしっと伸びている。親しみやすくおっとりしたタイプに見えるけれど、鹿波さんは気難しい副社長のフォローを一手に引き受けている、凄腕の秘書だ。

鹿波さんは、にこにこと話を続ける。

「私も、もうじき定年でしょう？　だからそろそろ仕事を引き継《つ》がないといけないの。でも……」

はあ、と重い溜息が鹿波さんの口から洩《も》れた。

「なかなか適材がいなくて。副社長は仕事に厳しいし……自分に色目を使う秘書なんていらんっておっしゃるし。その条件を満たす秘書って、あなたしかいなかったのよ、寿さん」

私は目を丸くした。条件を満たす……って。

「で、でも……その、鹿波さんもご存知の通り、私はよく皆さんにご迷惑をかけて……」

「あら、寿さんが携《たずさ》わった案件って、皆成功してるのよ？　それに、あなたは勤務態度も真面目《まじめ》で誠実だわ。おまけに……」

くすくす笑う鹿波さんは、とても可愛らしい。

「あの副社長になびかない秘書、ですものね。とても貴重な人材だわ、あなたは」

「は、あ……」

なびくもなびかないも……。いつもいつも、なにかと睨《にら》みつけられてるこの状況では、なびきようがないというか。うーんと考え込んだ私を見て、あらあら、と鹿波さんがつぶやく。

「意外と不器用なのね」

「意外もなにも、私の不器用さは有名で……」

きょとんと鹿波さんを見る私に、彼女はぷっと噴き出した。

「まあ、いいわ。私が口出しする事でもないしね……では」

鹿波さんの表情が、きりりとした敏腕秘書のものに変わる。

「今から業務内容を説明するわね。荷物はこの机に置いて、こちらに来て頂戴《ちょうだい》」

「はい！」

私は指示された通りに荷物を置き、メモとペンを取り出して、鹿波さんの傍《そば》に行った。

「まず、この副社長の秘書室の説明をするわね」

通常、役員の専用部屋は一つで、秘書と同室になるけど、社長と副社長だけは、秘書専用の部屋があるんだよね。鹿波さんは入り口の右側に二つ並ぶ机を指差した。机の上には、書類を置くＢ４サイズの赤い箱と黒いノートパソコンが置かれていた。入り口に近い方が、私の席らしい。

「こちらが、私達専属秘書の席ね。机の隣にある棚に、各部署から依頼がきた書類を入れてもらうの」

机の奥には、コートも掛けられるロッカーが二つ。よくある灰色じゃなくて、木目《もくめ》っぽい模様になってる。そういえば、この部屋自体も濃いめの色合いの木目《もくめ》調だよね。高級感溢《あふ》れてる……

窓際には白いテーブルとモスグリーンの二人掛けのソファが置かれ「こちらで、副社長の仕事が終わるのを待っていただく事もあるのよ」と鹿波さんが説明してくれた。

入り口の左側には小さなカウンターがあって、その上のコーヒーメーカーがこぽこぽいっている。その後ろの壁には、これまた木目《もくめ》調の食器棚とミニキッチン。

「お客様がいらして飲み物を出す時は、カウンターの後ろの食器棚のものを使ってね。副社長はコーヒー派だから、コーヒーは切らさないように。お客様によっては、紅茶や日本茶を望まれる方もいるから、各種茶葉も食器棚に入ってるわ」

「はい」

……で。秘書机の正面、キッチンコーナー横の壁の中央に、重厚な造りの扉がある。ここが副社長室への扉だよね。

「今、副社長は外出されているけれど、室内を見てもいいと許可をいただいてるから」

かちゃり、と鹿波さんが金色のドアノブを回した。重そうな扉が、ゆっくりと開く。鹿波さんに続いて、私は初めて副社長室に足を踏み入れた。

「うわ……」

思わず声が洩《も》れた。濃い茶色で重厚感のある部屋。ドアの正面奥にでんと鎮座《ちんざ》しているのが、副社長の机だよね。艶《つや》やかでどっしりした印象の机に、黒の革張りの椅子。机の上は綺麗に整頓されていて、多分処理中と思われる書類も、いくつかに分類されて縦置きの箱に入っていた。

　鹿波さんが悪戯《いたずら》っぽく言う。

「副社長はご自身で整理整頓される方だから、私が机を片づけるという事はほとんどないわ。……社長はお仕事中、書類の山が次々できて、よく雪崩《なだれ》を起こしていたけれどね」

　そうか、鹿波さんは、元々社長秘書だっけ。副社長が専務から昇進した時に、副社長付きになったんだった。

　机の後ろの壁に、備え付けっぽいクローゼットとガラス戸付きの本棚。本棚には、ファイルがぎっしりと並んでいた。部屋の中央の応接セットも、黒の革張りソファで高級そうだなあ……さすが副社長室。入り口の右手にある窓からは、高層ビル群が見える。グリーン地に茶色の模様のカーテンも、高級感が漂《ただよ》う。窓際に置かれた、幹《みき》がくねくねと編まれたパキラの葉は、濃い緑色で元気そうだった。

「観葉植物の水やりも、忘れないでね。朝出社したら、副社長室と秘書室を簡単にお掃除するついでにやっているの」

　窓の反対側にある、副社長室から直接廊下に出るドアは普段使われてないんだとか。必ず秘書を通してから面会、って事よね。

（……あ）

ふと思いついて、私は鹿波さんに言ってみた。

「あ、あの鹿波さん。その掃除、私にさせていただけませんか？」

「まあ、寿さんが？」

鹿波さんが目を丸くする。私は「ええ」とうなずいた。

「まだまだ業務を私一人でこなすのは難しいと思いますが、お掃除ならできますから！秘書室でも掃除係でしたし！」

鹿波さんは私の目をじっと見た後、くすりと笑った。

「そう。それだったら、お願いしようかしら。じゃあ、掃除道具の場所を説明するわ」

「はい！」

(よし！　頑張ろう！)

私と鹿波さんは、ふたたび副社長専属秘書室へと戻っていった。

鹿波さんによる懇切丁寧な業務説明が一通り終わった後、まだ残っていた業務をこなすために私は秘書室へと逆戻り。針のムシロの上で作業して、やっと帰れる〜と一階玄関ロビーに降りたら……

「あれ？」

帰宅する女子社員がちらちら見てる、背の高い、綿のジャケットにジーンズ姿の男性は――

「幸人？」

呼びかけると、ガラスの自動ドア近くに立っていた幸人が私の方を向いた。てててっと駆け寄る私を、幸人はじっと見ている。弟は姉の私が言うのもなんだけど、かっこ良かった。足長いよね～こうやって見ると。

「どうしたの？」

「ああ、姉貴が上手くやってるか、ちょっと気になって」

……あ。私が愚痴《ぐち》こぼしたから、気にしてくれてたんだ。私はにっこりと笑って言った。

「ありがと、幸人。うん、大丈夫……なんとかなりそうだよ」

鹿波さんは親切だったし。副社長は相変わらず鉄仮面で、じろりと睨《にら》まれたけど。でも、どやされる事なく今日は終わったし。

「今日、実家に戻ってこいよ。姉貴の好物、こしらえてやるから」

「え、本当！」

幸人は、お料理が抜群に上手なのだ。絶対に、いいお婿《むこ》さんになると思う。うわー、なににしようと思ってたら、背筋がぶわっと寒くなった。

「寿？」

私の背後に視線をやった幸人の表情が、さっと硬くなる。恐る恐る振り向くと、トレンチコートを着て、黒いビジネスバッグを持った長身の鉄仮面が、そこにいた。

（うわわわっ！）

眼光鋭《するど》いっ！　な、なんか……機嫌悪そう？　副社長の背後から立ち上るダークオーラに、思わずぶるっと身体が震えた。

「ふ、副社長……お疲れ様です」

どもりながらもお辞儀《じぎ》をした私をじろり、と睨《にら》んだ副社長の視線は、そのまま隣の幸人に移った。幸人も目付きが鋭《するど》くて、なんかいつもと違う……？

（ななな、なんでこの二人、睨《にら》みあってるのーっ！）

……コワイ。長身の美形同士が睨《にら》みあってるのって、とっても怖いっ！　ブリザードが吹き荒れるこの状況を打破しようと、私は慌てて言葉を継《つ》いだ。

「あ、あの……私の弟です。幸人、こちらは鳳副社長。私の上司よ」

幸人が息を呑み、副社長は一瞬、目を見開いた。

「弟……？」

「鳳……副社長？」

幸人はほんの少し間《ま》を置いた後、抑揚《よくよう》のない口調で言った。

「義理の弟の寿幸人です。姉がいつもお世話になっております」

深々とお辞儀《じぎ》した幸人を見る副社長の顔は、なんだか引き攣《つ》っているような気がした。

私が童顔だから、姉弟に見えないいんだ、きっと。

「鳳貴史だ。こちらこそお姉さんには、いつも世話になっている」

会釈《えしゃく》した後、副社長が私を見下ろして言った。

「明日から、頼んだぞ。鹿波の手助けをしてやって欲しい」

「はい、判りました。では、お先に失礼致します」

ぺこりともう一度頭を下げ、幸人と一緒に自動ドアをくぐった。背中に、焼けつくような視線を感じながら……

(怖くて、振り返れない……)

きっと、あれだ。振り返ったら、石になるんだ。幸人の左腕をぎゅっと掴《つか》んだまま、私は足早にその場を離れた。


「さっきの男が、姉貴が言ってた……」

幸人がぼそっとつぶやく。私は幸人を見上げ、「うん……」とうなずいた。

「仕事ができて、凄《すご》い人なんだけど……なんか、苦手なのよね。ずっと睨《にら》んでくるし……」

それにしても副社長は、なんであそこにいたんだろう。車通勤しているそうだから、副社長室から地下の駐車場に直行した方が早いのに。ぶつぶつと文句を言っていた私は、幸人の様子がおかしい事に気が付いた。

「幸人？　どうしたの？」

正面を向いたままの幸人は、険《けわ》しい表情で、どこか遠い目をしていた。

「あいつ……」

「幸人ってば！」

はっとしたように、幸人が私の方を見た。もう幸人の雰囲気はいつも通りに戻っていて、私はほっと溜息をついた。

「……幸人も疲れてるんじゃないの？　新作作りで無理してない？」

幸人がふっと微笑み、ぐしゃぐしゃと私の頭をかき回した。「もう！」と抗議すると、幸人はからからと笑って言う。

「俺は大丈夫……ほら、行くぞ」

「う、うん」

急に大股歩きになった幸人にあわせて、小走りで後を追いかけた私はその時、副社長の視線がずっと私達を追いかけていた事に、気が付かなかった。

五話　同期と、不運と、唇と？

「んーっと……拭《ふ》き残しは、ないよね？」

翌朝、副社長の机を拭《ふ》き終わった私は、きょろきょろと辺りを見回した。テーブルと黒の革張りソファも綺麗になったし、床にゴミも落ちてない。パキラにも水をやったし……後は、ポットのお湯を確認して、モーニングコーヒーの準備かしら。

私は副社長室を出て、秘書室のカウンター奥にあるミニキッチンへと向かう。さっきセットした湯沸かしポットは、もう沸騰《ふっとう》済みになっていた。コーヒーとフィルターは戸棚の中だったよね。コーヒーメーカーに水を入れ、コーヒー豆をセットする。電源を入れると、やや耳につく音と共に、豆が挽《ひ》かれていく。

ふわんといい香りが、秘書室に漂《ただよ》う。うん、いい豆だよね。さすが副社長用……。こぽこぽとドリップ音が響く中、少しだけ休憩。ちょっとカウンターにもたれながら、壁掛け時計を見上げる。時刻は八時半。もうそろそろ副社長が来る頃だよね……

入り口の右横の壁にある姿見で、身だしなみを確認した。紺色の上着にタイトスカート、ボウタイ付きの白いブラウス、という絵に描いたような模範的女子社員の姿、だ。

髪はくるまでは長くないから、内巻きにくるんとしてみた。これが、私にできる精一杯のオシャレだった。

（佐々木さんみたいな、縦ロールは無理だよねえ……）

すらりとモデルみたいな体形。お嬢様っぽい巻き髪。着ているスーツは、いっつもブランド物。細いヒールのパンプスを履《は》いて颯爽《さっそう》と歩く姿は、秘書室のシンボルになっていた。私には、ああいう色気は到底出せない。もっとも、色気は求められてないみたいだから、安心だけど。副社長になびかない秘書、というのが人選の最重要項目だったみたいだし。鏡の中の私と顔を見あわせて、ふう、と溜息をついた。

「指名されたんだから、仕方ないよね……」

――とりあえず、私にできる事をやろう。うん。

朝一番に出社して、副社長室の掃除をするのは結構気持ち良かった。いくら不運体質でここでの仕事に慣れてなくても、まだそれほど大きな失敗はしようがないから役に立ってるし。鹿波さんには一人で大丈夫です、と言って、今日はゆっくり出勤してもらう事にした。

（社長の秘書だった時から、ずっとこの時間に出勤していたなんて凄《すご》いよね、鹿波さん……）

独り身でお気楽だから続いたの、って笑いながら言っていたけれど、強い意思がなくては、続けられないと思う。

そんな事を考えていたら、ピーッと音が鳴った。あ、コーヒーができたみたい。ちゃんとできてるか、味見してみようっと。

白いコーヒーカップを戸棚から取り出し、挽《ひ》きたてのコーヒーがなみなみと入ったガラスのサーバーを外して、深みのある色のコーヒーをカップに注《そそ》ぐ。

「うわ、いい匂い」

両手でカップを持ち、立ち上る香りをんんーっと鼻から吸い込んでから一口飲んでみる。嫌な苦みもないし、酸味も少なめ。コクがあって、まろやかだ。甘めにして飲んだら美味《おい》しそう。今度生クリームを載せて、ウィンナコーヒーにしてみようかな……

「おはよう」

「ぶっ‼」

私は、げほげほと咳《せ》き込んだ。こ、こぼさずに済んだ……動揺しながらもなんとかカウンターにカップを置き、涙目で振り返ると……うげ。

――本日も、ホワイトグレーのトレンチコートと、その下にびしっと高級スーツを着た副社長が立っていた。今日みたいな濃いめのブラウンっぽいスーツも似合う。顔がいいって得だなあ……というか、全然気配《けはい》を感じなかったんですけど⁉　忍《しのび》ですか、あ

なたは⁉

（あれ？　でも、機嫌は良さそう？　だよね……）

「お、おはよう……ございます」

少なくとも、昨日みたいな不機嫌さはなさそう。ぺこりと下げていた頭を上げると、副社長は辺りを見回していた。

「鹿波は？　来てないのか？」

あ、そうか。鹿波さんがこの時間にいないなんて、珍しいよね。

「あ、あの……朝の準備でしたら、私一人で充分ですから。鹿波さんは定時にいらっしゃいます」

「……」

しばらくじっと私を見下ろしていた副社長は、くるりと背中を向けた。

「コートを頼む」

「は、はい」

私は背伸びして、副社長の肩からコートを脱がせる。これ、どこに掛けるんだろうと思っていたら、副社長がぽつりと言った。

「部屋の中にクローゼットがあるから、そこに掛けてくれ。それから……」

カウンター上のカップに、彼の視線が移動した。

「俺にもコーヒーを頼む」

「は、はいっ」

大きなコートを手に持ったまま、私は副社長室に入っていく彼の背中を追いかけた。

（うわ……高そう）

副社長室に備え付けられているクローゼットの中には、礼服を始め何着かスーツが掛かっていた。ネクタイも……有名ブランド物ばかり。ほこりを落としたコートをハンガーに掛け、クローゼットに仕舞う。

「……」

う……背中に突き刺さる視線が痛いっ……！　私を射殺す気ですかっ……！　クローゼットをぱたんと閉めて振り返ると、何を考えてるのか読めない瞳にぶつかった。

副社長は、応接用のソファにすっと座り、茶色の紙袋をテーブルの上に置く。その紙袋に印刷されている王冠のロゴを見て、私はあっと声を上げた。

「……Tarte du bonheur《タルト デュ ボヌール》⁉」

副社長が右眉を上げた。

「知ってるのか」

「当たり前ですっ！　売り切れ必至の人気店ですよ⁉　ここのパイやタルト、絶品で……！」

以前、お客さんからの頂き物を、仲良しな同期の小田原《おだわら》くんがおすそ分けしてくれたんだよね。一度しか食べた事ないけれど、本当に美味《おい》しかった！　心の中で涎《よだれ》を垂らしながら、紙袋に釘付けな私を見て、副社長が苦笑した。

「ほら」

え。私は目を丸くした。副社長は紙袋を私の方に差し出している。

「コーヒー飲みかけだっただろう。これも一緒に食べろ」

「えっ⁉　よ、よろしいんですかっ⁉」

びっくりして叫ぶと、副社長の目が優しくなった。うっ……思わず頬が熱くなる。み、見慣れないものを見た……

「ここのケーキを土産《みやげ》にもらった時、喜んでばくばく食べたんだろ、お前。小田原からそう聞いた」

小田原くん、なに言ってと思った私に、副社長が言葉を継《つ》いだ。

「初日だからな。これで少し息を抜け」

……気を遣ってくれてたんだ。鹿波さんが言ってた通りだった。ちょっとの間、ぼーっとしてしまったけれど、なんだかくすぐったくて、そして嬉しい。

思わず笑顔になる。

「は、はい！　ありがとうございます！　このご恩は必ず！」

紙袋を受け取った私は、口元を綻《ほころ》ばせたままお礼を言った。副社長が、わずかに目を見張る。

「コーヒー、入れてきますね」

ぺこりとお辞儀《じぎ》をし、軽い足取りで副社長室を出て行く私には、背後の副社長の様子は判らなかった。

＊　＊　＊

「えーっと……後は営業部と、企画部に確認に行けばいいわよね」

――寿さん。午後からの会議の資料を提出していない部署があるの。もう時間がないから催促《さいそく》しに行ってくれる？

始業して間もなく鹿波さんの依頼を受けて、私はいくつかの部署を回っていた。もうできあがっていた部署から預かった資料は、封筒に入れて小脇に抱えている。

営業部の部屋を覗《のぞ》くと、私を見て、にやりと笑った男性がいた。

「よっ、これはこれは副社長専属秘書に抜擢《ばってき》された、寿サンじゃあないですか？」

「もう……言わないでよね」

　ふざけた調子で話しかけてきたのは、さっき副社長の話に出た小田原仁《じん》。同期だけど四大卒だから、年は二歳年上になる。グレーのスーツ姿の彼も、黙っていればそれなりな男で、同期の出世頭《しゅっせがしら》だ。

「午後からの月次会議の資料、営業部の分が出ていませんよ？　ほら、新規プロジェクトの企画説明するんでしょ？　桐野《きりの》部長は？」

　口調を改めてそう言うと、小田原くんは「参ったなあ……」と言いながら、ぽりぽりと人差し指で頬を掻いた。

　――古くなった駅前ロータリー付近の再開発。その総合デザインを担《にな》う会社を決めるコンペが近く開催されるのだ。久々の大型案件で、社内の皆が期待を寄せている。小田原くんは課長に昇進してすぐ、この案件の担当になった。この仕事をＧＥＴできれば、さらなる出世間違いなし！　だよね。

「部長は今日急な出張でさ。俺も昨日まで出張行ってて、まだ資料の最終チェックができてないんだよ。十時半までには用意するからさ、もう少し待ってくれよ？」

　もう、と私は小田原くんを睨《にら》んだ。デジタル化の進んでいる昨今でも資料は紙！　っていう役員さんが多い。コピーしなくちゃならないし大変なんだけど。

「じゃあ、まとまり次第、一部印書して副社長室に届けて下さいね？　それからデータは私宛にメールで送ってね」

「了解」

では、とお辞儀《じぎ》をして立ち去ろうとした私の右腕を、小田原くんの左手が掴《つか》んだ。

「ちょっと、こっち来いよ」

ぐいぐいと部屋の端の方に引っ張られる。コピー機や文具入れの棚があるコーナーまでたどり着くと、小田原くんは手を離した。

「なあ、お前……なんで副社長付きになったんだ？」

小田原くんが真面目《まじめ》な声で言った。私は小田原くんの顔をじっと見つめる。

「え……っと……私にも、よく判らないんだけど」

首を傾げる私を見て、小田原くんが頭を抱え、呻《うめ》いた。

「くぁーっ、相変わらず超ニブい奴……」

「なによ、超ニブい奴って‼　ていうか、その言い方、小田原くんはなにか事情を知ってるの⁉」

今度は、はあああ、と深い溜息をついた小田原くんの私を見下ろす目が、なんか……

「小田原くん、なんでそんな憐《あわ》れむような目で私を見てるの……？」

「俺が気の毒に思ってるのは、副社長の方だっ」

「なんでよ。いっつも人の事、睨《にら》みつけてくるのよ、あの人っ！　私がドジする場面にことごとく居合わせるしっ！」

……と、そこまで言った私は、先程の恩を思い出した。

「まあ、さっきは洋なしのパイくれて美味《おい》しかったけど……」

――白いお皿の上できらきらと輝いていた、洋なしのタルトパイ。黄金色の洋なしの薄切りがパイの上に薔薇《ばら》を模《かたど》ったように並べられていた。それらを透明なゼリーが覆《おお》っている様《さま》は、とても美しくて芸術品のよう。香ばしいパイ生地は分厚くて、しゃくしゃくで、ほっぺたが落ちるかと思った……

「餌付《えづ》け、かよ。まあ、お前には有効かもな」と呻《うめ》いて、小田原くんが天を仰《あお》いだ。

「……なあ、寿。これは運命の出会いってヤツだぜ、きっと。こんな鈍いお前の相手できるの、副社長ぐらいなもんだわ」

私は目を丸くした。

「なにそれ。副社長が『社内一強運の男』で、私が『社内一不運な女』だからって事？」

運のプラス量、マイナス量じゃ、差し引き0《ゼロ》になるかもしれないけど……でもねえ……

「副社長みたいなハイスペックの人と私なんて、全然釣り合わないって」

きっぱり言い切った私を、生ぬるい目で小田原くんが見た。

「いや、そうかもしれないけど、相手はそう思ってないっていうか……」

小田原くんは手を伸ばして、私の頭をくしゃくしゃした。

「ちょっと、なにするのよっ！」

「まあ……頑張れ」

そう言い残して小田原くんは、席に戻っていった。

「もう」

私は髪を整えて、営業部を後にした。


「ただ今、戻りました」

副社長室に戻ると、鹿波さんはいなかった。受け取ってきた資料を、会議室に持っていく資料の束《たば》の上に置く。

「後は、会議室の各席にこの資料を置いて……」

と、午後の段取りを確認していた私の耳に、甲高《かんだか》い叫び声が飛び込んできた。

「……いい加減にしなさい、貴史さん！　いつまでもミカさんを……っ！」

聞いた事のない女の人の声だ。副社長室から？　私は思わず立ち尽くす。

誰だろう、一体。なんだか、修羅場《しゅらば》っぽいんだけど……

「……から、……」

副社長の声は、低くてよく聞き取れない。

「……裕貴さんは、……から許しましたけれど、あなたは……なのよ⁉　それなのに……‼」

「そうよ、貴史さん……」

「……り下さい。業務の邪魔です」

「貴史さん……っ……！」

呆然《ぼうぜん》と突っ立っている私の目の前で、バタン！　という派手な音と共に副社長室の扉が開いた。中から出てきたのは、セレブっぽい女性二人組。白地に金や紅色の花が描かれた、高級そうな和服を着た年配の女性と、これまた高そうな黒のワンピースを着た、栗色の髪のモデルみたいな女性だった。髪をアップにまとめ、赤いかんざしを挿した年配の女性の表情は、鬼のように険《けわ》しい。

あれ、この年配の女性は、どこかで会った事、ある……？

じろり、とこちらに目を向けられ、私は戸惑いながらも深々とお辞儀《じぎ》をした。ワンピースの女性は、私を見て、ちょっと小馬鹿にしたような顔をする。

年配の女性が口を開く。

「あの秘書はいないのね。ついでだから、文句の一つも言ってやろうと思ってたのに」

「えっ」

私は息を呑んだ。あの秘書って鹿波さんの事？　でも、鹿波さんは文句を言われるような人じゃ……

「母さん」

副社長の冷たい声に、年配の女性の眉が上がる。二人の後ろから出てきた副社長の瞳は、北極の氷みたいな冷たい色をしていた。

（母さんって……じゃあ、この人、社長夫人⁉）

そうか、美恵子と専務の結婚式で見たんだ。

あの時は上品そうな御両親だなあって思ったんだけど……い、印象が全然違うっ！

こんな鬼のような形相《ぎょうそう》をする人とは思わなかった。

「雅子さんの事を悪く言うのは、たとえ貴女でも許さない。……俺達を放置していた貴女よりもずっと、俺と裕貴にとって大切な存在ですから」

社長夫人は軽蔑《けいべつ》したように、鼻で笑った。

「どうだか。貴方達にいい顔をして、鳳家の財産を一部でももらい受けようって魂胆《こんたん》でしょうよ」

「あ、あの！」

思わず声を上げた私に、二組の鋭《するど》い視線が突き刺さる。眉を顰《ひそ》める社長夫人に、私は言葉を続けた。

「鹿波さんは、優秀な秘書ですっ！　それはこの会社の社員なら、誰だって知ってます。副社長のサポートだって完璧で……それに」

一拍間《ま》を置いて、私は言った。

「とても気が付く、優しい方です。副社長の事だって、本当に心から案じて……」

昨日一日引き継《つ》ぎの話を聞いただけでも判った。鹿波さんがどれだけ、副社長の事を考えているか。心配しているか。だから、こんな風に悪く言われるのを聞くのは嫌だ。

「ですから、どうか誤解しな……」

「貴女、お名前は？」

社長夫人の鋭《するど》い言葉が、私の言葉を切り裂いた。私は目を瞬《しばた》き、ぺこりと頭を下げる。

「わ、私は……昨日付《づけ》で副社長専属秘書になりました、寿幸子と申しま……」

「寿⁉　寿ですって⁉」

悲鳴《ひめい》のような声が部屋中に響いた。私を見る目が、みるみるうちに冷たくなっていく。

「まさか、寿堂の」

うちの事、ご存知なんだ……私は戸惑いながらも答えた。

「……はい。祖父が経営しております」

「……っ！」

社長夫人の瞳の色が憎《にく》しみを帯《お》びたものに変わっていく。口元と刺繍《ししゅう》が施《ほどこ》されたガマ口ポーチを持つ手がわなわなと震えていた。

「何を考えてるの、貴史さん！　貴方、ミカさんを断ったくせに……よりによって、不幸を呼ぶ女を傍《そば》に置くなんて！」

「えっ」

私はまた息を呑んだ。この人、私の『不運』属性を知ってるの……？　その後も私の耳に、次々と言葉の矢が突き刺さる。

「ミカさんなら、紺野《こんの》商事の社長令嬢《れいじょう》で、申し分ないのに……」

社長夫人の視線が、ワンピースの女性に移った。ワンピースの女性はうっすらと微笑んで、うなずく。多分、この人がミカさんなんだろう。ミカさんは、縋《すが》るような目で副社長を見上げた。副社長の視線は、冷たいままだ。

「そうよ、貴史さん……私、貴方の事ずっと好きだったのよ？　だからもう一度……ね？」

昼ドラ！　昼ドラだっ！　目の前で突然始まった恋愛ドラマに、私は固まってしまった。逞《たくま》しい腕に絡まるミカさんの手を、なにも言わず払いのける副社長。ミカさんの瞳が一瞬凍りつく。その様子を見ていた社長夫人が私をきっと睨《にら》んで指差した。

「とにかく、この女の事は認めません！　とっととクビに……」

黒い影が、私と二人の間に立ったかと思うと、私は肩をぐいっと掴《つか》まれ、引っぱられ

た。副社長に抱き寄せられてる⁉

「貴史さん⁉」

「貴史さんっ⁉」

「副社長⁉」

同時に私達は叫び声を上げげた。副社長は、冷ややかな目で母親とミカさんを見下ろし、静かすぎる声で社長夫人に告げた。

「貴女の指示は仰《あお》がない。こいつは手放しません」

「へっ？」

私は目がまん丸になった。な、なんか、話がおかしくなってないですか……？

ミカさんがひゅっと息を呑み、口に手を当てた。社長夫人は顔色がみるみる悪くなり、目はつり上がり、口元は歪《ゆが》んでいった。和服美人が台無し……

「もう誑《たぶら》かされてしまったの、貴史さん⁉　この女だって、金目当てに決まってるでしょうが‼」

「べ、別に私、副社長のお金になんて興味ありませんっ！」

思わず反論した私に、社長夫人とミカさんの鋭《するど》い視線がぐさぐさと突き刺さった。私の肩に回った副社長の手に、ぐっと力が入る。社長夫人が甲高《かんだか》い声で叫んだ。

「あなたの呪《のろ》われた血など、鳳家には決して近付けさせません！　大体、貴史さんにはミカさんのように、もっと家柄の良い……っ⁉」

――え……っ。

一瞬、なにが起こったのか理解できなかった。

目の前が急に暗くなったかと思ったら……副社長の息がかかって。

(……っ⁉)

――私は逞《たくま》しい腕に強く抱き締められたまま……何故《なぜ》か唇を奪われていた。

――今……一体……どうなってるの？

呆然《ぼうぜん》としていた私の呪縛《じゅばく》を解《と》いたのは、ほとんど悲鳴《ひめい》のような、社長夫人の金切り声だった。

「たっ、貴史さんっ……‼」

ゆっくりと副社長のぬくもりが離れていく。間近に迫る副社長と視線がかちあった瞬間、心臓がどくんと音を立てた。ただただ、目を見開いたまま動けない私の顔を、副社長は広い胸にぎゅっと押し付ける。

「俺の相手は俺が決めます」

「な、なんですって⁉　まさか、その女とっ⁉　ゆ、許しませんよっ、よりによって、呪《のろ》われた女に鳳家の後継《つ》ぎを産ませるなんてっ⁉」

社長夫人の声は、完全に裏返ってしまっていた。「貴史さん、どうしてしまったのっ⁉」と叫ぶ、ミカさんの声も聞こえる。

「俺がこいつと結婚するのにも、子供を産ませるのにも、貴女の許可は必要ない」

……へ？

顔を胸板に押さえつけられたまま、私は目を瞬《しばた》いた。

今……なんか……信じられない言葉を、聞いたような？

「貴史さんっ、なんて事を！」

「目を覚まして、貴史さんっ！　こんな女、貴方に相応《ふさわ》しくないわっ！」

「え、あ……むぐっ⁉」

誤解を解《と》こうとしたけれど、大きな手で顔を押さえ付けられて言葉にならなかった。

「お帰り下さい。これ以上、雅子さんやこいつに暴言《ぼうげん》を吐くようであれば、容赦《ようしゃ》なく叩き出します。ミカ、お前も二度とここへは来るな」

「……っ！」

ミカさんが息を呑む音が聞こえた。それから「お母様っ！」と彼女が悲鳴《ひめい》を上げる。

部屋中に、冷たい怒りの気配《けはい》が充満した。

「……っ、このままで済むと思わない事ね！　行きましょう、ミカさんっ」

「は、はい」

忙《せわ》しない足音が聞こえたかと思うと、バタン‼　と激しくドアを叩き付けるような音が響く。

しばらくして……ふう、と頭の上に溜息が落ちた。私も自分を拘束《こうそく》する力が緩んだ隙に「ぷは」と大きく息を吐く。

「寿？」

私の頭の中は、真っ白なままだった。

「お前……」

えーと……今、なにが起きたんだろう……

「おい」

社長夫人とミカさんが来て……『呪《のろ》われた女』と言われて……

「おい、聞いてるのか？」

……それで。

……そこまで思考が追いついた私は……

「うっきゃあああああああああああっ‼」

悲鳴《ひめい》を上げ、思い切り副社長を突き飛ばして、後ずさりしたのだった。

「な、な……」

かあああっと頬に血が上るのが判る。わわわ、私……っ！

（ふ、副社長と、キ……キキキ、キス……っ⁉）

軽く触れた程度ではあるけど。でも、したよね⁉

百面相する私の顔を見て、副社長がすっと眉を顰《ひそ》めた。また心臓が不自然に鳴る。

「寿」

副社長の唇が動くのを見ただけで……もう、耐えられなくなった。私はくるりと踵《きびす》を返し、ドアへと一直線に突進する。

「おい、待て」

「ししし、失礼しまっ……！」

走りながら手を伸ばしてドアノブを掴《つか》もうとした瞬間――ドアが向こう側に開いた。

「失礼します。会議の資料を……って、おわっ⁉」

「きゃあああああっ！」

どかっ、と派手な音と共に、私は頭からなにかに突っ込み……そのまま廊下に倒れ込んでしまった。

「……うっ」

「……っ、一体……って、寿⁉」

へ？　と頭を上げると――前髪が乱れた小田原くんの顔が目の前にあった。

「小田原……くん？　……っ‼」

「あ‼」

小田原くんの顔が、真っ赤に染まる。私が小田原くんに圧《の》しかかるような格好になっていて……咄嗟《とっさ》に私を受け止めようとしてくれてた（？）手が私の左胸を覆《おお》ってる⁉

「きゃああああああっ！」

「うわああああああっ！」

同時に悲鳴《ひめい》を上げた私達は、ぱっと身体を離した。両手をついて身体を起こした私は、尻餅《しりもち》をついてる小田原くんと向かい合わせになっていて。

「おおお、小田原くんじゃねえだろ！　早く足っ！」

あ。立て膝《ひざ》になった拍子《ひょうし》にスカートがめくれ上がってるっ！　慌てて膝《ひざ》を床についてスカートの裾を引っ張ろうとして、はた、と気が付いた。私、右手でなにかを握ってる……？

「お、お前っ……！」

ぐしゃぐしゃになった、印刷された紙が右手の中にあった。

「こ、これっ……プロジェクトの提案資料⁉」

小田原くんが床に落とした資料。なんページかを、無意識のうちに、ぎゅっと握ってしまっていたらしい。表紙を含む数ページは、使いものになりそうにない。ダブルクリップで留めた部分も、破れかけてる。

「ごご、ごめんなさいっ！　直すの、手伝うからっ！」

立ち上がって、深々と頭を下げた私に、小田原くんが苦笑した。

「いいって、もう。また印刷するだけだし、こっちこそ、その……悪かった」

小田原くんも立ち上がり、残りの資料を拾い集めた。

「見せてみろ」

ひょい、と横から大きな手が伸びて、私が持っていたくしゃくしゃの資料を奪い取る。

「え？　あ、副社長っ⁉」

数ページに副社長が目を通し始め、ある箇所でぴたり、と視線を止めた。

「小田原。ここの数字修正しろ」

副社長が、小田原くんに資料の一ヶ所を指差して見せた。

「えっ」

小田原くんが資料を副社長から受け取り、内容を確認する。

「このプロジェクトは、規模が大きい分、リスクも高くなる。リスクを計算して、原価に上乗せしろ、と事前に言ったはずだろう。原価と提示価格が直ってない」

「あ！」

小田原くんの表情が変わり、副社長に深々とお辞儀《じぎ》をする。

「申し訳ありませんっ！　急いでいて、修正し忘れていましたっ！」

「いいから、早く直せ。社長用の資料だろう。直したら、秘書の机《こいつ》の上に置いてくれ」

「は、はい！　すぐに直してお持ちします！　あ、助かったよ、寿！　さすがは『幸運のマスコット』！　じゃあ、後で！」

「小田原くん」

小田原くんは、資料を抱えて一目散《いちもくさん》に廊下を走り去っていった。目を丸くして突っ立っていた私の両肩にがしっと後ろから、大きな手が載った。

「逃げるな、寿。話を聞け」

「うっ……」

こ、この体勢からじゃ……逃げられない……よね？　逃げたら承知しないぞ、という無言のオーラが、私に襲いかかってくる。

「……はい」

観念した私は、がくっと頭を垂れたのだった。

六話　約束、しました

「……え」

ずるずると引きずられて副社長室に舞い戻った私はソファに座らされ、いろいろ尋問《じんもん》されたあげく、信じられないセリフを聞かされていた。

「わ、私が……副社長の、こ、こい、びと……役？」

真正面のソファに座る副社長の眉が上がる。ううっ、眼光が一段と鋭《するど》くなってるっ……！

「なにか、問題あるのか？　好きな奴も、付き合っている奴もいない。今、そう言っただろう」

一層目付きが鋭《するど》くなった。思わずソファの上で縮こまってしまう。

「そそそ、それは、そう、ですけど……」

おろおろする私を見て、副社長がはあ、と溜息をついた。

「さっき、母とミカが来たのは、縁談のためだ」

「へ」

縁談……って。ミカさんと？　副社長は右手を額《ひたい》に当て、うつむき加減になっている。

「前々からいろいろ言われていたが……裕貴が結婚した事で、さらに攻撃が激しくなった」

「はあ……」

まあ……そうだよね。弟さんはすでに結婚したし、副社長だっていいお年だし。そういう話が出ても、全然おかしくないよね？

「先程の紺野ミカは、母の友人の娘だ。母のお気に入りの一人で、事あるごとにミカを引き合いに出してくる」

ミカさん、お母さんと仲良さそうだったよね……結婚した場合、姑《しゅうとめ》とお嫁さんが仲が良いって事だから、いいんじゃないの？　と、ぼんやり思っていたら——

「痛っ！」

ぽかりと拳骨《げんこつ》が降ってきたっ！　ううう……と頭を押さえる私を放置したまま、副社長は何事もなかったかのように言葉を続ける。

「ああいう女は御免《ごめん》だ。やたらとプライドが高く、ブランド品やら宝石やらを強請《ねだ》るばかりで、どうしようもない」

「……はあ」

でもお金に不自由した事のないお嬢様なんだろうし、副社長のお家だってそうなんだろうし、そこは少しくらい大目に見ても……。内心首を捻《ひね》りつつ、副社長の言葉を待った。

「特に今は、大きなプロジェクトを控えている。母達に仕事の邪魔をされたくない。そう言って追い返そうとしたところに、お前がいた」

「……」

「売り言葉に買い言葉を並べていたら、ああなったわけだが」

「それ……ほとんど副社長のせいじゃ……」

「なにか言ったか？」

副社長の背中から立ち上る黒いオーラが……コワイ。

「イエ、ナンデモアリマセン……」

……不運だ……間違いなく不運だ……

頭を抱える私を見ていた副社長の瞳が、ぎらりと光った。

「母はもう、お前を俺の恋人だと思い込んだだろうな。お前一人で太刀打《たちう》ちできる相手ではないぞ。見ただろう、あの勢いを。母の攻撃を一人で受け止められるのか？」

「……で、でも……」

私はごくりと唾を呑み込んで、上目遣いに副社長を見た。いつもと同じ無表情。だけど、迫力が……違う？

「私が副社長の恋人なんて言っても、誰も信じません……。冷静になれば、副社長のお母様だって、きっと。だって、私……今まで副社長の連れてた女性と、全然違うじゃないですか」

副社長が綺麗な女性を連れて歩いているのを、何度か会社近くで見かけた事がある。すらっと背が高くて、華やかな美人で、スタイルが良くて。皆高そうなブランド服を身にまとってた……そう、ミカさんのように。

副社長がはあ、と嫌そうに溜息をついた。

「あれは、母からの刺客《しかく》だ。さっきも言っただろう……自分の気に入った女と俺を結婚させたがっている、とな。ミカ以外にも、定期的に送り込んでくるってわけだ」

「……え」

「取引のある会社の令嬢《れいじょう》やら政治家の娘やらだぞ？　無下《むげ》にもできんだろう。だから、食事ぐらいは付き合っているが、正直煩《わずら》わしい」

「……」

一層強くなった視線が、私を射抜いた。

「お前という恋人がいれば、ミカを始めとする刺客《しかく》を断る事ができる。お前だって、俺が傍《そば》にいれば母から攻撃された時、俺の後ろにすぐ隠れられるだろう」

「でで、でも！　わざわざお母様に睨《にら》まれてる私じゃなくても、他に……」

「ヘタな女に頼んで、本気にされても困るからな。……お前はそんな事ないだろう？　この会社で唯一、俺になびかない秘書、なんだからな」

嫌味っぽいセリフに、思わずうっ、と息が詰まった。副社長の瞳が、私をがんじがらめにしていく。動けない……

「三ヶ月でいい。さっき小田原に直させた資料の大規模プロジェクト――コンペに勝って仕事を軌道に乗せるまでは、母や母の息のかかった女どもに邪魔されたくない」

三ヶ月。

「……その、三ヶ月経ったら……」

副社長がゆっくりとうなずいた。

「お前を専属秘書から外す。もちろん母にクビにもさせない。それでいいだろう」

三ヶ月だけ。そうしたら、また元に戻れる……

（……のよね⁉）

なんだか嫌な予感がする。背中がむずむずするし……でも……こ、断ろうにも、そんな雰囲気じゃ……っ！

副社長の圧力に負けた私は、結局「いいえ」とは言えなかった。

「そ、その……三ヶ月間、だけでいいんですよね？　フリをするのは」

副社長の目がすっと細くなった。思わず身が竦《すく》む。

「そう言ってるだろう。俺の言う事が、信用できないとでも？」

「三ヶ月間、副社長と付き合ってるように見せかければいいんですね？　お母様の前だけですよね？　しゃ、社内では……普通に秘書の仕事をするだけでいいんですよね？」

「ああ」

ああ、やっぱり私は不運体質だ。そう思いながら、大きな溜息をついた。

「……判りました。三ヶ月だけ……でしたら」

がっくりとうつむいた私は、副社長の次の言葉を危うく聞き逃すところだった。

「なら、今晩空けておけ」

「え？」

顔を上げると、読めない表情をした副社長が、じっと私を見ていた。心臓がどくんと音を立てる。ううう、美形に見つめられるのって……心臓に悪いっ！

「食事しながら、今後の相談だ。善は急げというだろう。今晩ディナーに付き合え」

「ふえっ⁉」

ディ、ディナーって⁉　思わず自分の着ているスーツに目をやる。量販品の紺色スーツ。副社長のスーツに目をやる。一目《ひとめ》でオーダーメイドと判る、高級仕立てスーツ。いやいやいや、落差ありすぎでしょ⁉

「だっ、だめですっ！　わ、私……仕事着ですし、副社長が行きつけのお店なんて、恐れ多くて行けませんっ……！」

ふるふると首を横に振る私を見た副社長は、眉を顰《ひそ》めた。お前に断る権利などない、みたいな表情してるっ……。やがて副社長は溜息をつき、上着からスマホを取り出した。さらさらっと指を動かして、スマホを耳に当てる。

「……鹿波？　俺だ。寿に服のレンタルを頼む。今晩食事に連れて行くから……ああ、それは任せる。会議の準備が終わったら、早退しても構わない。頼んだぞ」

あっさりと電話を終えた副社長が、固まったままの私をふたたび見た。

「問題は解決した。後は鹿波に任せたから心配ない。俺は会議後も打ち合わせがあるから一緒に会社を出る事はできないが、待ち合わせ場所は後で連絡する」

それだけ言って、副社長はすっとソファから立ち上がった。つられて顔を上げると、呆然《ぼうぜん》と座ったままの私に、にやりと鉄仮面が笑った。

「初デート、楽しみにしてるぞ？」

「！！！！！？？？？？？」

は、はっ、初デートぉぉぉっ!?　一気に頬が熱くなる。そんな私を置いて、副社長は軽い足取りで副社長室を出て行った。

「……不運、だ……」

一人残された部屋でつぶやき、がくっと目の前のテーブルに突っ伏《ぶ》した。

七話　美味《おい》しゅうございました、のその後で

きらきら光る豪華なシャンデリア。大理石の床の上、通路となる部分にだけふかふかの絨毯《じゅうたん》が敷かれている。壁には名画が飾られていて、ローマ時代を彷彿《ほうふつ》とさせる浮き彫り《レリーフ》が施《ほどこ》された大きな壺が柱の近くに置かれていた。ゆったりとソファに座り、談笑している紳士淑女《しゅくじょ》達の様子は、映画のワンシーンのようだった。

そして――ロビーには、背が高く、端整《たんせい》な顔立ちで（性格はひねくれてるけど）仕立ての良いスーツを着た王子様。ロビーにいる女性達が、彼にちらちらと視線を投げてるのに、彼は気付いてないみたい……

「っ！」

一瞬ぐらっとしたものの、なんとか踏み止《と》まった。気を抜いちゃだめ！　ふたたび歩き出した私の耳に、鹿波さんの興奮した声が蘇《よみがえ》る。

『とっても素敵よ、寿さん！　だから、堂々としてらっしゃい。あなたを見た時の、副社長の顔が見てみたいわ！』

――終業後、レンタル衣装屋さんで鹿波さんセレクトのワンピースを着込み、待ち合わせ場所の高級ホテルのロビーに来たんだけど……

(鹿波さん、やっぱり……)

ものすごーく、場違いじゃないですか、私っ⁉　雰囲気に馴染《なじ》めない……あ、また絨《じゅう》毯《たん》につっかかったっ！

ゆっくりと、転ばないように歩み寄る私を、副社長は黙ったまま、じっと見ていた。

「……寿？」

う……確認された……。そうよね、私じゃないみたいよね……

「は、はい……」

絨毯《じゅうたん》のループに細いヒールをひっかけそうでコワイ。足元から目を離せない……

「えっ⁉」

ぐいっと腕を引っ張られ、思わず顔を上げると、副社長の左手が私の腰に回っていた。

「歩きにくいんだろ。いつもより高めの靴、履《は》いてるせいで」

「す、すみません……」

こんなピンヒール履《は》くの、初めてです……。副社長の上手なエスコートで、よたよたと前に進むと、つぶやくような声が聞こえた。

「鹿波が楽しみにしておけと言ってたが……綺麗だ……」

「はあ……」

私は生返事しかできなかった。だって、足元に意識を集中させてないと転んじゃいそうなんだもの！

しばらくすると、ぴたりと副社長が止まった。そして私の両肩に手を当てて、ぐいっと前に押し出した。

「お前、ちゃんと自分の姿を見てみろ。どう見える？」

「え？」

顔を上げると、そこには大きな姿見があった。金の縁取りがあって、ベルサイユ宮殿とかにありそうなデザインだ。

私は改めて、自分の姿を観察してみた。ヒールを履《は》いているため、いつもより五センチは背が高い。ワンピースの上半身部分は、柔らかな曲線が綺麗に出ていて、スカート部分はふんわりとしたシフォン生地が幾重《いくえ》にも重なったデザインだ。なんとなく絵本に出てくる妖精がこんな服を着ていたような。肩に少しかかる髪の毛先はくるんとカールさせ、白い羽のような髪留めで右耳の上を留めていた。アイラインのおかげで、いつもより目がぱっちりしているし、チークをのせた頬も唇も艶《つや》やかで、なんだか見慣れないなあ……

「……ミートソースを食べるのはやめておきます」

だってこのワンピース、白に近いアイボリーなんだもの。ソースが撥《は》ねたら、絶対落ちないよねと思っていたら、両頬を後ろからふにっと引っ張られた。

「にゃにするんれすかっ！」

振り返って抗議した私に、副社長は重苦しい溜息をついた。

「そういうのは出ないから、安心しろ。ほら、行くぞ」

なかば抱きかかえられてエレベーターに連行される私を見る、周囲の生温かい視線が、痛かった。

ホテルの最上階にあるフレンチレストランは、プライベートだったら、絶対に来ない（来られない）高級さだった。

店内の照明は極力光を絞っていて落ち着いた雰囲気。副社長は店の中でもより特別感のある個室を予約していた。漆喰《しっくい》の壁や装飾を施《ほどこ》した円柱はギリシャの建物を彷彿《ほうふつ》とさせた。

辺りを見回した後、目の前に並べられたお皿を覗《のぞ》き込み、私は目を丸くした。

「どうした？　嫌いなものでもあるのか？」

「い、いえ……好き嫌いはないです……」

うわー……白いお皿の上に、薄く削った色とりどりの野菜でできた、薔薇《ばら》の花が咲いている。お肉にかかった、オレンジ色のソースも美味《おい》しそう。さっき副社長が頼んでくれた、ワインにもよく合うに違いない。

「いただきます」

まずは食前酒のシャンパンで乾杯。次いで外側からナイフとフォークを手に取り、一口切って口へと運ぶ。ほう……と思わず溜息が洩《も》れた。

「美味《おい》しい」

野菜は茹《ゆ》でてあるから甘みが増してて、今まで私が食べてきた野菜とは別物みたい。

うーん、さすが有名フレンチ店。もくもくと食べる私の耳に、含み笑いが聞こえた。

「……お前、本当に美味《うま》そうに食べるよな」

「はい？」

真正面に座る副社長は笑っている。綺麗に弧を描く唇を見てると、昼間の副社長室での事を思い出してしまった。

（うわわわわわわっ！　考えるな、私っ！）

頬が熱くなったのは、さっき食前酒を飲んだせいだよね、うん。きっとそうに違いないっ！　忘れたいデキゴトを無理矢理頭の隅に押しやって、私は口を開いた。

「ふ、副社長だって、とても綺麗な食べ方で……その、思わず見とれ……」

……ぐっ。なに言ってるの、私⁉

副社長の瞳が可笑《おか》しそうに輝いて、私の頬はますます熱くなった。照れ隠しにワイングラスの脚を持ち、ごくんと飲む。豊かなワインの香りが、口から鼻へと抜けていった。

「ふあ〜これもフルーティで美味《おい》しい」

「甘くて飲みやすいが、アルコール度数は結構あるぞ。飲みすぎるなよ」

「はい……」

身体がふわりと温かくなった。あまりワインって飲まないけど、これはほんのり甘くて美味《おい》しい。食べながら飲むようにすれば、そんなに酔わないだろうし大丈夫よね……

(副社長は、車だからミネラルウォーターにするって言ってたっけ)

緊張はしてるけど、個室だから周囲の目は気にしなくて済む。そう思ったら、急にお腹が空いてきた。

このフランスパン、外はカリカリ、中はふんわりで美味《おい》しい。空豆のスープも、かかりの大根サラダも絶品ーっ！

食が進むと、自然とワインも進む。それにつれて、私の口は軽くなっていった。

「お前、今は一人暮らしか」

「はい、そうです。弟が祖父の家にいますし、会社に近い方が通勤に便利なので。あ、幸人は和菓子職人で、祖父の弟子《でし》をしてるんですよ」

「弟さんが、和菓子屋を継《つ》ぐのか？」

「弟はそう言ってます。生意気だけど、器用だしセンスあるから、向いてると思います」

副社長がじっと私を見つめてきた。

「……弟さんとは、仲が良いんだな。この前見ていてそう思った」

仲が良い……それはそうかも。私はにっこりと副社長に笑いかけた。

「そうですね。幸人は自慢の弟なんです。いつも私の事、気遣ってくれて……私がドジばっかりするから、見てられないんですって。こっちが姉なのに、今じゃ向こうがお兄ちゃんみたいです」

一瞬黙った後、副社長が一言だけ答えた。

「そう、か」

「そうそう、祖父と幸人が最近、新作の和菓子作ったんですよ！　とっても綺麗で美味《おい》しくて。今度会社に持ってきますね」

「ああ、楽しみにしてる」

副社長がふっと笑う姿を見て、うぐ、と息が止まった。鉄仮面にはずいぶんと馴《な》れたけど、こんな優しい笑顔って、反則……。だめだ、絶対顔真っ赤になってる……！

もごもご言いながら、ついうつむきかげんになってしまった。そんな私に、「ほら、次の料理が来たぞ」と低い声が教えてくれた。なんだか副社長の声が甘いんだけれど、お酒のせいかなあ……

メインディッシュの鯛《たい》のホワイトソースがけもつつがなく（ドレスにシミを作る事なく）食べ終え、後はデザートだけとなった時。副社長が私を真っ直ぐに見て、言った。

「寿。いや……幸子」

「っ⁉」

げほげほっと思わずむせ込んだ。慌てて、掴《つか》んだグラスをあおると、かああっと喉《のど》とお腹が熱くなった。あ、お水じゃなかった……

「な、な、なんれすかぁ⁉」

涙目になりながら、なんとか声を絞り出すと、副社長の瞳に囚われ身体が動かなくなった。

「付き合ってるなら、『寿』『副社長』と呼びあうのはおかしいだろう。プライベートでは『貴史』って呼べよ。俺も『幸子』と呼ぶから」

「えええええええっ⁉」

た、たか……⁉　いきなりの名前呼びって、ハードル高すぎですっ！

目を白黒させている私に向かって、副社長がぐっと身を乗り出してきた。間近で見る彼の瞳は、綺麗過ぎて迫力で息が止まりそう……

「ほら、言ってみろよ。『貴史』って」

有無を言わさない低い声に、背筋が寒くなる。副社長の契約成立確率、百パーセントなのよく判りますっ。この圧力から逃げられる気、しないもの……

「……幸子？」

名前を呼ばれるたびに心臓が、変な動きしてる……。ごくりと唾を呑み込んだ後、なんとか声を出そうと、口を必死に動かした。

「た、た……たか……」

彼の強い視線を受け、催眠術にでもかかったみたいに頭がぼうっとしてきた私に、副社長が右手を伸ばした瞬間、入り口の方から冷静な声が聞こえた。

「失礼いたします。デザートをお持ちいたしました」

黒い制服を着た男性が、銀色のトレイを手に持ち、深々とお辞儀《じぎ》をしている。副社長はそれを見て、すっと手を引っ込めた。

た、助かったあ……私は思わず感謝の意を込めた視線を、給仕《きゅうじ》してくれている男性に投げかける。

「……逃げられたと思うなよ、この馬鹿」

「――？　なにかおっしゃいましたぁ？」

副社長が小声でなにか言ったけれど、声が低くて聞き取れなかった。それで、もう一度聞き返したけれど、彼は意味ありげに黒く笑うだけだった。

「ふあ、はい……?」

「おい、大丈夫か?」

座ってる時はなんともなかったのに、立ち上がった瞬間、身体がふらふらした。なんか、ふわふわしてる……?　副社長が片手で腰を支えてくれてるけど、足元がおぼつかない。エレベーターホールに向かって豪華な廊下をゆっくりと歩きながら、ぽーっと上気した私の顔を、副社長が覗《のぞ》き込む。

「大丈夫、ですぅ……もう帰って寝るらけ……れすか、ら……」

口も瞼《まぶた》も、なんだか重い……けど、ここで寝ちゃ……だめ……

「お前、もう二度と飲み会に出るな。少ししか飲んでいないのに、この有様だからな」

「ふぁい?」

ぼーっとしたまま、副社長を見上げたら……副社長がふいと視線を逸《そ》らした。あれ?

副社長の頬も……赤くないですかぁ?

「飲み会なんてぇ……送別会ぐらいしか、出てないれすよぉ」

「それでも出るな。判ったな?」

「……ふあ」

「ったく、人の気も知らないで……襲われたいのか」

副社長がぶつぶつなにかを言っていたけれど、あまり耳に入ってこなかった。ほぼ全身を副社長に預けている今の体勢は、ふわふわで……温かくて……安心できて。お布団に包まれてるみたい……

そんな風に夢見心地で歩いてエレベーターホールについた時、先に待っていた男性が私達を見て話しかけてきた。

「――鳳？」

その声を聞いた副社長の身体が強張《こわば》る。私は、ぼーっとしながらも、声のした方を見た。

副社長と同い年ぐらいの、黒っぽい色のコートを羽織った男性がそこにいた。男性はとても驚いた顔をしている。すごく華やかな雰囲気の人で、かなり背が高い。

「藤岡《ふじおか》……」

答えた副社長の声が硬かった。藤岡、と呼ばれた人は、私達の前へかつかつと歩いてきた。

「今は、東野《とうの》だ。伯父《おじ》夫婦の養子になったからな」

「東野デザイン会社……あれはお前か」

私の身体に回された副社長の左腕に力が入る。まるで、私をこの人から守ろうとしているみたい。そんな様子を見て、男性がくすり、と笑う。

「ああ。駅前再開発のコンペに、KM社も参加するんだよな？　まずは来週の一次コンペだが……二次では、お前のところと一騎打ち《いっきう》になるだろうな」

「……」

「今度は負けない。あの案件は我が社がいただく」

頭がぼーっとして、二人が何を話してるのか、よく判らない……。ふと気が付くと、男性がまじまじと私を見ていた。

「鳳の彼女？　酔ってるみたいだが……可愛らしいな」

「お前には、関係ないだろう」

男性が内ポケットから名刺を取り出し、私の右手に持たせた。

「東野圭《けい》です。よろしくお嬢さん」

「寿幸子、れす……」

ぺこりとお辞儀《じぎ》しようとしたけれど、少し頭を動かしただけで目眩《めまい》に襲われ、思わず副社長に縋《すが》りついた。へえ、と東野さんが面白そうに言った。

「珍しいな、お前がここまで人を近付けるなんて。宗旨《しゅうし》替《が》えでもしたのか？」

……あれ？　副社長の雰囲気が、なんだかさっきと変わった？　どんな時でも冷静なこの人が、酷《ひど》く緊張してる？　目をぱちくりさせた私に、東野さんがにやり、と笑った。

「寿さん。君……鳳の事、本気で好きなの？」

「ふあい？」

へ？　今……この人、なんて言ったの？　呆然《ぼうぜん》と東野さんを見上げると、副社長が威《い》嚇《かく》するように叫んだ。

「藤岡っ」

東野さんはお構いなしに、身を屈《かが》めて私に近付き……そして悪魔のように微笑んだ。

「悪い事は言わない。早いうちに、こいつから離れた方がいい。――不幸に、なるよ？」

「ふえ？」

私はなんだかよく判らないまま、妖《あや》しい笑みを浮かべる東野さんを見つめていた。

「にゃ、に……？」

……この人、何を言っているの？　ぼーっとする頭の中で、さっき東野さんが言ったセリフが、ぐるぐると回る。

不幸になるって、どういう事……？　考えがまとまらない私を置いて、東野さんの言葉が続く。

「ねえ、寿さん。君が、こいつの金目当てで、色々買ってもらったらサヨナラしようと思ってる、とかだったら今のままでも問題ないんだよ」

「お、かね……？」

副社長の……？　私は東野さんを見上げた。

「そん、にゃの……いりゃない？」

「なら、直ぐにでも別れるんだね。さもないと……」

視線を副社長に戻した東野さんの顔から、表情が消えた。

「こいつの『強運』の犠牲になる。……寿さん」

優しく噛んで含めるような口調で、東野さんが私に告げた。

「こいつに関わった人間は……親しくなればなるほど、不幸になっていくんだ。そして、こいつは益々『強運』になる」

どこか、面白がるような……でも猛毒を含んだ東野さんの声が、途切れ途切れに頭に入ってくる。

「まるで、こいつが……その人間の『幸運』を吸い取っていくかのようにね。なあ、鳳？」

「……」

「こいつの傍《そば》にいて無事なのは、血縁者だけらしいよ？　だから、君も……幸せを奪われる前に、別れるんだね」

さっきから黙ったままの副社長の顔を見上げた。――なんの感情も浮かんでいない瞳。

能面のような顔……

ど、うして……なにも、言わないの……？　どうして……そんなに、そんなに……

ずきん……胸の奥が痛くなった。東野さんの言ってる事は、よく判らない。よく判らないけど、でも……

――だめ、だ。この人に、こんな顔をさせちゃ、だめ……

ふらっと一歩前に出た私は、東野さんの胸倉をがしっと掴《つか》んだ。

「寿⁉」

副社長の制止を振り切り、私は東野さんの顔を見据えた。

「あのれすね……わらし、は、よーちえんから短大まで……そつぎょー写真に一度、もちゃんと載った事、ないんれすよ」

「え？」

目を丸くする東野さんを尻目に、ろれつの回らない口調で話し続けた。

「りゅけん《受験》、は失敗する、し……しゅきな男の子は、みーんなわらしの友達を好きになったんれす」

「……」

「でえたも消すしぃ……書類は破くしぃ……よく転んで尻餅《しりもち》つくしぃ……他にも、いーっぱいあるんれすよ」

「……」

「ようはれすね！」

びし、と人差し指を東野さんにつき付けたつもり……だったけど、力が入らなかった。

「わらし、の『不運』は……伊達《だて》じゃないんれす！　にじゅーななねんものの、筋金入りなんれすよ！　今さら……」

私は大きな口を開けて、思い切り叫んでいた。

「今さら、ふくしゃちょーのふこーが、一つや二つ、のっかったって……なんてこと、ないんれすから‼」

──エレベーターホールに、沈黙が下りた。

「こ、とぶき……？」

ぼそりとつぶやいた副社長の声を聞き、私は東野さんから手を離して振り返り、うぐっと手で口を塞《ふさ》いだ。

「ぎ……きぼぢわる、い……」

「ちょっ⁉　待て、お前っ！」

胸が、苦しい……薄れる意識の中で、副社長の焦《あせ》った声が聞こえた。

前かがみに崩れ落ちていく私の身体は、逞《たくま》しい腕に抱えられ……そこで、私の意識は、ぷっつりと切れた。

「……ん……？」

ぼんやりと目を開ける。薄暗い部屋……白っぽい天井……

「あれ……？」

私の部屋……じゃない？　視線をぐるっと巡らせてみる。

金の唐草《からくさ》模様が入ったクリーム色の壁紙。優雅《ゆうが》な曲線のサイドテーブル。……どう見ても、どこかのホテ……

「……ルっ⁉」

思わずがばっと起き上がった私は、頭を押さえて「いたたたた……」と前のめりになった。

「……いきなり起きて、大丈夫か？」

「へ？」

なんか今……隣から聞こえてはいけない人の声が、聞こえたような……。恐る恐る自分の右側に顔を向けると……

「～@＊！○？☆■ーっ⁉」

声にならない悲鳴《ひめい》を上げ、勢い良く後ろに飛びのいた。

「ふふふ、副社長っ⁉」

白いバスローブを着た副社長が、肘《ひじ》をついて寝そべりながらこちらを見ていた。髪がちょっと乱れていて……どう見ても、寝起きっぽいんですけど⁉

(うわあああああああっ‼)

バスローブの合わせ目から見えてるのって……素肌だよね⁉　胸筋、結構あるんだ……って、違う‼　頬に、かあぁっと熱が集まった。

「な、な、な……」

なんで⁉　どうして⁉　ここどこ⁉　一体なにがっ⁉

口をぱくぱくさせたまま、目を白黒させてる私を見て、副社長がゆっくりと起き上がり、サイドランプを点《つ》けた。ぼんやりとした薄い黄色の光がベッドを照らしだす。

素足を床に下ろし、ベッドに腰掛けた副社長が、はあ、と溜息をつきながら、髪をかき上げた。その仕草を見ただけで、心臓が破裂しそうになる。こちらに大きな背中を向けた副社長が、ぼそっとつぶやいた。

「……前、閉めろ」

「えっ……って、んきゃあああああああっ⁉」

はた、と自分を見下ろすと……やっぱり白のバスローブを着ていて、なにも身につけてない胸元が露《あら》わにっ⁉　大慌てで襟元《えりもと》をかき合せ、ベルトを締め直す。

(見られた⁉　見られたのっ⁉)

副社長が振り返って、私をじっと見た。私はもう、なにがなんだか判らない。

「え、あ、の」

――この状況は一体ナニ⁉　二人で同じベッドにいて……同じバスローブ着てて……その下は……うきゃあああっ⁉　さあああっと血の気が引いていく。

（嘘っ⁉）

これは、どう考えても……マズイのでは⁉　わ、私っ、なにも覚えてないのに……どうにかこうにかしちゃったの⁉

「お前の逞《たくま》しい想像力に水を差すようで悪いが……」

パニック状態になった私を見て、副社長が低い声で言った。

「……どうにもこうにもしてないぞ。残念ながらな」

どうやら無意識のうちに、声に出していたらしい。

「へ……？」

副社長の瞳が、私を射抜いた。

「大体、お前は昨夜の事をどこまで覚えてる」

「昨夜……って……」

私は、まだ重たい頭の中を、必死で整理した。

「えっと……」

――鹿波さんに綺麗な格好にしてもらって、フレンチをご馳走《ちそう》になって、それから……あれ？

「……誰かに絡んだような気が……する？」

副社長が膝《ひざ》に肘《ひじ》を置いて、がくっとうなだれた。副社長はしばらくそのままの体勢でいた後、顔を上げ、私をじろっと睨《にら》んだ。

「お前は飲み過ぎて、意識を失って……吐きそうだと言うから、スイートルーム《こ　こ》に連れて来た。鳳家はいつもこの部屋を押さえていて、急な宿泊でも平気だからな」

「げ」

「……で、着いてすぐ嘔吐《おうと》した。着ていた服は、今クリーニングに出してる。俺の服もな」

「……」

「頭が痛い、と言って起き上がれそうになかったから、ベッドに寝かせておいたんだが」

「……」

「……言っておくが、嘔吐《おうと》して青い顔してる女を襲うほど、俺は鬼畜じゃないぞ」

ちょ、ちょっと待って……という事は。

うわわわわっ、最低だ、私‼　副社長に酔っ払った私を、介抱《かいほう》させたんだ‼

私は慌ててベッドの上に正座して、土下座した。

「ごごご、ごめんなさいっ‼　ご迷惑をお掛けしてっ……‼」

「っ、いいから顔を上げろ！」

「はははいっ！」

そっぽ向いた副社長の頬が、ちょっと赤い？　顔を上げた私は首を傾げた。

「もうじき朝の六時だ。クリーニングも仕上がってるだろうから、持ってきてもらう……が、その前に」

「え」

あっと言う間だった。副社長の大きな手が私の両肩を掴《つか》んで……そのまま、ぼすんと後ろに押し倒されてる⁉

下から見上げた副社長の瞳は、妖《あや》しく光っていた。

「二度と酒を飲むな。判ったか？」

……怖いです。副社長のバックに蠢《うごめ》く黒いモノが怖いですっ……！

「は、はい」

「それから」

ぎらり、と光った瞳を見て、思わず首が縮まった。

「昨日東野に言った事……本当に覚えていないのか」

東野さん……？　そうだそうだ。東野さんという男性に会ったのは、かろうじて記憶にある。けれど話した内容については、思い出そうとしたけれど……やっぱりよく覚えてなかった。

「は、はい……」

恐る恐る答えた私の言葉を聞いた瞬間、副社長のなにかが切れた、らしい。

「……ったく、お前はっ！」

吐き捨てるように言ったその唇が――次の瞬間、荒々しく私の唇を奪った。

八話　一生の不覚《ふかく》、かもしれない

「っ⁉」

唇を貪《むさぼ》られているうちに、なにがなんだか判らなくなった。そうこうしている間も、唇を舌で舐《な》められる。人生二度目のキスは、初めての時とは比べものにならないくらい、激しくて大人なものだった。

（なんで、この人に……食べられてるの、私っ⁉）

「んんん、んんーっ‼」

ぶんぶんと頭を横に振ったけれど、彼の唇は離れなかった。

（く、苦し……っ！）

心臓がどくんと鳴る。手足を動かそうとしたけれど、上から押さえつけられて、動けないっ……！　どうして⁉　なんで、いきなりっ……‼

——ちくり。下唇を甘噛みされて、思わず口を開けたら……なにかが入ってくるっ⁉

ぬめりとした感触が歯茎に触れた。それからゆっくりと頬の内側をなぞるように舐《な》め、私の舌を絡め取る。舌の表面が擦れ合う生々しい感覚に、背中がぴくんと軽く反った。

舌を強く吸われて……一瞬気が遠くなる。頭の中がぐちゃぐちゃで……熱くて……なにも考えられない……

「やっ……はあ、は、ん……」

ようやく自由になった唇からは——もう、吐息しか出ない。涙目で見上げた私は……自分を縫《ぬ》い留める、ぎらぎら光る瞳に身体が竦《すく》んで動けなくなった。

「……っ⁉」

ひやり、とした感触が肌に触れた。バスローブの合わせ目から、大きな手が侵入してるっ⁉　左胸をふにっと掴《つか》まれて、思わず腰が跳ねる。

「ななな っ、なにしてるんですかぁぁあっ！」

一気に熱くなった私の顔を見て、狼《おおかみ》がにっこりと黒く笑った。

「胸、揉んでるだけだが？」

「そそそ、そんな事、笑顔で言わな……やあんっ！」

先端を指で弾かれて、びくっと震えてしまう。そんな私の耳元に、熱い吐息と悪魔の囁《ささや》きが降ってきた。

「小田原には触らせたくせに」

小田原くん⁉ ……それって、あの時……？

「は、あ、えっ……あ、あれは事故で……やあ、ん！」

こんな風に触られてません っ！ こんな……どうにかなりそうな、感じじゃ……！

そうしている間にも、彼の指がうねうねと動いて、膨《ふく》らみを揉みしだいていく。長い指が先端を擦るたびに、「ああんっ！」と身体が揺れた。

「じゃあ、これも事故だと思っておけ」

「ち、違っ……やめ……ああんっ」

自分の声が、自分のじゃないみたい。触られるたびに洩《も》れるのは……どこか甘い、喘《あえ》ぎ声。

敏感《びんかん》になった先をきゅっと抓《つま》まれて、びくんと腰が揺れた時、バスローブがするりと素肌を滑《すべ》った。ひんやりとした空気が、直接、胸に触れる。外気に触れた事と相まって、高ぶり始めた胸の先を親指でしごかれる感覚に、かああっと身体が熱くなる。

「ひゃん！　やだあっ……あああ、ん」

「嫌だという割には、硬くなってるぞ。肌もうっすら桜色になって……気持ちいいのか？」

気持ちいい？　この熱くて、痺《しび》れるような感覚が？　そんなの、よく判らない。けれど、触られるたびに、びくりと反応してしまう姿を見られ、たまらなく恥ずかしくなる。

「そ、んな事……言わない、で、やああんっ！」

ぎゅっと強めに抓《つま》まれた後、大きな手のひらで膨《ふく》らみを持ち上げられた。やわやわと指が膨《ふく》らみに沈み込む間に、ちくっ、と軽い痛みが首元を襲う。彼は熱い舌を鎖骨の辺りに這《は》わせ、ちろちろと舐《な》めていた。

「お前……甘いな……」

会社では聞いた事のない、副社長の掠《かす》れた色っぽい声も……身体の芯《しん》を揺さぶった。肌に吸いつく唇の感触に、身体はますます熱くなる。こんなの……知らない。やだ、怖い……っ！

助けを求めて右手を伸ばした。その手を、大きな手が掴《つか》む。少し怯《ひる》んだ私の顔を見た彼が、目を見開いた。

「お前、初めてか？」

こくんとうなずいた私をなだめるように、優しいキスが唇に落ちてくる。ぼうっとしている間に、掴《つか》まれた腕がゆっくりと頭の上に動かされた。無防備になった脇の部分を容赦《ようしゃ》なく舌で攻められる。膨《ふく》らみの裾野《すその》をじわじわと舐《な》められて、触れられてもいないその先端が、じんじんと熱くなった。

「あ……ん……っ！」

じれったい。じれったくて、堪《たま》らない。背中を仰《の》け反《ぞ》らせた私を見る瞳が、満足げに光る。

「ひ、ひゃあっ……あああああんっ！」

おもむろに、副社長が右胸にかぶり付いた。充分すぎるほどに焦《じ》らされ、とっくに硬くなっていた先端を強く吸われて、舌で弄《もてあそ》ばれて、全身にびくびくと震えが走った。歯で甘く噛まれるたびに襲ってくる痺《しび》れで……頭の中が真っ白になる。

「あっ、やあんっ……あ、あああっ……ひゃん」

触れられてるのは胸なのに……身体の奥からマグマのような熱が生まれてきた。じれったくて太股を擦り合わせると、とろりとなにかが流れる感触がした。やだ、なに!? 恥ずかしくて、ぎゅっと目を瞑《つむ》る。

「幸子……」

胸元から聞こえる低い声だけで、身体が震えた。口から洩《も》れる甘い声も、じわじわと追い詰められた身体も……もう、自分でコントロールなんてできない。

小刻みに震える太股の間に、いつの間にか長い指が侵入してきた。一本の指が、下から上へとすっととなぞる。

「ひうっ⁉」

衝撃に思わず目を開けた。それと同時にびくんとなった身体を、また器用な指がなぞっていく。

「あぁっ、あっ、あああああんっ！」

悲鳴《ひめい》に近い声が洩《も》れた直後に、ぬちゃりと厭《いや》らしい水音がした。

それを聞いた副社長が、嬉しそうな声でつぶやく。

「濡れてるな。よく滑《すべ》る……」

「あんっ、やあああんっ！」

首を横に振って逃げようとしても、甘い熱さからは逃れられなかった。指が滑《なめ》らかに動くたび、ねちゃねちゃという音が響く。

その音は、とても淫《みだ》らで耳さえも彼に侵《おか》されているようで、おかしくなりそうだった。

襲ってくる快感に必死で耐えていた私だったけれど、きゅ、とある箇所を抓《つま》まれた時、頭のてっぺんからつま先まで電気が走った。

「あああっ、そ、そこっ……！」

　や、やだあっ、熱いっ……！

　一層強くなった甘い刺激に、ぎゅっと思わずシーツを掴《つか》んだ。

「ここがいいのか？　硬くなって……触って下さいと言ってるみたいだ」

　親指の腹で、敏感《びんかん》な部分をぐりぐりと押された。

「あ、あああああああっ！」

　思わず仰《の》け反《ぞ》った反動で前に突き出した左胸が、右胸を貪《むさぼ》っていた唇に捕まる。先端をちゅくりと吸われるのと同時に、敏感な部分をまた指で擦られて、私は「あうっ」と悲鳴《ひめい》を上げた。

「あああんっ！　や、ああっ……んん……あっ……あああああっ！」

　――熱い。熱くて堪《たま》らない。震えが止まらない。

　それでも彼の指も唇も、動きを止めてくれない。触られて、抓《つま》まれて、吸われて、舐《な》められて……どこもかしこも痺《しび》れて……訳が判らない……

「怖がるな……ほら」

　耳元で甘く意地悪に囁《ささや》かれ、私の中のなにかがぶつりと切れた。

「ああ、あ、ああああああ――っ――……!!」

　――びくん！　と身体が大きくしなり、世界が真っ白になる。

張りつめた身体から一気に力が抜け、ぐったりとベッドに沈み込んだ。乱れた吐息を洩《も》らす私の耳たぶを、不埒《ふらち》な唇が優しく引っ張った。

「敏感だな。あれだけで、イッたのか？」
イ、ク……って？　え……今、私イッちゃったの？　彼に問おうと、うっすらと目を開けてみたけれど、もやがかかったみたいに、ぼんやりとしか見えない。
「はあっ……は……」

太股の隙間を、とろりとしたものが伝う。身体の奥は、なにかを求めてびくんびくんと蠢《うごめ》く。なにがなんだか判らないでいる私に、妖《あや》しく微笑む悪魔は軽くキスをした。

「はあ、ふ、え……？」

まだぼうっとしていると、くすくす笑う声が耳に入ってきた。

「『貴史』、って呼べよ。さもないと……続きを始めるぞ」

「え……」

どこか面白がってる瞳の色を見ていたら……少しだけ、理性が戻ってきた。

続き……続き……続きっ⁉　だだだ、だめっ、絶対だめーっ‼

私は必死に声を絞り出した。

「たたた、貴、史……さ、ん……？」

「……もう一度。ちゃんと言え」

痛いくらいに跳ねた。

「たっ、貴史さんっ！」

私を見下ろす副社長——貴史さんは、ふわりと笑った。その顔を見た途端《とたん》、心臓が痛いくらいに跳ねた。


「今日のところは、これで勘弁《かんべん》してやる。まだ体調も悪いだろうしな。ただし……」

ごくり、と唾を呑み込んだ私に、黒い笑顔の人は囁《ささや》く。

「次、俺の前であんな姿見せたら……遠慮《えんりょ》なく丸ごと喰《く》うからな。覚えておけ」

喰《く》う⁉　丸ごと⁉

「うわあっ、はははははいっ‼」

慌てて返事をする私に、また軽くキスをした後、貴史さんはベッドを下りた。

「着替えを用意するから、少し待ってろ」

そのまま寝室を出て行った彼の背中を見て、へなへなと力が抜けてしまった。

「た、助かった……⁇」

完全に助かったわけじゃないけど。とりあえず死刑執行《しっこう》まで猶予《ゆうよ》期間をもらえた……らしい。

「ふはあ……」

——私はぐてっとベッドに突っ伏《ぶ》して……盛大な溜息をついた。

「……すご、い」

ホテルを出た後、貴史さんの車に乗り込んだ私は、呆然《ぼうぜん》と窓の外を流れる景色を見ていた。

本当に……『強運』なんだ。いつも赤信号で引っかかったり、渋滞《じゅうたい》に巻き込まれてばかりの私とは違う。朝の通勤タイムなのに渋滞《じゅうたい》をすらすらとかわし、ものすごくスムーズに車が走っていた。本当に凄《すご》いんだなあ、と思いながら、運転席の方を見たら……

（……うっ⁉）

綺麗な横顔を見るだけで、かあああっと頬に血が上った。心臓がどきどきして、慌てて顔を横に逸《そ》らす。もうこの人の顔、まともに見れないかも……っ。

（こここ、これから……どうしたらいいの、私⁉）


――あれからすぐ、クリーニングに出していた服が届いた。ドレスだけでなく、下着までクリーニングに出してもらってたなんて……恥ずかしすぎるっ⁉

（それって、つまり……つまりっ‼）

――この人が全部脱がせて……身体を洗ってくれた、って事っ⁉

（いやあああああっ！）

悶《もだ》えすぎてなにも言えなかった。そもそも、自業自得だし。もう一生お酒飲まないーっ！

余裕なこの人の前で、これ以上うろたえるのは癪《しゃく》だったから、必死に平静を装《よそお》ってなんでもない事のように振る舞ってみた。けど……くすくす笑ってたところを見ると、やせ我慢はバレていたような気がする。そうして、ドレス姿のままでは出社できないからって、家まで車で送ってもらってるんだけど……

（ううう……一生の不覚《ふかく》……っ）

不運、ここに極まれり。あんまりだ。だっ、大体この人……モテモテだし、私みたいな地味子に手を出さなくったって、いいじゃない！　すごい美人が選《よ》り取り見取りなんだから！

――そこで、ハタ、と気付く。私にとっては、なにもかもが……キスだって貴史さんとしたのが初めてで……ものすごく……その、痺《しび》れるような経験だったけど、もしかして。

（女性馴《な》れしてる、この人にとっては……なんて事なかったのかも……？）

そうだよね。なんか、余裕の態度だったし。これだけハイスペックの人なら、過去に恋人だって何人もいたんだろうし……据《す》え膳《ぜん》を美味《おい》しくいただいたりするのも日常茶飯《にちじょうさはん》事《じ》だったのかも。もしそうなら、私みたいなちんくしゃの身体なんて、どうって事なかったよね、きっと……

「……」

それはそれで、ちょっとむっとするんだけど。

「……」

こっちは全身蕩《とろ》けるようで、触られた部分が熱く痺《しび》れて……そんなの生まれて初めてで、全然抵抗できなかったのに。

「おい」

……どうせ、あなたと違ってモテませんでしたよ。男運もなくて、失恋ばっかりだったし。素敵だなーって思う男性といいムードになりかけると、必ず邪魔が入ったし。恋愛に関してはとりわけ、『最強の不運』だったんだから。

「おい、何を考えてる」

その声で我に返り、ふっと横を見ると、貴史さんが私を見ていた。ドキドキしている事を悟られないように、視線をさっと逸《そ》らす。

「……別に」

横を向き視線を合わせない私に、はあ、という溜息が聞こえた。

「どうせ、くだらない事考えてたんだろ。……言っておくが、幸子」

うっ、幸子って名前で呼ぶの、止めてーっ！　心臓発作起こしそうっ……

「逃げるなよ？　逃げても無駄だからな」

「え……」

ままま、また背後にダークオーラがあああっ！　あまりの迫力に息を呑み、そーっと顔の向きを変えて様子を窺《うかが》った私を、貴史さんが横目で睨《にら》む。

「俺はお前を逃さない。判ったか？」

……怖い。怖すぎるっ！　同意しないと車に監禁されそうで、思わず首をこくこくと縦に動かしていた。

「判ったなら、それでいい」

満足したように運転に集中する貴史さんから、なるべく距離を取りたくてドア側に身を縮こまらせる。

（ううう……どうしよう……）

自分の不運さを呪《のろ》いながら、私は心地良い車の振動に身を任せていた。

九話　なんのお誘いですか？

あれから、着替えに戻って……会社へも車で送るって言われたけれど、電車で行くからと固辞《こじ》した。

着替えの途中で、あるものを見つけてしまった。それは鏡に映った、首筋の赤い跡。これって……これって……あれよね⁉　そう言えば、貴史さんに唇で触れられている時、ちくりと痛かったような気がっ。

（ななな、なんて事するのよーっ！）

肌に浮かぶ赤い花が『お前は俺のものだ』と主張しているようだ。熱くなった頬を押さえながら、なんとか隠さないと、と考えて薄手の白いタートルネックを着て、誤魔化《ごまか》す事にした。

電車に乗っている間、私の近くにいた人は、気持ち悪かったと思う。いきなり「ああ」と悶《もだ》えたり、青くなったり、赤くなったり、してたはず……

（ごめんなさい、不審者《ふしんしゃ》で。今日は許して下さい、特別なんですっ！）

会社では、秘書としてちゃんとしなくちゃ。ご指名で副社長付きになったんだから、意地を見せてやるわよっ！

ぺしぺし、と両手で頬を叩いて、気合いを入れて……さあ、行くわよっ！　大きく深呼吸をした後――副社長室へと足を踏み入れた。

……そうしたら。すでに貴史さんは会議に出ていた。その後も息をつく間もなく、会議に来客にと、ぎっしりのスケジュールをこなしていって、二人で話さなくても済んだ。

とはいえ、視線が時々背中に突き刺さっていた気はしたけれど。できる限り顔を見ないようにと、私も自分の仕事に没頭した。

——そうこうしている間に、貴史さんは客先へと外出。そして今、終業のチャイムが鳴ったっ！

……終わった……。なんかもう、リング上で戦い終了のゴングを聞いたみたいな感動がっ……

（長かった……今日一日、長かったぁぁぁっ！）

思わずバンザイをしそうになったけれど、鹿波さんに不審《ふしん》がられると思い、慌てて上げかけた手を下ろした。

——リリリ……ン。

（あれ？　私の？）

すみません、と鹿波さんに断りを入れ、机の下に置いていたバッグからスマホを取り出す。画面に映し出された名前は……

「もしもし、幸人？」

『ああ、姉貴。今日こっちにすき焼き食いに来るか？　じーさんが知り合いから、いい肉もらったって』

「行く！」

『……本当に食い意地はってるよな……』

はあ、という溜息と共に、『しらたきと白菜買ってきてくれよな』とちゃっかり買い物を頼んだ幸人は、電話を切った。

(よーし、すき焼き食べて、ぱーっと憂《う》さ晴らししようっと！)

私は小さくガッツポーズを決め、足取り軽く帰宅準備を始めた。

――じゅうじゅうと香ばしい香りが、浅い鉄鍋から立ち上り……

終わったはずの戦いのゴングが、こたつの上に置かれた鍋のリングで、ふたたび鳴らされていた。

「こら、姉貴！　肉ばっか食うな！　ちゃんと野菜も食え！」

最近、幸人がオカン化してるような気がしてならない。今も手際よく白菜やらしいたけやらを鍋に追加してる。

「もぐっ、らっておいひいんだもん！」

うわーっ、今日のお肉、とろけるような柔らかさで、美味《おい》しいーっ‼

私はえい、ともう一枚、肉をお箸《はし》でつまんだ。幸人は呆《あき》れながらも「ほら」とお箸《はし》で挟んだ白菜を私の口元に持ってきた。ぱく。

「味染《し》みてるー。おいひい、もぐ」

「……本当に色気より食い気だよな、姉貴は。……心配したのに」

あっ！　一番大きなお肉、幸人に取られたっ！　くーっ、負けるものですかっ！　ふたたびお箸《はし》を構えた私に、聞き覚えのある着信音が聞こえた。

「ほら、姉貴。電話なってるぞ」

幸人が皮肉っぽく言う。ああ、いい感じで焼けてるのにーっ！

「ううっ、判ったわよ」

畳に置いたバッグから、仕事用のスマホを取り出す。画面を見て一瞬固まったけれど……覚悟を決めて電話に出た。

「はい、寿です」

『……幸子？』

ぐっ……！　一気に頬が熱くなる。いきなりの「幸子」攻撃はやめて下さいっ！　おじいちゃんと幸人の視線を避けるように、私は二人に背中を向けて、こたつから少し離れた。

「う、は、はい……」

『お前明日、俺に付き合え』

「え、明日って土曜日……」

『仕事じゃない。とにかく、昼前に寿堂に迎えに行くから。帰り際、電話がかかってきて寿堂に戻ったんだろう。鹿波から聞いた。用意して待ってろ……お前にやってほしい事がある。判ったな？』

「う……は、い……」

有無を言わさぬ口調で告げられ、口を挟む余地がなかった。しかも反射的に承諾《しょうだく》してしまった私を置きざりにしたまま、『じゃあ』と言って電話はすぐ切れてしまったのだ。

そうして、しばらく呆然《ぼうぜん》と座り込んでいた私は、はっと振り返った。

「あああ、お肉がぁぁぁっ‼」

霜降《しもふ》り肉が全部なくなってるぅぅっ‼　スマホを握り締めて顔を強張《こわば》らせる私に、幸人が満足そうな笑顔を見せた。

「美味《うま》かった……いつも姉貴ばっかり食ってるからな」

幸人を、おじいちゃんがたしなめる。

「こら、幸人。幸子をからかうんじゃない」

おじいちゃんの慰《なぐさ》めの言葉も、耳に入らなかった。どうしてこのタイミングで電話掛けてくるのよぉぉっ！　貴史さんの馬鹿ーっ！

――不運、だ……

お肉争奪戦に負けた私は、がくっと頭を垂れた。

十話　寿堂に、お客様

「ありがとうございましたー。またのお越しをお待ちしております」

おじいちゃんと幸人とすき焼きをした翌朝。私は寿堂の飲食スペースである和カフェで接客をしていた。ぺこりとお辞儀《じぎ》をしてお客様をお見送りした後、机の上を拭《ふ》く。紺色の作業着に三角巾、茶色のエプロンというでたちだ。お盆にお皿や湯呑みを載せていると、紺色ののれんの向こうから、作務衣《さむえ》姿の幸人が顔を出した。

「姉貴、次できたから、販売店のショーケースに並べて」

「はーい」

ちょうどお客さんも途切れたところで、いいタイミングだった。私は洗い物を持ったまま、のれんをくぐった。シンクにお皿や湯呑みを置いて、ごしごしと洗い、食器乾燥機に入れる。そうしているうちに幸人がトレイを持って現れた。私はトレイを覗き込んで、思わずわあっと声を上げた。

「おじいちゃんの新作と、幸人の新作でしょう？　すごいね！」

おじいちゃんの新作は、繊細《せんさい》な練り切りの花籠《はなかご》。そして幸人の新作は、錦玉羹《きんぎょくかん》——

寒天の中に雪が舞い降りたみたいに、白い小さな結晶が上から散っていて、底の方は茜《あかね》色からよもぎ色まで、段々に変わっていって……朝焼けと夕焼けを閉じ込めたみたい、だった。

「……姉貴は、俺が作ったものとじーさんのものの違いがすぐに判るんだな」

照れているのか、ちょっとそっぽを向いて幸人が言った。私はトレイを受け取りながら、ふふっと笑って、背の高い弟を見上げた。

「そりゃ判るよ。可愛い弟の作品なんだから」

幸人が微妙な顔をして、私を見下ろしている。……あれ、なんだか顔が強張《こわば》ってる？

「……姉貴。昨日電話掛けてきた奴って、男か？」

「えっ」

うわっ、突然そんな事言わないでよ！　トレイを持つ手から力が抜けて、少し傾けちゃったじゃない！　私は慌ててバランスを整え、ふたたび幸人を見た。

「まあ、確かに男性だけど……ほら、例の副社長」

それ以上、説明のしようがない。え⁉　どうして急にそんな不機嫌そうな顔するのよ、幸人。

「なんて言ってたんだよ」

……なんだか、いやーな予感がする……ここは逃げるのが勝ち！　よね……

「と、とりあえず、これ運ぶから。その話は後でね？」

そそくさと作業場を後にする。そんな私の背中に……ぐさぐさと視線の矢が突き刺さる気もしたけど、そのまま逃亡してしまった。


「ふう……」

ショーケースに綺麗に並べた和菓子を真正面から見て、うんうんとうなずく。我ながら、すごく美味《おい》しそうに見える。光の加減もちょうどいい感じ。

そんな事を考えながら商品を眺めていたら、後ろから低い声がした。

「すみません、おすすめの和菓子はありますか？」

私はにっこりと笑って振り向く。

「はい！　ちょうどできたての新作、が……？」

声の主を確認し、目を丸くした私を見て、同じく目を丸くした長身の男性が言った。

「え……寿さん？」

ぼんやりとした印象しか残っていないけれど、ぱっと人目を引く華やかなこの人は――

「東野、さん……？」

「どうぞ」

東野さんを和カフェに案内した私は、テーブルの上に、湯呑みと幸人の新作を載せた竹皿を置く。東野さんが私を見上げて微笑んだ。

「ありがとう、寿さん。このお菓子、色合いが綺麗で、とても美味《うま》そうだって思ったんだ」

「ありがとうございます！」

私はぺこりと頭を下げた。

（東野さんって……）

うん、美味《おい》しいね、と言いながら食べる東野さんは、何気ない仕草までもが、華やかだった。少しウェーブのかかった明るい栗色の髪に、がっしりとした顎《あご》。垂れ気味な二《ふた》重《え》の目がまた、色っぽかった。タイとポケットチーフは、さりげなくお揃《そろ》いで、カットがお洒落《しゃれ》なブラウンのジャケットを着こなしている。イタリア系色男って感じ。そんな、西洋風な外見の東野さんだけど、竹をふんだんに使った、お茶室みたいな内装の和カフェに、不思議と溶け込んでいる。

（貴史さんも美形だけど……また違った美形よね……）

華があるっていうか、女馴《な》れしてそうっていうか……そんな事を考えていたら、いつの間にか食べ終わった東野さんが、熱いほうじ茶を飲んでいた。ふう、と溜息をついて湯呑みをテーブルに置いた東野さんは、ゆったりと背を椅子に預けて言う。

「ここ、とても落ち着くね。なんて言うか……竹林の中にある、峠《とうげ》のお茶屋さんって感じがするよ。ほら、時代劇なんかによく出てくる」

「っ!? 判ります!?」

すごい、東野さん！　私はにっこりと笑って説明した。

「ここのデザインは、高祖母《こうそぼ》が考えたんですって。皆にゆったりと落ち着いて和菓子を食べてもらいたい、そして笑顔になってもらいたいって、そう言っていたそうです」

和カフェ自体はそんなに大きくない。四人掛けテーブルが三つに、横並びのカウンターがあるだけだ。でも、このお店のそこかしこに、ひいひいおばあちゃんの愛情とこだわりがたっぷり詰まってる。壁の下方に飾られた竹や、竹細工の照明はすべて、囲炉《いろ》裏《り》の上で燻《いぶ》した竹を使ってて独特の味わいがある。歴史を感じさせるこのお店が、私は大好きだ。

「素敵な、ひいひいおばあさんだね」

東野さんは、あちらこちらに視線を泳がせている。

「本当にいい感じだ……インスピレーションが湧いてくるよ」

「インスピレーション……？」

首を傾げた私に、「こんな可愛い子と二人の時に、仕事の話なんて無粋《ぶすい》だよね」と東野さんが笑う。

「そうそう、仕事で思い出したけど……あの日の事、あまり覚えてないんじゃないかな？」

「う、は、はい……」

恥ずかしくて頬が熱くなる。そんな私を見て、東野さんがまた笑った。

「その様子じゃあ俺の名刺も失くしたんじゃない？　もう一度、渡しておくよ」

た、確かにもらった記憶さえないです……。胸ポケットから黒の名刺入れを出した東野さんに、私は慌てて言った。

「も、申し訳ありません。ちょっとお待ち下さいね！」

速攻で、自分の名刺を取りに店の奥へと走っていき、かたかたとつっかけを鳴らしながら、東野さんのもとへと戻った。わざわざ立ち上がってくれた東野さんと、名刺交換する。

「KM株式会社、副社長専属秘書の寿幸子です。どうぞよろしくお願いいたします」

「東野デザイン株式会社、社長の東野です。こちらこそよろしく」

私が渡した名刺を、東野さんはまじまじと見ていた。

「寿さんって、鳳の秘書だったんだ。て事はあいつ、秘書に手を出したの？　それとも、恋人を秘書にしたのかな？　……どちらにせよ、らしくないな」

い、一体どう説明すればいいんだろう。恋人のふりはお母様の前だけでいいって言ってたから、恋人じゃないって否定してもいいのかなあ。

（でも、貴史さんの知り合いみたいだし……お母様とも知り合いかもしれないし……）

うーんうーんと悩む私に、「ごめんごめん」と東野さんが笑った。

「あの凰が、寿さんみたいな女性を選ぶなんて、ちょっと信じられなくてね」

それは……そうだよね。私と貴史さんじゃ、釣り合わないもの。判ってた事なのに、何故《なぜ》かちくりと胸が痛む。東野さんの名刺を仕舞いながらうつむいた私の耳に、予想外の言葉が飛び込んできた。

「あいつ、意外と女性を見る目があったんだなって、敵ながら見直したよ」

「へ？」

顔を上げると、東野さんが優しく私を見つめていた。

「最近の凰は知らないけれど、昔のあいつの傍《そば》にいた女って、見た目はそこそこ良くても、中身は獲物を食い千切《ちぎ》ろうとするワニみたいな奴ばかりだったよ」

……それはコワイ。気を抜いたら、底無し沼に引きずり込まれるんだろうか。ああでも、ミカさんもそんな感じだった……

「う……」

「初めてなんじゃないかな？　あいつに対して、金なんかいらない、一緒にいて不幸になってもどうって事ない、って言った女性は」

「え」

ぴき、と身体が強張《こわば》る。一瞬絶句した後、私は思い切り叫んだ。

「えええええええええっ⁉　わ、私……そんな事、言ったんですかっ⁉」

かあああっと頬が熱くなる。ななな、なにそれーっ‼　よ、酔っていたとはいえ、なんて恥ずかしい事を言っちゃったんだろう‼

「え……それも覚えてないの⁉」

東野さんが驚いたように目を丸くした。あああああ、だから、貴史さんっ……！

『昨日東野に言った事……本当に覚えていないのか』

それで⁉　それであの時、貴史さんは切れたのっ⁉　……それで、あんな事やこんな事にっ⁉

（うっきゃあああああああああっ！！！）

は、恥ずかしすぎるって‼　も、もう、どうしたらいいの、私っ‼

真っ赤になって身悶《みもだ》える私を見下ろす東野さんの目は、生温かかった。

「……俺、ちょっと鳳に同情するよ……」

東野さんが、ぽつりとつぶやく。そしてしばらく沈黙した後、ふたたび話しだした彼の声音は——さっきとは少し変わった気がした。

「覚えていないようだから、もう一度言うよ。寿さん……君は鳳と別れた方がいい」

そう言った東野さんの声はどこか硬くて、そのセリフに込められた、真摯《しんし》ななにかを感じ取ってドキリとした。

「え……？」

呆然《ぼうぜん》と見上げる私の瞳を、東野さんが覗《のぞ》き込む。東野さんの瞳は、何故《なぜ》か哀しそうにも見えた。

「君が鳳の金や地位目当てだったら付き合っていても問題ない。そういう人間はあまり影響を受けないんだよ」

「……」

「あいつが心を許して傍《そば》においた人間は、不幸になっていくんだ。まるで呪《のろ》いにかかったみたいにね」

──呪《のろ》い……？

私は目を丸くした。『呪《のろ》い』という言葉は、私も馴染《なじ》み深い。

『幸子の不運は……まあ、ある種の呪《のろ》い、みたいなものだからなあ。お前のせいではないんだ』

それは、小さい頃から言われ続けてきた言葉。私の不運体質は、寿家に代々受け継《つ》がれしものらしい。

貴史さんが強運なのにも、寿家《うち》と似たような事情があるのかな……？

呪《のろ》いなんて、にわかには信じがたい話だと思うのに、東野さんは真面目《まじめ》な顔で話を続けた。それだけ貴史さんの呪《のろ》いには、信憑性《しんぴょうせい》があるって事？

「君がとてもいい子だっていうのは、すぐに判ったよ。鳳が君の事、大事に思ってる事も」

「えっ⁉」

思わず息を呑んだ。貴史さんが……私の事……大事に……って⁉　かあああっと頬が熱くなる。そんな私の反応を見て、東野さんが、おや、という顔をした。

「もしかして、自覚ないの？　君が意識失って倒れ込んだ時、鳳の奴、真っ青になってたよ。あんなに取り乱した顔、初めて見た」

「う、そ、それは……その」

単に私が酔っ払っていて、いつ吐くか判らないからヒヤヒヤしてたんじゃないでしょうか……

「だから、余計に心配なんだ。この前は鳳に対する厭味《いやみ》のつもりで言ったけど、今日は君のために言うよ。あいつとは別れろって」

突然そう言われても……第一本当には付き合ってないのに、別れるもなにもないいんだけど……

戸惑ってる私の後ろから、低い声が響く。

「――姉貴。いつまでも通路に立ちっぱなしじゃ、邪魔になるだろうが」

振り返ると、滅茶苦茶《めちゃくちゃ》冷たい目をした、我が弟が仁王《におう》立《だ》ちしていた。

東野さんは幸人に視線を移し、それからまた私を見る。

「ごめん、仕事の邪魔だったね。そうだ、お近付きの印にこれからは幸子ちゃんって呼んでいい？」

「は、はい」

にこやかな笑顔でさらりと言われて、あまりのさりげなさに、思わずうなずいてしまった。この人、絶対女慣れしてる……

「さっきの話の続きは、また日を改めて。こちらから連絡するから、プライベートの連絡先教えてくれるかな？」

「え、は、はい……」

「姉貴！」

怒ったような幸人の声がしたけれど、同じ業界の社長さんだし、自分の上司である貴史さんのお友達だし無下《むげ》にお断りはできない。そう思った私は、ポケットからスマホを取り出して、アドレスを交換した。

「じゃあ、ご馳走様《ちそうさま》でした。とても美味《おい》しかったよ。また寄らせてもらうね」

片手を上げて挨拶《あいさつ》した後、東野さんは涼やかに立ち去っていく。立ち振る舞いもお洒落《しゃれ》だなあ……なんて思いながら、後ろ姿を見送った。すると、そんな私の背後から、地獄を這《は》いずり回る鎖《くさり》のような声が聞こえてくる。

「なんだよ、さっきの男……それから、誰が誰と『別れる』って⁉」

げ。私は振り返って幸人を見た。うわ、本気で怒ってる⁉　こめかみのあたりが、ぴくぴくしてるんですけど⁉　良かった、他にお客様がいなくて！

「べ、別に……その、大丈夫だって！　幸人に迷惑かけたりしないから！」

そう言ったのに、何故《なぜ》かますます幸人の怒りは増したようだ。がつっと両手で私の肩を掴《つか》んできた。

「そういう事、言ってるんじゃないっ！　姉貴は迂闊《うかつ》で単純だから、すぐに騙《だま》されるって判らないのか⁉」

「だ、騙《だま》されてなんか、いないって！　大体、私なんか騙《だま》したって、なんにもいい事……」

「……それ、本気でそう言ってるのか？」

……幸人？　私は目を見張った。見慣れたはずの幸人の顔が、まるで知らない人みたいに見えたから。じっと私を見下ろす目は、ぎらぎらしていて――

うわ、これって‼　貴史さんと、同じ目付きだ……っ⁉

怒った時の目が一緒！　え、弟も貴史さんと同系統の人だったの⁉　嘘⁉　衝撃の事実に固まっていたら、またもや背後から不穏な声がした。

「……何をしている？　幸子」

――魔王降臨《こうりん》。前門《ぜんもん》の虎《とら》、後門《こうもん》の狼《おおかみ》。私の頭には、そんな言葉が浮かんでいた……

十一話　でえと、ですか？

ごくり。思わず唾を呑み込み、恐る恐る振り返ると……

――カジュアルなライトベージュのスラックスに、薄いグリーンのセーター、黒っぽいコートを着た……それはそれは怖ろしい顔をした美形が立っていた。

(ひええええええっ！)

「え、あ、副……」

言いかけたけれど、威圧感《いあつかん》がありすぎて、それ以上言葉を紡《つむ》げなかった。なんで睨《にら》まれたんだろう……あ、そういえば貴史って呼べと言われてたんだった。

(ちょ、ちょっと間違っただけなのに！　なんなのよ、その迫力はっ⁉)

無駄にエネルギーを放出しないで下さいっ！　私はエコ派なんですっ！　そう思って

いた私の両肩が、またがちっと大きな手に掴《つか》まれた。

「姉に、なにかご用でしょうか」

幸人の声もなんか、怖いんだけど。言葉の裏に怒りが隠れているような気がする。あ
あ、貴史さんの目も応じるように一瞬光ったっ！

貴史さんの口元が、くっと歪《ゆが》んだ。邪悪《じゃあく》な笑顔。コワイ。

「前に会った時に言いそびれていたが、今お姉さんとお付き合いさせてもらっている」

「た、貴史さんっ⁉」

ななな、なんで⁉　恋人のふりはお母さんの前だけでいいって言ってたのに、どうし
て幸人にっ……⁉　抗議しようとした私の肩が、ぎりっと痛んだ。

「い、痛いっ！」

幸人に掴《つか》まれた肩が痛くて叫んだのに、気にも留めてくれなかった。

「貴方が姉と……？」

幸人の声は低くて、そして禍々《まがまが》しかった。

「ああ。今日も会う約束をしていたから、迎えにきたところだ」

嘘じゃないけど。嘘じゃないけど、そんな言い方したら誤解されますからあっ！

やーめーてーと密かに悶《もだ》える私を置いて、幸人がふっと笑った。幸人の身にまとうオー
ラが、どんどん黒さを増していく。やだあ、もう！

「へえ……じゃあ、貴方の事ですか？　別れた方がいいって、姉が言われていたのは」

貴史さんの目がすっと細くなった。視線が幸人から私に移る。彼の視線に射貫《いぬ》かれ、思わずびくっと身体が揺れた。

「さっきうちに来た、東野とかいう男がそう言っていた。貴方の傍《そば》にいると、不幸になるからって」

東野さんの名前を聞いた途端《とたん》、貴史さんの眉がぴくり、と動いた。でも、なにも言わなかった。

「俺は……」

幸人の声、いつもとなんか違う。こんな声……聞いた事ない……

「姉が不幸になるなら」

貴史さんの表情からは、なにも読めない。私はなにも言えず、ただじっとしている事しかできなかった。

「貴方を認めない」

「ゆ、幸人……？」

私は顔だけ後ろを向いて、幸人を見上げた。真っ直ぐに貴史さんを見る幸人の瞳がなんだか、怖かった。

そんな緊迫《きんぱく》した空気を壊したのは、くすり、と笑う貴史さんの声だった。彼を見ると、綺麗な口元が上がっていた。い、一見微笑んでるけど……目が笑ってない！　怖すぎる笑顔っ！

「……君は姉思いなんだね。いい弟さんだ。東野が何を言ったのかは知らないが……」

ああ、もう、口を挟む事ができない。心臓が痛いくらいで、押し潰されそうっ……！

「俺は遊びでお姉さんと付き合ってるわけではない。だから、俺から別れる事はない」

「！！！！！！！！！！」

し、心臓発作、起こしそう……絶対、私、真っ赤になってる！　もう、やめてーっ‼

ばくばくいう胸が、痛くて仕方がない。

次の瞬間、貴史さんの爆弾発言を聞いた幸人の強い視線が、私を貫いた。

「姉貴。この男の事、好きなのか？」

「……っ‼」

もう、なにがどうなってるのか判らない。あまりの事に思考が追いつかず、口をぱくぱくさせる事しかできない私に——虎と狼《おおかみ》の視線がぐさぐさと突き刺さる。

（どど、どうしたら、いいのよーっ‼）

そんな、針のむしろに座らされていた私のもとに、救世主が現れた。

「何を店で騒いでるんだ、幸人。ん？　お客様か？」

店の奥を振り返る。のれんの奥から現れた年を取った天使の姿を見て、思わず目が潤《うる》んだ。

「ん？　どうした幸子？」

「おじいちゃぁぁぁぁぁぁぁぁんんっ‼」

私は肩を掴んでいた幸人の手を振り払い、一目散《いちもくさん》におじいちゃんのもとへと駆け出す。

そうしてがしっとおじいちゃんに抱き付いた。

「どうした、幸子」

よしよし、と背中を撫《な》でてくれる、おじいちゃんのぬくもりが心地良かった。

「こ、こわかったぁぁぁぁぁっ……」

ぐすぐすと泣きつく私の後ろで……

「じーさんに負けた……」と、低くハモる声が聞こえたけれど……気のせいだ、きっと。

――私はしばらく、おじいちゃんに抱き付いたまま「ふえぇ、嫌だったぁ……」と弱音を吐いていた。

「ほう。君が……鳳家の」

私が落ち着いた後、おじいちゃんの勧めで貴史さんを和カフェに招き、少し話をする事に。改めて、貴史さんが二人に自己紹介をした。幸人は黙っておじいちゃんの隣に座っている。

貴史さんはおじいちゃんの正面の席に座り、必然的に私はその隣に座る事になり――二人が睨《にら》み合っているのを、はらはらしながら見ていた。

（お、おじいちゃん……？）

いつもにこにこ笑ってるおじいちゃんの雰囲気が、どこか違ってる？

普段の柔和《にゅうわ》な空気はどこへやら、すごい圧力を感じるんだけど⁉

それに、さっきのおじいちゃんのセリフだと、貴史さんの事……というか、貴史さんの家の事を知ってるみたいだった。なんだろう？

私は不思議に思いながら、おじいちゃんと貴史さんを交互に見る。けれど見えない火花が、ばちばちと音を立てて散ってる気がして、口を挟む事はできなかった。

「ええ。初めまして、鳳貴史と申します」

深々と頭を下げた貴史さんに、おじいちゃんが鋭《するど》い視線を投げる。それでも貴史さんの表情は冷静だった。

「君がここに来る事を、鳳の奴らに反対されなかったのかね」

「知れば文句を言うでしょうが、言う必要はありません」

おじいちゃんが私を見て、それから貴史さんを見た。その視線は、刃物のように鋭《するど》い。

「……とにかく。鳳家がうちを目の敵《かたき》にしてるのはいつもの事だが……ごたごたに幸子を巻き込むのは、勘弁《かんべん》してくれ。積極的に君の邪魔をする気はないが、この子を傷付けるようなら、容赦《ようしゃ》はせん。あくまで本人の意思次第、だ」

え⁉　目の敵《かたき》って⁉　私は目を見開いた。やっぱりおじいちゃんは鳳家の事、なにか知ってるの？

しかも今、ごたごたに巻き込むとか言ってたよね⁉　どういう事⁉

なかばパニック状態の私を尻目に、貴史さんはまた頭を下げた。

「ええ、判りました。感謝します」

「じーさん⁉　それでいいのか⁉　この男、鳳の……‼」

幸人が噛みつくように言ったけれど、おじいちゃんは視線で幸人を黙らせた。

「本人次第、と言っただろう。この件に口出しする権利は、幸人、お前にはないぞ」

「……っ」

幸人が少しうつむき、悔《くや》しそうに下唇を噛んだ。私が見てるのに気が付いたのか、ふっと顔を上げてこちらを見た幸人は一瞬……ほんの一瞬だけど、辛そうな顔をした気がした。

幸人……幸人もなにか知ってるの？　どうしてそんな表情《かお》をしたの？

なんだか、自分だけが蚊帳《かや》の外みたいで——胸の奥が少しうずいた。

「あの、ゆき……」

混乱する頭でようやく絞りだした言葉は、貴史さんの言葉に遮《さえぎ》られる。

「着替えてこい、幸子。もうここを出る」

「え」

むっとした幸人に、厳しい表情を変えないおじいちゃん。いつもと様子の違う二人の事が気になるけれど、それ以上に私を急《せ》きたてる貴史さんの威圧感《いあつかん》が、怖かった。

「わ、判りま、した……」

あっさりと白旗を掲げた私は、慌てて立ち上がり、足早に店の奥へと引っ込んだ。


「……」

鏡を見た私は、はああ、と溜息をつく。

「学生の時の服だけど、まあ、見れない事はないよね……」

実家に残していた服から選んだのは――三段フリルのタータンチェック柄ミニスカートにシャツを着込み、その上に生成《きな》りのセーターを合わせた。足元は黒のタイツに、ローカットのブラウンのブーツを履《は》く予定。設定は「社会人のお兄ちゃんに連れられている大学生」だ。周りの人達にデートと思われないよう考えた結果、たどり着いたコーディネート。この時ばかりは、童顔の自分に感謝した。もう開き直ってやるんだから！

「見えない、よね……」

鏡を覗《のぞ》き込んで首元をチェックする。まだうっすらと首筋に痕《あと》が残ってるから、シャツの襟《えり》で隠す事にしたのだ。

もう一度溜息をついて、肩掛けバッグとジャケットを手に持った私は、元自分の部屋を出た。

「お待たせしま……した?」

のれんをくぐると、そこは雪国ならぬツンドラの国だった。思わず背筋に悪寒《おかん》が走る。

(ささ、寒っ……!)

私が席を外してる間に、少しは空気が和んでるといいな~、なんて思ってたけど、一ミリも変わってない! いや、むしろ悪化しているような……

ああ、今日、他のお客様がいなくて良かった。なんなの、この心から凍りそうな雰囲気は⁉ おじいちゃんはしかめっ面だし、幸人は貴史さんを睨《にら》みつけてるし、貴史さんは——

(うわあ、鉄仮面!)

私がいない間に、一体なにがあったんだろう……ああ、でも知らない方が身のためかも。ここは、素知らぬふりを貫こう、うん。

貴史さんがふっとこちらを向いた。私を見て、一瞬目を丸くした後、ふわっと微笑んで立ち上がった。優しい視線に、どくんと心臓が踊る。

うわわわわ……‼　慌てふためく私に、おじいちゃんと幸人の視線が突き刺さる。そんな様子を見てる貴史さんが面白がるような目を向け、近付いてきた。ううっ、くすぐったい。

「そんな格好をしていると、学生みたいだな」

「だ、だって……服がなく、て」

やっぱり釣り合わないかなあ。ちょっとうつむき加減になった私の顔を、貴史さんが屈《かが》みこんで覗《のぞ》いてくる。

「いつものスーツ姿と違うが、これも可愛い。よく似合ってる」

「！！！！！？？？？？」

耳元で甘く囁《ささや》く声。全身から湯気《ゆげ》が出た。やっぱりこの人、心臓発作で私を殺す気だっ⁉　腰くだけになり、半分意識が飛んでいた私は、肩に手を回され、ぐいっと広い胸に引き寄せられた事に気が付かなかった。

「じゃあ、行こうか。お邪魔しました。帰りは彼女のマンションの方に送りますから」

おじいちゃんがしぶしぶ、といった感じでうなずく。

「幸子を頼んだよ。幸子、お前も気をつけてな」

「う、うん……行ってきます」

貴史さんを睨《にら》みつけ、なにも言わない幸人にもちょっと手を振る。そうして私は荷馬車に乗せられ、売られにゆく子牛のように、貴史さんに連れられて店を後にした。

「で……一体今日は何を？」

近くのパーキングで彼の車に乗り、シートベルトを締めながら私は尋ねた。するとにやり、と運転席で悪魔が笑った。

「デートだが？」

「はい⁉」

で・え・と、ですと⁉　目を見開いた私に、噛んで含めるように貴史さんは言う。

「お前、休日にデートの一つもしないで、付き合ってると言えるのか？」

「そ、それは……そうです、けど」

貴史さんが私の方にぬっと身を乗り出してきた。間近で見る美形の迫力に、うっと固まる。そんな私の耳元に、ますます貴史さんの顔が近付いた。ふっと首筋に息がかかり、背筋がぞくぞくっとする。

「母の手の者が、俺の後をつけてる可能性がある」

「はあ⁉」

後をつけてる⁉　なにそれ⁉　とっさに窓ガラスの外を見たけれど、「すぐに判るように後つけるわけないだろ、馬鹿」と長い指にデコピンされた。地味に痛い……。

「今日も実家に来るように言われたが、『お前と会う』と言って断った。それが本当かどうか、見てるはずだ。だから……」

「……っ⁉」

いきなり、さらりとした前髪が私の額《ひたい》に当たったかと思うと……

柔らかくて、熱い感触が唇を舐《な》めてるっ⁉


（えええええええええええええええっ⁉）


私が硬直している間に、唇はすっと離れた。けれど彼の顔はまだすぐ近くにあって、じっと私を見ていた。吸い込まれそうな、漆黒《しっこく》の瞳。唇に甘い感触が残っている。

「あ、あ、あああああの……？」

多分真っ赤であろう私の頬を、貴史さんの右手がそっと撫《な》でて、微笑んだ。その微笑みがあまりにどす黒くて、今私が乗っている黒塗りの外車が監獄《かんごく》に思えてきた。

「付き合ってるなら、これくらい当たり前だよな？　今日一日恋人として扱うから、そのつもりでいろ」

「ここここ、恋人ぉぉぉぉっ⁉」

確かに恋人役を引き受けたのは自分だけど！　そう言われると、覚悟がっ……！　改めて宣言されると怖気付《おじけ》く。

そんな大それたもんじゃなくて！　是非《ぜひ》一般人扱いにして下さい！　と言おうとした私の口を、長い人差し指が塞《ふさ》いだ。

「今ここで、文句を言えないようにしてやろうか？」

妖《あや》しく光る瞳の迫力に、顔が引き攣《つ》った。脅しじゃない。この人は、やると言ったら、絶対にやるっ！

黒い……黒過ぎるっ‼

だめだ、この顔っ！　この笑顔！　逆《さか》らったら……あぁ、なにされるかっ！

「ナンデモナイデス」

がくぶるがくぶる……。クワバラクワバラ……南無妙法蓮華経《なむみょうほうれんげきょう》……思いつく限りの言葉を唱えながら、私はクッションの効いた座席の上で身を縮めた。

そんな私を見てにっこりと笑った貴史さんは、静かにアクセルを踏んで、動く監獄《かんごく》を発進させた。

十二話　でえと、ですね！

「うわーっ、ふ……じゃない、貴史さんっ、見て見て！」

目の前に広がる、青い世界に私の視線は釘付けになった。

頭上に降り注《そそ》ぐ青い光のシャワー。本物の水面のきらめきと魚の群れが、光の洪水と混ざり合い、ガラスを突き破って、こちらに流れ込んでくる。錯覚だけど、本物みたい！

「ほら、手を伸ばしたら、泳いでるイワシの群れに手が届きそう！」

青い光の中、年甲斐《としがい》もなく、きゃあきゃあ騒ぐ私の隣で、冷静に周囲を見回している貴史さん。

「初めて見るが凄《すご》いものだな、プロジェクション・マッピング」

周りでも歓声が上がってる。薄暗い水族館の大きなガラスがそのまま、映像を映し出す大きなスクリーンになっている。目の前に繰り広げられている魔法の映像に、私はうっとりと見とれていた。

寿堂を出た後、どこに行きたいかと聞かれ、水族館をリクエストした。

確かテレビで、リニューアルイベントとして3Dなんとかをやってるって言ってたし、水族館だったら二人きりじゃないし（ここ最重要）、館内は薄暗いから、私と貴史さんのスペックの差も目立たないし（重要）、一応デートスポットだし（これはどうでもいいけど）、まあいいかなって思って。

そうしたら、貴史さんはしばらく黙った後ふっと口角を上げ「なら昼もそこで食べるか？」と聞いてきた。

「はい！」と元気よく返事をした私は、（ちゃんとデートらしいよね！）と一人悦《えつ》に入っていた。

――貴史さんがその時、どんな顔をしていたかも知らずに。

＊＊＊

「はむんーっ！　おいひい、これっ！」

水族館に着いた時は、ちょうどショーの開始時間だった。だからショーを先に見て、ちょっと遅めのランチを今とっている。そば粉のガレットで、サラダと生ハムを巻いたロールサンドを頬張りながら、大きなガラス窓から見える海を見ていた。

　ここは水族館のオープンテラス。海に面した部分がガラス張りで、温室みたいな造りになっている。あちこちに、白いテーブルと椅子が置かれていて、ちょっとした休憩やお弁当タイムに格好の場所。真ん中には浅瀬を模《かたど》った小さなプールがあり、小さなカメや、ヒトデがうにーんと動いていた。

　かぷ。貴史さんは、綺麗な動きの長い指でエッグサンドの最後の一口を食べていた。長い脚は、椅子からすらっと伸びている。

　うーん、本当にこの人、なにしても絵になるなあ。こう、だらだら崩れる、みたいな感じになる事、ないのかしら？

「なんだ？」

　あ。無意識のうちにじっと見てしまってた。ううう、先に見てたのは自分だけどあまり見つめないで下さい。美形の視線は刺さると痛いんです……

「そ、その、綺麗だなあって思って」

「え？」

　目を丸くした貴史さんの反応が意外で、驚いた私の口は勝手に動いていた。

「えええ、えっと、その、指先とか肩のラインとか背中が特に……」

　うわ、なに正直に暴露《ばくろ》してるんだろう、私⁉　じろじろ見て、変質者みたいって思われたんじゃないの⁉　もごもごと言葉を濁《にご》し、熱くなった頬を隠すようにうつむく。

貴史さんはやがて、くすりと小さく笑った。

「お前の方こそ、可愛いと思うが」

「うぐっ」

思わず詰まってしまった。ななな、なに言ってるんですかっ⁉ 顔を上げると、それはそれは綺麗に微笑む、腹黒王子様がいた。

「お前を見てると飽きない。なにしでかすか判らなくて、目が離せない。だから……」

そっと右手が伸びて、左頬を撫《な》でられた。さっき綺麗だと思った指がゆっくり優しく動いて、ますます頬が熱くなる。

「あ、あのっ……」

まままだ、食事中なんですけど⁉ 魔法に掛けられたみたいに、目が離せない。真っ直ぐに私を見る、この人の瞳から——

「ずっと見ていたい。お前がずっこけるところも、笑うところも、怒るところも、恥ずかしがって真っ赤になるところも……全部」

ごふっ……

私は完全にノックダウンされ、ばたんとテーブルに突っ伏《ぷ》した。

（あ、だめ……）

……今私、大量の砂糖攻撃を受けて、消化しきれずに吐きましたよ、ええ。セリフも甘けりゃ声のトーンも甘くて、何故《なぜ》だか背筋がぞくぞくするんですけど⁉　いつの間にか、頭撫《な》でられてるし⁉

「ううう……止めて下さい……」

「なにが？」

ゆっくりと顔を上げると、楽しそうに笑う悪魔の顔が。

「わざとやってるでしょう……」

じと目で睨《にら》むと、涼しい顔をしてさらっと切り返してきた。

「お前だって、俺と『あんな事』をした次の日だというのに、昨日は取り澄《す》ました秘書の顔で俺の事、かわしていただろうが」

うわあ、私がわざと貴史さんの事見ないようにして、仕事に集中してたのバレてたの？　しかも、根に持ってる⁉

「だ、だって……！　異例の大抜擢《だいばってき》で副社長秘書になったのに、プライベートが原因で仕事できないなんて、だめじゃないですかっ‼　だから……っ」

「今日は仕事じゃない。だから、秘書の仮面は被《かぶ》るな」

「……っ」

いざとなったら、その方法で切り抜けようと思ってたのに。逃げ道塞《ふさ》がれた……。ううう、と唸《うな》る私に、大きな手が差し出された。

「お前のスマホを貸せ。アドレス交換しておく」

「はい……」

彼の黒いシンプルなスマホと私の白いスマホを両手に持って、手際良く処理していく。

そんな貴史さんの目が、一瞬細められたけど、鮮やかな動きの指先は止まらなかった。

しばらくして、貴史さんが私のスマホを差し出した。

「ほら。俺のを入れておいたから」

「はい」

仕事用の番号はすでに知っているから、別にいいんだけどなあ……と思ったけれど、口に出さないでおいた。

そんな事を考えながら受け取ったスマホを鞄《かばん》にしまってると、貴史さんがまた口を開く。

「なにかあったら、すぐに連絡しろ。判ったな?」

「――? はい……」

なにかってなんだろ。

おじいちゃんといい、幸人といい、貴史さんも。今日はなんだかいろんな人に、よく判らない事を言われてばかり。

そうは思ったけれどお腹が空いていた私は、とりあえず食べかけだったロールサンドを頰ばる事に集中した。

十三話　慌ただしく、なりました

水族館デートから一週間ほど経ったある日。出勤した私は一次コンペに向けて作業中のデザイン部に、進捗《しんちょく》状況の確認に来ていた。

「ラフデザインが、まだ仕上がってないのよ。副社長から急にイメージ変更を言い渡されて、今描き直してるところ」

デザイン部の佐伯紀子《さえきのりこ》部長は、長い黒髪をかき上げながら私に言う。白いワイシャツに黒のタイトスカート。ボン・キュ・ボンの体形がはっきりと判る。アーモンド形の猫のような目の下にできた隈《くま》が妙に色っぽい。

徹夜して疲れてる姿が綺麗って、これだから美人は……

デザイン室の男性達は軒並《のきな》み、この女神の色気に当てられ、一度は彼女に恋をする、というのが通過儀礼となっているらしい。

「副社長に文句言っておいてよ。コンペの直前に、いきなりコンセプト変えるなって。そりゃ、変えたものの方がいい感じなんだけど」

「判りました」

ぺこりと頭を下げ、立ち去ろうとした私を、女神様が呼び止める。

「そうそう寿さん、副社長にぱくっと食べられたって本当？」

「ぶっ」

思わず、ずっこけそうになったじゃないですかっ‼　社内でなんて事言うんですか、この人はっ‼　皆聞き耳立ててるんじゃないの⁉

私は振り返り、佐伯さんをじと目で見た。

「た、単なる噂です」

「ふうん……そうなのぉ？」

うわ、ねちっこい。しかも言いたい事は遠慮《えんりょ》なしにズバズバ言ってくる感じ。そう言えば佐伯さんは、自分のデザインに相当なこだわりを持ってて、社長相手でも引かないって話だったっけ。相手が私じゃ、なおさら容赦《ようしゃ》なしだよね。

「そうだったら、楽しくなると思ってたのに。大体副社長、堅過ぎるのよ。デザインだってできるんだから、もうちょっとデザイン部《うち》に融通《ゆうずう》してくれてもいいと思わない？」

「副社長が……デザイン？」

私が目を丸くすると、あら知らないの、と佐伯さんはつぶやいた。

「大学の時、一緒に建築デザインを学んだのよ。高校時代から、海外留学の話も出たぐらい才能ある生徒だったらしいけど……なにせ、財閥《ざいばつ》の跡取りでしょ。デザインの道に進む事はできなかったらしいわ」

佐伯さんが貴史さんと同じ大学の先輩で、そのデザイン力に惚《ほ》れ込んだ貴史さんが、KM社に引き抜いたっていうのは、社内では結構有名な話だ。そのせいなのか、佐伯さんは社内で恐れられてる鉄仮面に対し、ビシバシ率直《そっちょく》な意見を言っている。

佐伯さんは、ふふっと笑った。

「寿さんなら副社長の相手が務まるんじゃないかしら？　私だったら、あんな重い物背負ってる人なんて、真っ平ごめんだけどね。財閥《ざいばつ》の跡取りなんて、厄介《やっかい》だもの」

私にだって重荷ですってば……。歪《ゆが》む私の顔を見て、佐伯さんがまた笑う。

「寿さんが副社長をユーワクしてくれたら、もうちょっとあの人も面白くなるんじゃないかって、期待してるのに。大学の時も、真面目《まじめ》でつまんなかったのよー」

「いいい、いいえっ！　激しくご遠慮《えんりょ》させていただきますっ‼」

だめだ、逃げるが勝ち！　私は頭を下げ、すたこらさっさとデザイン部から逃亡した。

「ふう……」

女神様から逃げおおせた私は、エレベーターの中で溜息をつく。

ここ数日、私の秘書の仮面には、ぴきぴきとひびが入り始めていた。

それもこれも、先週の水族館デートの帰りの出来事が原因で——

『ふ、あん……っ』

私のマンション近くの、人気のない駐車場。

二人きりの車の中で貴史さんはおもむろにシートを倒し、逞《たくま》しい身体で助手席に圧《の》しかかってきた。あっという間に唇を奪われ、口の内をくまなく舐《な》められて——ようやく解放された時、私は吐息を洩《も》らす事しかできなくなっていた。

私を見下ろす瞳が熱くて、ごくりと唾を呑む。

『幸子……』

ちゅ、と左耳の下に口付けられた。首筋を舐《な》める舌がくすぐったくて、抵抗しようにも、手に力が入らない。服の上から左胸を掴《つか》まれると、びくっと腰が揺れた。

『や、め……っ！　だ、誰か見てたら……』

焦《あせ》る私の言葉は、またもや唇に遮《さえぎ》られて、最後まで言えなかった。吸われて舐《な》められて……息も絶え絶えになった頃、ようやく満足したのか、貪欲《どんよく》な唇が離れる。

『この駐車場には、誰もいない。いるとしたら母の差《さ》し金《がね》の、後をつけている奴だけだ』

貴史さんが耳元で囁《ささや》く甘い声は、麻酔みたい。痺《しび》れて身体が動かなくなる……。ぼうっとした私は、ようやく貴史さんの言葉の内容を理解した。

『後をつけてるっ⁉　だ、だった、ら……』

これ、見られてるって事⁉　目を見開いて離れようとしたけれど、大きな胸にぎゅっと抱き締められた。

『見せつけてやらないとな？　俺とお前が、甘い時間を過ごしている事を』

んきゃーっ！　見せつけるっ⁉　そそそ、それは嫌あーっ‼

ふたたび襲ってきた唇の攻撃を、死に物狂いで必死に防ぎ、『も、もう終わりですーっ‼』と大声を出して事なきを得た（？）んだけど……

あああ、思い出しちゃだめーっ！

心臓がどきどきして、呼吸困難になってきた。首筋に残る痕《あと》が熱い気がする。頬も火照《ほて》ってきた。あああ、忘れろ、私！

頭をぶんぶん横に振って、なんとか平常心を取り戻した私は、呻《うめ》くようにつぶやいた。

「恋人のフリするにしたって、迫りすぎじゃ……」

そう思って貴史さんにも言ってみたんだけど……

『お前の態度は硬過ぎる。そんな様子では、すぐにばれるぞ』

とかなんとか言って、取りあってくれなかった。

そ、それはそうかもしれないけど……でも、こっちは恋愛初心者なんですよ⁉　もうちょっと、手加減してほしいっ！　って、真剣に抗議してもみたけど……

『だから、慣らさないといけないだろうが。一般的な恋人のレベル、まではな』

貴史さんが求める『一般的な恋人のレベル』って、どれくらいですか⁉　基準がよく判らない……


「絶対、弄《もてあそ》ばれてる気がする」

私がうろたえるのを見てる時、すっごく楽しそうなんだよね……あのヒト。

「それにしたって、あんなに過激な演技する必要ないんじゃあ……？」

恋愛慣れしてなくて面倒な相手にちょっかい出す事、ないような気がする。

「もしかして、美人ばかりと付き合ってて、飽きちゃったとか？」

貴史さんは、私が自分に決してなびかないと見込んで恋人役を頼んだのだろうけど、あんな風にされたら……私だって、うっかり勘違いしてしまいそうになる。身の程知らずだって、判ってるけど……

私ははあ、と重い溜息をついた。

「恋愛偏差値の低い私が考えたところで、貴史さんの真意なんて判るわけないよね」

ううう、今まで恋人の一人もいなかった、淋《さび》しい人生の我が身が憎《にく》いっ。こういう時、いつもだったら美恵子に相談するんだけど、新婚旅行中だし……

「……あ」

私の脳裏《のうり》に、背の高い世話好きな同期の顔が浮かんだ。

――そうだ、小田原くん！　そこそこモテる小田原くんだったら、相談相手に適任かも！　口も固いし、仲良いし、この間、心配してくれてたし。

「よし！」

今度機会があったら、小田原くんに相談してみよう。男性の目から見たら、新たな意見とか聞けるかもしれない。うん、いいかも。

なんとか体勢を立て直した私は、エレベーターを降りて歩き出した。

十四話　東野さんから話を聞きました

数日後――大方の予想通り、コンペの一次審査を通過したと連絡があり、二次審査に向けて各部署が慌ただしく動き始めた。
「デザイン部の佐伯に進捗《しんちょく》を確認しろ。あいつの事だから、メールを開けてもないんだろうな」

「では、デザイン部と営業部を回ってきます」

「ああ、頼んだぞ」

頭を下げて、副社長室を後にする。佐伯さん（私が佐伯部長と呼ぶと、「親父臭いからヤダ」と本人が拒否するのよね）は仕事が乗ってくると電話にもメールにも応答しない。だから用がある時は、顔を見にいかないといけないんだけど……おかげで助かった……

副社長室にいる時間が短くて済む。それだけで、心の負担が減るなあ……。私は歩きながら、つかの間の解放感を噛み締めた。

「――よしっ！」

ぱん！　と両頬を叩いて気合いを入れる。さあ、頑張って仕事仕事っ！

「まずは、デザイン部よね」

今日は気分を変えて、階段で降りて行こうっと。私は非常口のドアを開け、かつかつとリズミカルな足音を響かせながら、デザイン部を目指した。

デザイン部内は戦場だった。書類やら怒声《どせい》やらが飛び交《か》う中、女神様の周りには黒山の人だかりができていた。

「佐伯さん！　こちらもチェックお願いします！」

「持ってきて頂戴《ちょうだい》！　……あら、寿さん」

……やっと気が付いてもらえました。さっきから入り口で様子を窺《うかが》っていたんだけど、話しかけられる雰囲気じゃなかったのだ。佐伯さんは今日も身体のラインがばっちり出るタイトな赤のワンピース姿だ。私が男なら鼻血が出ます。さすが女神様。

「進捗《しんちょく》確認ね。予定通りだけど、まだ納得できないから、ぎりぎりまで手を入れるって、副社長に伝えて頂戴《ちょうだい》」

「判りました、そのように伝えます」

目的を果たしお辞儀《じぎ》をして立ち去ろうとした私の袖《そで》を、白い手がむずっと掴《つか》んだ。

「ねえ、寿さん。いつもいつも紺色スーツってつまらないわよ？　もっと華やかな格好しなさいな」

ひええ、今度はファッションチェックをされてる！　じりじりと迫る佐伯さんから、後ずさりする私。あ、背中が戸棚に当たった。行き止まり！

「いえ、私は別に……」

「だめよ～、寿さんには副社長を落として、彼の気持ちを和《やわ》らげてもらわないと。そしたら、デザイン部《うち》も助かるし……チェック厳しいんだから、あの人」

「私をイケニエにするのは、やめて下さいっ！」

こんなところで、捕まってなるものですかっ！　私は「では、また来ますっ」と女神様に言い残し、そそくさと危険地帯から撤退した。

「あ、小田原くん！　営業部の様子はどう？」

ブラウンのスーツを着た小田原くんが、よっと片手を上げた。今ちょうど会議が終わったところらしく、こちらの机の上にも、わんさかと資料の山が。ノートパソコンに映してるの、プレゼンの資料かなあ。

「大体の方針は固まったし、後は細かいところを詰めるだけだな。そうそう、コンペの二次は副社長直々《じきじき》にプレゼンやるって」

「え？」

私が目を丸くすると、小田原くんがこそっと耳元で囁《ささや》いた。

「二次では多分、東野デザインが出てくるだろうからって。あそこの社長って、副社長の知り合いなんだろ？」

「……東野……」

「東野の社長って言えば、海外で賞取ってたりして有名だからな。気が抜けないんだよ」

「そう、なんだ……」

東野さんって、やっぱり凄《すご》いんだ。そんな事を考えていた私の横で、うーんと小田原くんが伸びをした。

「今日は早めに上がって、現場を見てくるかなー」

「現場？」

小田原くんが私を見下ろした。

「旧駅前ロータリーだよ。実際に見ておいた方が、イメージ湧くだろ」

「あ！」

チャンス！　そう思った次の瞬間には、私は咄嗟《とっさ》に小田原くんの腕をがしっと掴《つか》んでいた。

「小田原くん！　それ、私も一緒に行ってもいい⁉」

「え？」

そうだ、一緒に行く予定を入れちゃえば、万が一貴史さんに誘われても断る口実ができるし、ついでに相談にも乗ってもらえるじゃない！　下心ありありの私の顔を、小田原くんが胡散臭《うさんくさ》そうに見た。

「お前、なにか企《たくら》んでないか？」

「そそそ、そんな事ございませんせん事よ、ほほほ」

「うわ、わざとらしい奴……」

はあ、と溜息をついて、小田原くんがしぶしぶＯＫをくれた時——後ろから尖《とが》った声がした。

「あら、寿さん。副社長付きの秘書が、こんなところで油売っていてもいいのかしら？」

私が振り返ると、いつもながらエレガントな服装の、佐々木さんが立っていた。縦ロールの髪もぴしっと決まっている。私は「こんにちは」とぺこりと頭を下げた。

「副社長の指示で、進捗《しんちょく》確認しているところです」

私がそう言うと、佐々木さんはふふんと鼻で嗤《わら》った。

「副社長も呆《あき》れるんじゃない？　営業部で男漁《あさ》りなんて。まあ、私には関係ないけれど」

そう言い残して佐々木さんは、桐野部長の方へと通り過ぎていった。すれ違いざまに睨《にら》まれた気がしたけど、私は頭を下げていたから本当のところは判らない。

「お前、秘書室主任からも目つけられてるのか？」

呆《あき》れ声の小田原くんに、私はお茶を濁《にご》した。

「うん、まあ……」

仕方ないよね……秘書室一のみそっかすが、副社長付きになっちゃったんだから。それに多分、佐々木さん、貴史さんの事……。佐々木さんの背筋がピンと伸びた後ろ姿を見ながら、私は溜息をつく。

するると、大きな手がぽん、と、私の頭を叩いた。

「まあ、へこむなよな。真面目《まじめ》にやってりゃ、そのうち判ってもらえるさ」

小田原くんって優しいよね。こういう気遣いできるところが、出世の理由なんだろうなあ。

「うん……ありがとう、小田原くん」

私が笑ってお礼を言うと、ちょっと照れたように小田原くんも笑う。

「じゃあ、六時に一階ロビー集合な。二人だから、タクシーで行くか」

「判った！　じゃあ、その時にね」

私は手を振って、営業部を出る。……その時、佐々木さんが何をしていたかも知らずに。

＊＊＊

「は、早く車を出して下さいっ！」

終業後、会社の前のタクシー乗り場で、止まっていたタクシーに乗り込む。

あああ、スパイ映画のヒロインみたいな気分だわっ！　私は頭を低くして、座席に隠れるように座った。

「駅前ロータリーまでお願いします」

小田原くんの声で、黄色いタクシーが滑《すべ》らかに出発した。私はふうと溜息をついて、座席の背もたれにぐったりともたれかかる。

「なんだよ、寿。時間ぎりぎりに走ってきたかと思ったら、あっという間に車に飛び乗って」

小田原くんはなかば呆《あき》れ顔だったけど、こっちも必死なんだってば。

「だって、後つけられてたら、困るじゃない……」

鹿波さんがいてくれたから、なんとか誤魔化《ごまか》して出てきたけど、逃げてきちゃった……

だって、嫌な予感がしたんだもの……「特訓に付き合え」とか言われそうで。しかも最近、やたらと口うるさくなってきてるしっ！

さっきも、「今日は実家に戻るのか？」って不機嫌そうな口調で確認されたよね……どうして？

なにが不満なんだろう。私が寿堂に戻ったって、貴史さんに不都合な事なんてないじゃない。ぶつぶつ言ってる私を見て、隣に座る小田原くんが目を細める。

「お前、厄介《やっかい》な事に関わってるんじゃないだろうな？　ただでさえ、不運を背負ってるっていうのに」

「私だって、関わりたくて関わってるわけじゃ……」

どうだか、と小田原くんも溜息をついた。横に置いた黒のビジネスバッグが重そうだ。

きっとノートパソコンやら書類やら詰まってるのね。

「……まあ、頑張れ」

「それだけ⁉」

私が睨《にら》むと、小田原くんは窓の外に視線を逸《そ》らした。

「下手に口出しして、睨《にら》まれたくない……」

睨《にら》まれるって誰によ？

くっ、同期のよしみもここまでなのか……。私は一人、拳《こぶし》を握り締めた。

「お前なら、大丈夫だろ、きっと」

「うわ！　根拠のない主張はするなって、桐野部長の口癖なのに⁉」

そのまま小田原くんとああだこうだと話をしているうちに、タクシーは静かに駅前ロータリーに停まった。


ゆっくりと車から降りて、辺りをぐるっと見回してみる。高度成長期に建てられた駅前のビル群は、くすんだコンクリートで全体的に灰色のイメージで、夜の帳《とばり》が降りた今、どこか物哀しい雰囲気が漂《ただよ》っていた。

「古ぼけてるって感じだなあ」

駅と一体化してるステーションデパートが老朽化《ろうきゅうか》のために閉鎖してるから、皆、何処《どこ》にも寄らずに、さっさと帰宅しちゃう。だから活気がないんだよね。

ベッドタウンの駅だし、人の流れはある。でも――私は行き交《か》うサラリーマンや学生の背中を見ていた。

「なんかこう……もっと『おかえりなさい』って雰囲気だったらいいのに」

「え？」

小田原くんが目を丸くした。私はほら、とロータリーの中心にある、背の高い時計を指差して言った。

「駅って家に帰る途中にあるものでしょう？　だから、駅を出たら『ああ、戻ってきたんだな』って実感できる、安心できる雰囲気がいいなあって。あの時計は古いけれど、それが味になってるとも思うんだよね。見守ってくれてる感じがするし。あれは残してほしいなあ」

「お前……副社長になにか言ったのか？」

ぽつりと言った小田原くんに、私はふるふると首を横に振った。極力接触しなくて済むように避けてるから、そんな世間話をする機会はなかった。

「そうか……いや……なんていうか」

なに、どもっているのだろう。私が首を傾げると、小田原くんがくしゃっと私の頭をかきまぜた。

「ちょ、なにするのよっ⁉」

文句を言った私に、小田原くんははははっと笑った。

「案外、いいコンビなのかもな、お前と副社長」

「はあっ⁉　なんでそうなるの⁉」

あ、そうだ、今こそ相談する時だっ！　私はごくりと唾を呑み、小田原くんを見上げた。

「あ、あの小田原く……」

ブーッブーッ……

私の言葉を遮《さえぎ》るように、携帯のバイブ音が響いた。

「あ、すまん。俺だ」

ううう、邪魔された……。コートのポケットからスマホを出した小田原くんを、恨《うら》みがましく見る。

「はい、小田原です。資料ですか？　先程、田中《たなか》が持っていったはず……え、まだ⁉」

なんだろう。トラブルかな……

「判りました、すぐ戻ります。はい、失礼致します」

スマホをポケットに入れた小田原くんが、すまなさそうに言う。

「……桐野部長からだった。副社長に今日中に提出する資料が、まだ出てないらしい。俺、急いで社に戻るわ。悪いな、寿」

私は首を横に振り、そっと笑った。

「ううん、仕方ないよね。気にしないで、私はこのまま帰るから。頑張ってね」

じゃあ、と手を上げて、小田原くんはまたタクシー乗り場へと走っていった。大変だなあ、営業部のホープは。私は小田原くんの背中を見送った後、またロータリーを眺める。

駅の改札口を出ると、すぐにタクシー乗り場やバス停。その周囲を取り囲むように、古いビルが建っている。歩道沿いの店の灯りが、ほんのり黄色に染まっていた。ショーウィンドウを覗《のぞ》いてみると、まだ寒いのにもう薄手のセーターやカーディガンといった、明るい春物が飾られてる。

「再開発後は、どんな風になるのかなあ」

ぼんやりと人の波を眺めていたら、後ろからぽん、と肩を叩かれた。

「こんなところでなにしてるの、幸子ちゃん」

「え……」

振り返ると、黒のロングコートに黒のバッグを持った、一見芸能人のように華やかな御方がそこにいた。

「東野さん!?」

東野さんは私を見て、にっこりと微笑む。ゆるやかにウェーブした彼の髪が、夜風にふわっと揺れていた。

長身の東野さんは、人混みの中でもとても目立っていた。通りすがりの女性からは、ピンク色の視線がちらちらと飛んでいる。

「こんばんは。コンペの場所を見てみたくて来たんです」

私がそう言うと、「俺もそうなんだ」と東野さんがうなずいた。

「幸子ちゃん。あれから、鳳になにかされてない？」

ぐっ。いきなりの攻撃に、顔を作る暇もなかったっ……。一気に熱くなった私の顔を、東野さんがしげしげと覗《のぞ》き込む。

「ねえ、今から時間ある？　その様子じゃ、前の話の続き、早めにした方がよさそうだから」

「え……で、でも」

東野さんは、東野デザインの社長さん。ＫＭ社の副社長付き秘書の私が、この微妙な時期に一緒にいると、まずいんじゃ……。私の躊躇《ためら》いを察したのか、東野さんはコートの胸ポケットからサングラスを出してかけた。え……と、顔を隠してるのかしら？

（どうみても、お忍びの芸能人だ……）

グラサンごときでは、東野さんの艶《つや》やかさは消せないのね、と感心していたら、ぐいっと左腕を掴《つか》まれた。

「と、東野さん⁉」

東野さんはそのまま、駅に背を向けて歩き始める。私は大股歩きの東野さんに引っ張られて、人混みの中に埋もれた。

「立ち話もなんだし、いい場所を知ってるから、そこ行こうか」

「え、あの、その……」

長身のいい男に、ぐいぐいと引っ張られるちんくしゃな私。うわっ、傍《はた》から見たらきっと釣り合わない二人組よね⁉　あああ、女性の視線が突き刺さる。

「あああ、あのっ……」

必死に立ち止まろうとする私に、東野さんが振り返り、そっと囁《ささや》いた。

「鳳の事、知りたくないの？」

「……そ、れは」

そう言われてしまうと、なにも言えなくなる。

どうして、東野さんがあんな事を言ったのか。過去、なにがあったのか。知りたくないって言ったら嘘になる。

ぼんやりとだけど、覚えてる。あの時、ホテルで初めて東野さんに会った時の……貴史さんの顔。それに、すごく胸が痛くなった事も。

……もし。もし、貴史さんにあんな顔をさせないために私にできる事があるんだったら知りたい。そう、思ってしまう。

黙り込んだ私を、そのまま東野さんが引っ張っていく。私はもやもやした思いを抱えたまま、早足で東野さんについて行った。


——東野さんが連れて来てくれたのは、駅から歩いて二十分ほどの住宅街にある、岩山に穴を掘ったみたいな内装の、ちょっと隠れ家的な飲み屋だった。それぞれの席が穴倉の中に設置されてるみたいになっていて、個室っぽい雰囲気。少し薄暗い照明も、洞窟《どうくつ》の中にいるような気分を盛り上げる。

「ここ、落ち着いて話ができるし、知り合いがやってる店だから、融通《ゆうずう》がきくんだ」

いらっしゃい、とお水を持ってきてくれたのは、東野さんと同じ歳ぐらいの男性だった。黒いシャツに黒のズボン。白いカフェエプロンがよく映えていた。

「可愛いお連れさんだね。東野の彼女？」

人好きのする笑顔で言う彼に、私は大慌てで首を横に振った。東野さんが、笑いながら話しかける。

「残念ながら、まだ口説いてるところ。俺はいつもの。幸子ちゃんはオレンジジュースでいい？　ここのはちゃんと絞ってるから、新鮮で美味《おい》しいんだ」

「は、はい、お願いします」

口説いてるとか言われた気がしたけど……聞かなかった事にしよう、うん。

「適当に食べ物も持ってくるよ。お前、アレルギー持ちだから、注文が多くて大変なんだぞ。うちぐらいだろ、こんなに我儘《わがまま》聞いてくれる店は」

あ、東野さんがちょっとむっとした。なんか可愛い。

「うるさいな、さっさと持ってこいよ」

「へいへい」

軽口叩いてるけど、親しそうだなあ、と思ったところで、ふと誰かさんを思い出した。

貴史さんは、こういうお友達って、いるのかなあ……

会社では副社長という立場があるから、弟である専務以外の人と親しく話しているところを、あまり見た事がない。あ、鹿波さんもいた。でも、秘書だからお友達って感じじゃないし。

いろいろ考え込んでいる間に、切り株みたいなテーブルの上には、サラダやおにぎり、鳥皮の湯引きにお酒、そしてジュースが並んでいた。

「じゃあ、まず乾杯しようか」

「あ、はい。頂きます」

かつん、とグラスが音を立てる。東野さんはチューハイかな。付いていたくし切りのレモンをぎゅっと絞ってる。私もオレンジジュースを一口飲んでみる。うわっ！

「美味《おい》しい！　本当に絞りたてだあ」

爽やかな香りと、ちょうどよい甘さ。その辺の居酒屋のジュースとは明らかに違う。

東野さんがそうだろ？　と満足げな表情でウィンクした。

「ここのマスターの出す物は、全部手作りで保存料とか入ってないから安心なんだよね」

そう聞いて私は料理にもお箸《はし》を伸ばし、素材が活きた味に、目を見開いた。

「このポテトサラダも、おいひいです！」

もぐもぐもぐ、とつい、いろいろ食べてしまい、東野さんが話し始めた頃には、満腹状態になってしまっていた。なにやってるんだろう、私……

「幸子ちゃんって、食べっぷりも良くて本当可愛いよね」

今は日本酒を飲んでいる東野さんが、ふふと笑いながら言った。

「そ、そんな事、ないです」

ううう、食べ過ぎて恥ずかしい。ちょっとうつむいた私に、東野さんは優しく言った。

「だから、言っておく必要があると思ったんだよ。鳳の事」

「……そう、ですか」

私が顔を上げると、東野さんはまた一口お酒を飲む。

「あいつ、KM社でも『強運の男』って言われてるんだって？」

「は、はい。たか、副社長が絡んだ案件って、必ず成功するって言われてて……だから」

私の言葉を聞いた東野さんの雰囲気が、一瞬にしてガラリと変わった。私は思わず目を見張る。

（な……に？）

「変わらないな、あいつも。いつも澄《す》ました顔で、トップを攫《さら》っていくんだな」

「東野さんも、すごいじゃないですか。社長で、海外で賞も取られてると聞きましたよ」

東野さんの口元がくっと上がる。その表情を見た途端《とたん》、背筋に悪寒《おかん》が走った。違う……さっきまでの東野さんじゃない。私は思わず姿勢を正し、ごくり、と唾を呑み込んだ。

「俺とあいつは、高校の同級生だったんだよ」

どこか他人事のような口調で、東野さんは話し始めた。

「あいつは入学した時から、超然としてたよ。成績はいつもトップ、スポーツ万能……でも、いつも無表情で、一人で。図書室で、同じ建築家の本を同時に借りようとした事がきっかけで、俺達は話すようになったんだ」

「……」

「金持ちばかりが通う私立の名門校。あいつは中等部からの持ち上がり、俺は高等部から学費の一部が免除される特待生として入ったから、別に裕福な家庭ってわけじゃなかったんだけどさ」

東野さんが、お猪口《ちょこ》に入ったお酒を一気に飲んだ。

「あいつも建築デザインに興味を持っていたから、図書室とかでよく会ったんだ。それでいつの間にか、二人で勉強するようになってた」

その頃の貴史さんは、東野さんをどう思っていたんだろう。友達だって……そう思っていたんだよね？

「いつだったか、あいつがぽつりと洩《も》らしたんだ。自分は『人の運』を吸い取る、ってね」

「え……」

——運を吸い取る!?　それって一体……

呆然《ぼうぜん》とする私を見ながら、東野さんは話を続ける。

「あいつの家にかかった呪《のろ》いのせいだそうだ。自分が『強運』になるのと引き換えに、近しい人の運を吸い取っていく……馬鹿らしいだろ？　俺はそんな事、信じなかったよ……最初は」

自分を嘲笑《あざわら》うように言い捨て、東野さんが表情を歪《ゆが》めた。

「でも、信じるべきだったんだ。あいつの周囲には、あんなにも人がいなかったのに。俺はなにも思わなかった」

「で……でも」

そんな事、ない……とは言えない。現に私の『不運』も呪《のろ》いのせいだって言われてたし。……でも。

周りから……人がいなくなるなんて、そんな事……

私は不運続きだったけど、いつだって、おじいちゃんや幸人が周りにいてくれた。ご近所のおじちゃんやおばちゃんも、友達もいて……一人になった事なんて、なかった。

「親しい人間だけじゃない。あいつを妬《ねた》んで陥《おとしい》れようとした奴も怪我をしたり、ちょっとした事で退学になったり。そんな風に連続して起きてたものだから、こう噂されてたよ——鳳に近付くな、破滅させられるぞ、ってね。高等部であいつの傍《そば》にいたのは、俺ぐらいだったかな。あいつの弟もまだ中等部だったし……ああ、あいつのルックスや金目当ての女共はいたけれど」

——無表情な高校生が目に浮かんだ。ちり、と瞼《まぶた》の奥が痛む。どんな気持ちだったんだろう。どんな毎日だったんだろう。……そんな中、傍《そば》にいてくれた東野さんはきっと大切な人だったはず……大切な友達だったはず、だよね……

「高校二年の終わり頃、海外留学のチャンスが来たんだ。学校から一人、イタリアやアメリカで建築の勉強ができるって話で、もちろん俺は申し込んだよ。俺の実家は郊外の小さな鉄工場でね。一部とはいえ高い学費を払ってもらってるだけで、精一杯だったんだ。だから、このチャンスをモノにしたかった。鳳は最初しぶっていたけれど、あいつの才能を埋もれさせるのは惜しかったから、一緒に申し込もうって誘ったんだ。正々堂々勝負して、あいつに勝ちたかった。それで負けたとしても……俺は納得できたと思う」

「……」

「書類選考は二人とも通って、後は最終面接だけになって——」

東野さんの瞳から、光が……消えた。

「面接当日の朝、連絡があったよ。……両親が交通事故に遭《あ》ったって」

交通事故!?　私は目を見張る。東野さんの顔には、なんの感情も浮かんでいなかった。

「俺はすぐに駆けつけたけど……死に目には会えなかった。二人ともほぼ即死状態だったそうだ」

テーブルに置かれた東野さんの右拳《こぶし》に、ぐっと力が入る。

「……俺はなにも知らなかった。資金繰りが苦しくなって自転車操業してたなんて。俺を有名校にいさせるために、両親が無理をしてたなんて。俺は寮に入ってて、毎日顔を合わせてたわけじゃないけど、実家に戻った時は、いつだって、『あんたは頑張って勉強しなさい。大丈夫だから』って明るく笑っていた……から」

「東野……さん……」

「当然、面接を受けなかった俺は落ちて、鳳が選ばれたよ。だけどあいつは辞退した。財閥《ざいばつ》の跡取りであるあいつは、最初から建築デザイナーになるための留学なんて、する気はなかったんだ」

東野さんが、ふっと微笑んだ。その笑みが……哀しくて、怖くて。私は息を止めた。

「そんな時だった。税理士や弁護士に聞いたのは。俺の実家を追い詰めたのが……鳳一族が経営する会社だったってね」

「えっ……」

東野さんの実家を追い詰めた⁉ 貴史さんの家が⁉

「馬鹿だろ、俺……ずっと鳳の事、親友だって思ってた。だけど……あいつの親族は、俺みたいな平民が跡取りの友人だなんて、認めていなかったんだ。だから、実家に融資していた銀行に手を回し、取引先にも手を回し、金も仕事も、入らないようにしていたって。俺の両親は、それでも駆けずり回って、あちこちに頭を下げて、なんとかしようと頑張って……挙句の果てに、疲労による居眠り運転で電柱に突っ込んだんだ」

「……」

「しかもあいつの母親は葬式の日、わざわざ俺のところに来やがった。『これであなたもあの学校を辞めるのでしょう？　なんだったら、行き先を世話して差し上げましょうか？　今まで貴史がお世話になったそうだから』ってほざいた」

「で、でも……」

貴史さんは、悪くない。悪くないけど……どう言えばいいのか判らない……

「ああ、事故はあいつのせいじゃない。……だけど、『面接当日に両親が死亡』ってタイミング……あいつの周りにいた人間は、皆そんな目に遭《あ》ってた。これが、あいつの言っていた『運を吸い取る』って事なのか、って……その時になって、やっと理解したよ」

「……」

「俺は公立高校に移り、デザイン会社を経営してた父親の伯父《おじ》夫婦の養子になった。鳳は高校を出た後、大学でも建築デザインをやってたらしいけど……俺は大学に行かずに海外に飛び出した。俺の両親を追い詰めた奴らを見返してやる、その一心でね。バイトしながら、必死にデザインの勉強をして、なんとか、そこそこ大きな賞をもぎ取った。それから帰国した後、伯父《おじ》の後を継《つ》いだ。そうして今の俺があるってわけだよ。会社の経営も順調だし、今までずっと鳳に対してどうこう思ってたわけじゃない」

うつむき加減だった東野さんが顔を上げ、真っ直ぐに私を見た。

「……だけど、こうやって、鳳と一騎打《いっきう》ちする事になったからには、負けたくないんだ。両親のためにも。伯父《おじ》夫婦のためにも。そして——あいつの母親を見返してやるためにもね」

東野さんの気迫に、思わず押されそうになる。……でも。私は声をなんとか絞り出した。

「だ、けど……」

東野さんの気持ちは判る。判る……けれど。

「う、うちだって、皆頑張ってるんです！　副社長だけじゃない、企画部もデザイン部も営業部も……皆で。だ、から」

私を息を吸い、そしてゆっくりと吐いた。両手を膝《ひざ》の上でぎゅっと握り締める。

「皆で全力で頑張ります。正々堂々勝負します。絶対負けません」

東野さんは目を見張った後、ははっと笑った。

「さすがは幸子ちゃん。いい返事だね。……やっぱりいいなあ、君は」

大きな手が、私の左頬にすっと触れた。

「俺の事も考えてくれないかな。恋人候補として」

「えっ⁉」

思わず見返した東野さんの瞳は、真剣だった。

「鳳を庇《かば》う幸子ちゃんに魅《ひ》かれたんだ。なんて、勇気のある可愛い子だろうって」

「え、え……」

あまりに突然過ぎて、頭がついていかない。目を白黒させて、あわあわしている私に、東野さんはそっと微笑む。

「ああ、鳳と付き合ってるって事は知ってる……だけど」

東野さんの声が、甘く……そして黒く響く。

「鳳は君の事、利用してるだけかもしれないよ？」

「え？」

利用って……付き合ってるフリをしてるってバレてるの？　でも、東野さんは知らないはず……。目を瞬《しばた》く私に、東野さんがゆっくりと言葉を継《つ》いだ。

「自分に掛かった呪《のろ》いを消すために、君に近付いたのかもしれない。そう言ってるんだ」

——呪《のろ》いを、消す……？

私は呆然《ぼうぜん》と、東野さんの綺麗な顔を見つめ返していた。

「どういう……事ですか？」

掠《かす》れた声で東野さんに聞く。東野さんの指が、私の頬をゆっくりと撫《な》でた。

「鳳が、幸子ちゃんに対して積極的なのが、引っかかるんだよ」

東野さんの言葉が、ぐるぐると頭の中を回る。

「酔っ払った幸子ちゃんに対する態度が……なんて言うか、今までと違い過ぎたんだ。俺に対しても、あからさまに警戒してたし」

「……そ、れは」

「幸子ちゃんの様子を見てても、やっぱり鳳の方が迫ってる感じがするしね。おかしいと思わない？　あいつは本来、自分から人と関わらない。大体、親しい人間から運を吸い取ると判ってて……自分から近付くなんて、あり得ないだろう？」

自分から……近付く事が、ない……？

「……」

東野さんがテーブル越しに、ぐっと顔を寄せてきた。

「あいつが君に近付く理由……一つだけ、心当たりがあるんだ。呪《のろ》いの話を鳳から聞いた時、正直、俺は本気にしなかった。だけど、あんまりあいつが真面目《まじめ》な顔して言うものだから、聞いてみたんだよ。その呪《のろ》いとやらは解けないのか、って。そうしたら、あいつ解く方法はあるって。正確には、『解く事ができる一族がいる』、って言ったんだ。でも、その一族は鳳家から忌《い》み嫌われてるから、近付く事もできないって。そう言ってた」

忌《い》み嫌う。その言葉に……あの女性《ひと》の言葉が蘇《よみがえ》る。

――寿!? 寿ですって!?

――何を考えてるの、貴史さん! ……よりによって、不幸を呼ぶ女を傍《そば》に置くなんて!

――あなたの呪《のろ》われた血など、鳳家には決して近付けさせません!

(不幸を呼ぶ……呪《のろ》われた血……)

あの時はお金持ちじゃない、平々凡々な女だから気に入らなくて、そんな事を言ったのだと思ってた。でも……もしかして、違うの?

「鳳が幸子ちゃんを大事にしてる。多分、それは間違いない。……でも、その理由が」

東野さんの視線が、私を絡め取っていく。

「もし君が鳳の言う、その一族の一人、だったら? あいつはきっと、君を手放さないだろうね。少なくとも『呪《のろ》い』が解けるまでは」

「……」

――貴史さんが私にちょっかい出してたのは、それが理由？

なにも言えない。なにも考えられない……。胸の奥に、冷たいなにかが、少しずつ溜まっていく。

（そう……だよね。そうじゃなかったら、あんなハイスペックの人が、私なんかを相手にするわけないよね……）

そう考える方が、自然な気がする。あのお母さんの様子からもしても、きっとそうなんだ。恋人のフリをして欲しいって頼んできたのも『呪《のろ》い』を解くためって言ったって、そうそう信じてもらえないから、そう言ってたのかも……

私はきゅ、と下唇を噛む。ちょっぴり胸の奥が痛いのは気のせいだよね、きっと。

そんな私に、東野さんがゆっくりと言った。

「まあ、これは俺の推測でしかない。ただ一つだけ言える事がある。あいつの母親は、君の事を許さない。ヘタしたら寿堂も、俺の実家の二の舞になるよ。それは間違いない」

一気に血の気が引いていく。東野さんがそんな目に遭《あ》ったって事は……同じ目に遭《あ》うかもしれないって事なんだ。

（おじいちゃん、幸人……）

――二人の顔が脳裏《のうり》に浮かんだ。私の大切な人、場所。ひいひいおばあちゃんが造った、皆が笑って過ごせるところ。それが……

「壊され、る……？」

あの人の憎《にく》しみがこもった瞳が、目の前にあるような気がした。目がちかちかして、すうっと手先が冷たくなる。東野さんが、私の右手をそっと両手で包み込み、真剣な瞳で、こう言った。

「だから、鳳とは別れた方がいい。君に……君の大切な人に被害が及ぶ前にね」

――大切な人に……被害、が……

硬く強張《こわば》った身体に、東野さんの言葉が、重く、重く、胸の奥底の方まで沈み込んでいった。

十五話　疑いをかけられました

「なんとか二次コンペの期限ぎりぎりに提出できて、良かったわねえ……」

「……」

「デザイン部の佐伯さんが、ラフデザイン図、凝《こ》りに凝《こ》りまくったって言っていたわ。彼女の作品って、本当に芸術なのよ。きっと二次も上手くいくわね」

「……」

「どうしたの、寿さん？　大丈夫？」

「……あ」

私は自席の前に立つ鹿波さんを見上げた。全然聞いてなかった……

東野さんから貴史さんの呪《のろ》いの話を聞いてからもう一週間。しっかりしなきゃと思うのに、仕事にあまり身が入らない。

「す、すみません。少しぼうっとしていて……」

立ち上がり、頭を下げた私を見る鹿波さんの瞳は、気遣わしげだった。

「寿さん、ここ数日様子が変よ？　どこか体調でも悪いの？　顔色も良くないみたいだし……」

「そ、その……」

私が言い淀《よど》んでいると、鹿波さんがふっと顔を上げた。

「副社長、どうされました？」

いつの間にか、濃い紺色のスーツを着た貴史さんが、私の机の前に立っていた。私はなにも言えず、ただその場に立ち尽くす。

「寿」

低い声にびくり、と肩が揺れた。私は顔を上げ、貴史さんの視線を受け止める。

「……はい。なにか？」

彼の眉が上がった気がしたけれど、それ以上言葉を続ける事はできなかった。顔を作るのが……精一杯で。

「コーヒーに付き合え。鹿波、少し休憩する。今のうちに企画部の方に行ってくれるか？」

「はい、承知いたしました。寿さん、あなたも少しお休みしなさい。今にも倒れそうな感じよ？」

「はい……」

私はぺこりとお辞儀《じぎ》をして、給湯コーナーへと足を向ける。背中に二人の視線を感じたけれど……振り返りはしなかった。

「……」

ふうふうと湯気《ゆげ》の立つコーヒーカップを冷ます。一口飲むと、豊かな香りが口の中いっぱいに広がった。

「幸子」

びくっと揺れたはずみに、コーヒーがこぼれそうになった。テーブルにカップをそっと置き、顔を上げる。

「はい、副社長」

真正面のソファに座る彼が、すっと目を細める。不機嫌そうな顔でも綺麗って、反則……

「お前、この頃本気で俺を避けてるよな？」

「……」

目を逸《そ》らしたいけれど……彼の強い視線が、それを許してくれそうになかった。

「なにがあった？」

「……っ」

下唇をぎゅっと噛んだ。膝《ひざ》の上に置いた両拳《こぶし》を固く握る。

「返事は？」

冷静だけど、酷《ひど》く怒ってるのが、端々に出てる。私は大きく息を吸い……そして吐いた。

「なにも、ありません」

ますます不機嫌そうなオーラが、背中に立ち上っていく。

「そんな顔、してるのにか？」

懸命に笑顔を作ってみたけれど、引き攣《つ》って上手く笑えない。

「元々、こんな顔なんです」

「……へえ」

（言えない……）

東野さんの話を聞いてから、貴史さんに近付くのが怖くなってしまったって。

自分が不運なのは、生まれつきだ。だから、自分が不運になったって慣れてるから、なんともない。でも……おじいちゃんや幸人を巻き込む事はできない……

ずっとずっと私の事、見守ってくれてるおじいちゃん。いつもいつも、文句言いながらも私の事、助けてくれる幸人。二人とも、私にとって、大切な大切な家族。だから……


「──っ⁉」

どさり、という音と共に、いきなり景色が変わった。深い色合いの木目《もくめ》調の天井、四角い照明、そして。私を見下ろす、ぎらぎら光る瞳。大きな手で掴《つか》まれた両肩が……痛い。

（……えええええっ⁉）

気を取られている間に、ソファに押し倒されていた。私は固まったまま、漆黒《しっこく》の瞳を見上げた。

ふっと、貴史さんの顔が近付いてくる。

「っ⁉」

右耳たぶを噛まれて、ぴくりと肩が動く。そんな私の反応に気を良くしたのか、貴史さんは熱い息を耳の中に吹きかけてきた。

「やぁっ……！」

思わず、あえぎ声が洩《も》れてしまった事が恥ずかしくて身をよじろうとしたけれど、動けない。

「言えよ。なにがあった？」

さっきよりも低くて甘い声で囁《ささや》かれ、頬が熱くなる。必死に顔を逸《そ》らしたけれど、大きな身体に圧《の》しかかられて、逃げる事ができなかった。

「な、なんにも……っ、んんんーっ！」

コーヒーの味のする唇が、舌が、襲い掛かってくる。首をぶんぶん横に振っても、放してくれない。逃げまどう舌も、すぐに捕まってしまい、おしおき、とばかりに思い切り吸われる。

「んあ……っ、や、め……！」

苦しい。息ができない。逃げられない。

貴史さんのキスが、今までとは違う。激しくて、なにもかも根こそぎ奪っていくようで。熱くて堪《たま》らなくて……

でも怖くて、私はなにも考えられなくて……ただただ、激しく動く唇に、翻弄《ほんろう》されるだけだった。

しばらくして、ようやく唇が自由を取り戻した時、私の息は完全に上がっていた。

「はあっ、はあ……や……ん……」

じわりと滲《にじ》む涙。霞《かす》む目で間近にある瞳を見て――息が、止まった。

そこにあったのは、どこか傷付いた瞳、だった。

「言えないのか？」

「……っ！」

唇を舐《な》められて、びくんと身体が縮こまる。私の肩を押さえていた彼の右手が、するりとスーツの上着の中に入ってきた。

「きゃ……！」

ブラウス越しに感じる、熱い手のひらが、柔らかな丸みをぎゅっと掴《つか》んだ。貴史さんの手も身体も熱いのに……瞳だけが冷たくて、胸の奥がズキンと痛んだ。

「言わなければ、このまま続けるぞ、と言っても黙ってるつもりか？」

「……は、やあ、んっ！」

ブラウスのボタンを器用に外した右手が、直接肌に触れた。悪寒《おかん》にも似た感覚が、背筋を伝って足の方へ下りていく。

「……言え。幸子」

喉元《のど》がちくりと痛む。また痕《あと》が残っちゃう……と思う暇もなく、左胸の色が濃くなっている部分を長い指がなぞっていた。

「あっ、やだあっ！」

先端を指でキュッと抓《つま》まれて、思わず声が出る。指でクリクリとしごかれるたびに、びくんと腰が跳ねた。

「……おね、がい……やめ……」

涙が止まらない。霞《かす》んで見える貴史さんの顔は無表情だけど、とても辛そうで。哀しそうで。

——こんな顔、させたくないのに。させたいんじゃないのに。なのに。なにも……言えない……

「ごめ……んなさ……」

貴史さんの目が、驚いたように大きく見開かれた。ぎゅっと目を瞑《つむ》っても、後から後から涙が湧いてきて止まらない。

「ごめ、んな……さ、い……」

ひっく、としゃくりあげる私から、ゆっくりと手が離れていった。ボタンを留めて、乱れた服を整えてくれているのが、判って……また涙が出た。

はあ、と重い溜息と共に、身体を起こされ、広い胸にぎゅっと抱き締められた。

「悪いのは俺だ。もうしないから、泣くな、馬鹿」

「……っ」

子供をあやすように言った貴史さんの声音は優しくて、先程までの性急で怖い感じはなくなっていた。

安心した私の目から、涙がぽろぽろとこぼれ落ちた。

私が理由も告げず、貴史さんを避けていたのが原因なのに――

（でも……）

思っている事を話したら、私に近付いたのは、『呪《のろ》い』を解くためだ、って面と向かって言われてしまうの？　たとえそれが真実だとしても、聞くのが怖い。だって……

（嫌……だ……）

仕立ての良いスーツの襟《えり》をぎゅっと掴《つか》む。おじいちゃんと幸人、寿堂を巻き込むのも、貴史さんに真実を告げられるのも、なにも喋らず、貴史さんにこんな辛そうな顔させるのも……どれも嫌、なの。でも、どうしたらいいのか判らない……

貴史さんがなにかを言いかけた時、副社長室のドアが、激しくノックされた。貴史さんが私からぱっと手を離して立ち上がるのと同時に、ドアが開く。私も慌てて、居住《いず》まいを正した。

「——大変です、副社長！」

私が振り返ると、青い顔をした鹿波さんの後ろに、桐野部長と小田原くんが見えた。

「どうした？」

貴史さんの問いかけに、桐野部長が、緊張した面持ちで言う。

「先程クライアントから連絡があり、うちが提出したデザインが……東野デザインが提出したものと酷似《こくじ》している、と」

「なにっ⁉」

「えっ⁉」

貴史さんの表情が、一気に厳しくなった。

「どういう事だ、桐野」

「先程クライアントから電話がありました。小田原が対応したのですが……」

桐野部長が隣に座る小田原くんをちら、と見る。小田原くんはうなずき、貴史さんに説明した。

「二次コンペで発表する資料を事前に提出する事になっていて、うちは期限日当日に提示しました。東野デザインは二日前に出したそうなんですが……コンセプトも駅前ロータリーの中心部分のデザインも、非常によく似ている、と言われました」

「……」

貴史さんは黙って考え込んでいた。私と鹿波さんはコーヒーを三人に配ってからは、小田原くん達が座っているソファの斜め後ろに立っている。

「とにかく佐伯にも話を聞く必要があるな」

「すぐこちらに来るように連絡してあります」

「ありがとう、桐野。しかし何故《なぜ》……」

桐野部長の声が重々しく響いた。

「こうなると、先に提示した方が有利です。ロータリーのデザイン画も似ているとなると最悪……うちが盗作した、と言いがかりをつけられるかもしれません」

盗作⁉　私は目を見開いた。あんなに頑張ってた佐伯さんの作品が、盗作扱いなんて……！

「東野デザインからは、なにもアクションはないのか」

「はい……クライアント側から連絡を受けている可能性はありますが。こちらには、まだなにも」

貴史さんが腕を組んだのと同時に、ドアのノック音が響く。

「——どういう事ですかっ、副社長‼　盗作って‼」

目を吊り上げた佐伯さんと、佐々木さんが副社長室に入ってきた。

「落ちつけ、佐伯。そうと言われたわけではない」

「でもっ……屈辱《くつじょく》ですわっ！」

拳《こぶし》をぐっと握りしめる佐伯さんは、悔《くや》しそうに口元を歪《ゆが》める。小田原くんも苦渋《くじゅう》の表情を浮かべて言った。

「せめて提示日が同日なら……偶然、と言っても通ったのでしょうが……」

時間が許す限り、ぎりぎりまで手を入れる、って佐伯さん、言ってたっけ……。佐伯さんは唇を噛んでうつむいている。

「とにかく、闇雲《やみくも》に焦《あせ》ったところで仕方ない。まず状況を整理して……」

「……副社長」

静かな声が、貴史さんの言葉を遮《さえぎ》った。皆の視線が佐伯さんの隣に立つ、佐々木さんに集まる。貴史さんは真っ直ぐに佐々木さんを見据えた。

「なんだ、佐々木。お前、何故《なぜ》ここに」

佐々木さんは軽く会釈《えしゃく》して話し始めた。

「桐野部長の仰《おお》せで、佐伯部長を呼びに行って参りました。それに……皆様にご報告しなければならない事もございますので、しばらくの間ここに留まらせていただいておりました」

「報告？」

眉を顰《ひそ》めた貴史さんに、佐々木さんがうっすらと微笑みながら言う。

「……逆には考えられませんか？」

「逆？」

桐野部長が声を上げる。小田原くんも訝《いぶか》しげな表情を浮かべていた。

「我が社の情報が東野デザインに洩《も》れていた、という可能性です」

「東野に？　でも……」

そう言った小田原くんに向き直り、佐々木さんがゆっくりと言った。

「先方の方が提示日が二日早い。そうおっしゃりたいのですか？　けれど、提出が遅かったからといって、期日の二日前に資料がまったくできていなかったわけではありません。すでに粗方でき上がっているデザイン画を編集して、うちよりも早く提示する事は可能。そうすれば似てると言われても、盗作を疑われるのはKM社の方になりますわ。東野デザイン社の東野社長は、この案件に対して非常に意欲を見せていた、との事ですし。うちを負かすために、手段を選ばなかったのかもしれません。そんな東野社長に情報をリークした人物――このプロジェクトに関わっていて、営業部にもデザイン部にも頻繁に出入りして情報が集められ、この副社長室にも自由に出入りできた人物。これらの事が、可能な人が一人おりますわ。……ねえ、寿さん？」

「えっ……？」

副社長室内全員の視線が、私に集まる。

佐々木さんから突然矛先《ほこさき》を向けられた私は、呆然《ほうぜん》とその場に立っている事しかできなかった。

「佐々木さん⁉　なに言ってるんですか。寿がそんな事するはず……」

沈黙を破ったのは、小田原くんの声だった。あら、と佐々木さんが小田原くんを見た。

「同期同士、仲が良いのは結構だけれど……これを見ても、そう言えるのかしら？」

そう言って、佐々木さんがスカートのポケットからスマホを取り出し、テーブルの上に置いた。

「っ⁉　これ、は……」

みるみるうちに、桐野部長の顔が強張《こわば》っていく。小田原くんも目を見開き、絶句していた。私もテーブルに近付いて上から覗《のぞ》き込んだ瞬間……頭が真っ白、になった。

――スマホの画面に映っていたのは……大きなショーウィンドウの前、東野さんと私が向かい合い、立っている写真だった。

「この日付……俺と旧駅前を見に行った時じゃないか⁉」

小田原くんがスマホを見て叫んだ。それから視線を私に移し、信じられない、といった目で見る。

「東野に会ったのか？」

貴史さんに問われ、呆然《ぼうぜん》としていた私は、やっと声を絞り出した。

「偶然……お会いしたんです。小田原課長と別れた後に……」

「あら、偶然には見えなかったけど？」

佐々木さんがスマホにすっと近付き、人差し指で別の画像に替えた。それを見た桐野部長と小田原くんの顔が、ますます強張《こわば》る。

――サングラスを掛けた東野さんに、手を引かれて大股で歩く私。

「私、コンペ現場を見ようとここの駅に立ち寄っていましたの」

佐々木さんの声が、感覚を失った耳に、他人事のように入ってきた。

「寿さんを見かけて、声を掛けようとしたら……よりによって東野デザインの社長と親しげに話をし出して。一緒に何処《どこ》かへ行こうとしたので、様子を見てたんですわ。この後、住宅街にある人目に付かないお店に入って、なかなか出てこなかったわよね。何を話していたのかしら？」

皆の視線が、次第に不穏なものに変わっていく。私は拳《こぶし》を握りしめ、ゆっくりと言った。

「プライベートなお話です。仕事の話は……していません」

「――寿」

そう低い声で言った貴史さんの顔は、やはり無表情だった。

「東野から……何を、聞いた？」

私は、一拍置いてから、ゆっくりと答えた。

「プライベートな話、と申し上げました。会社とは、一切関係ありません」

「おい、寿！　なにがあったのか、ちゃんと説明しろよ！」

腰を浮かして私に迫ろうとした小田原くんを、桐野部長が左手で制す。

「あなたは会社とは関係ないって言うけれど……ちょっとした会話から、相手に情報を与える事だってあるのよ？」

佐々木さんの言葉が、心に重く圧《の》しかかってきた。

「あなたみたいな、迂闊《うかつ》な人からだったら、情報を引き出すのなんて、簡単じゃないかしら。いずれにせよ、あなたの軽率な行動が、このプロジェクトに迷惑をかけた事は間違いないわ。こんな微妙な時期に、ライバル会社の社長兼デザイナーと密会するなんて。副社長専属秘書としての自覚が足りないのではないの？」

なにも、言い訳できない。だって、その通りだから。でも……だからといって東野さんと話した内容をここで言う事はできない……

「申し訳……ございません」

深々と皆に向かって頭を下げた私に、桐野部長が声を掛けてくれた。

「まあ、佐々木さんもその辺で。寿さんも反省しているようだし……とにかく今は誰が悪いと責めるよりも、対策を練るのが先決です」

「……この件は」

感情を押し殺した低い声が、副社長室を支配した。

「俺が対処する。桐野、小田原、もう少し詳しい状況を調べろ。それから、佐伯。デザイン画について話を聞きたい。それから……」

貴史さんの視線が、佐々木さんに止まった。

「佐々木も残ってくれ。この写真を撮った時の事を、もう少し詳しく聞きたい」

「はい、判りました」

「あと……寿」

貴史さんの視線が、真っ直ぐに私を射抜く。私は思わず息を呑んだ。

「お前は自宅待機していろ。この件が片付くまでは、出社しなくていい」

「え……」

私は目を見開いた。

……自宅待機……出社しなくていい……。貴史さんの言葉が、ぐるぐる頭の中を駆け巡る。少しよろめいた私の腕を、鹿波さんがそっと支えてくれた。

（……私）

貴史さんの瞳が、どこか遠くを見ているように見えた。

「副社長。寿さんは私が責任を持ってお送りしますわ。この状態の彼女を一人にはできませんから」

ぼうっとしたまま、私は鹿波さんの言葉を聞いていた。貴史さんが、「頼んだぞ」と言う声も聞こえた。

「さ、行きましょう、寿さん」

鹿波さんの手が、背中に回る。なかば意識がない状態で、私はお辞儀《じぎ》をして部屋を出た。

佐々木さんの横を通り過ぎる時――

「良かったじゃない、謹慎《きんしん》じゃなくて。まあ似たようなものかもしれないけれど」

と、嘲笑《ちょうしょう》を含む声で言われた。黙ったままぺこりと会釈《えしゃく》すると、佐々木さんの猫のような瞳が光ってさらに――

「大したものよね。『強運の男』をこんな『不運』に巻き込むなんて。やっぱりあなたは副社長付き秘書には相応《ふさわ》しくないわよ」

貴史さん達に聞こえないよう、小声で告げられる。その言葉は……私の胸に刺さったまま、いつまで経っても抜けなかった。

＊＊＊

「おい、姉貴」

布団を被《かぶ》って丸くなった私を、ゆっさゆっさと幸人が揺する。

「……なに？」

がばっと布団を剥《は》がされた私は、ゆっくりと起き上がる。幸人が眉を顰《ひそ》めて立っていた。仕事が終わったのか、トレーナーにジーンズ姿だった。

「夕飯、食ってないだろ。ほら、持ってきてやったから」

ベッド脇にある小さなテーブルの上に置かれた、小さなお盆。そこには、ほかほかのご飯とお味噌汁、厚焼き卵が載っていた。

「食べたくないって言うから、軽くしといたぞ」

「うん、ありがとう、幸人……」

全然食欲なんて湧かないけど、幸人の顔には、私が食べるまでここに居座る、と書いてあった。私はベッドに腰掛け、ゆっくりとお箸《はし》を手に持つ。「頂きます」と手をあわせてから、お汁のお椀を持ち上げた。

味なんて判らない。だけど……すごく、温かい。お腹から全身にゆっくりと温かさが染《し》みていく……。

少しずつ、ご飯や卵焼きを口にする私を見て、幸人が溜息をつく。

「……ったく、いきなり戻ってきたかと思ったら、ベッドに潜《もぐ》り込んで飯も食わねえし……」

――鹿波さんが送ってくれたのは、一人暮らしのマンションではなく寿堂だった。

『御家族と一緒の方が安心でしょう？　最近疲れているようだったから、休暇をもらったと思って、ゆっくり疲れをとって頂戴《ちょうだい》？』

優しい言葉に思わず涙ぐんだけど、なんとかこらえて、鹿波さんに深々と頭を下げた。

それから自分の部屋にこもり、幸人に起こされるまでずっと布団にくるまっていた。

……貴史さんの瞳が、頭から離れない。なんの感情も映していない瞳。あんな顔、させたくないって……そう思ってたのに。避けて、逃げて……結局、傷付けて、迷惑かけちゃったんだ……。

（ごめん……なさい……）

胸がいっぱいで、もうなにも喉《のど》を通りそうにない。私はお箸《はし》を置いて、「ご馳走様《ちそうさま》でした」と手を合わせた。

「まだ、半分しか食べてないだろ？」

「ごめん、幸人……もうお腹いっぱい、なんだ」

ちょっと笑った私の隣に、幸人が腰掛けた。見透かすようにじろっと見下ろされて、思わず視線を逸《そ》らす。

「……なにがあったんだよ？」

「べ……別、に」

幸人が突然、大声を出した。

「別にって顔じゃないだろ！　大体、食いしん坊な姉貴が食欲ないって、よっぽどの事があったんだろうがっ！」

「ゆき、と……」

弟の顔を見上げる。真剣に怒ってる顔。……死んだお父さんにそっくりな顔。そんな事をぼうっと考えていたら――

「っ!?　幸人!?」

ぎゅっと抱き締められて、私は目を丸くした。私よりも可愛くて、女の子みたいだっ

た幸人が、大人の男の人みたいに、私を抱き締めてる⁉

「……泣けよ」

ぽつりと幸人が言う。

「……え？」

厚い胸板に力強い腕。私の中の幸人のイメージと合わなくて、混乱して……何を言われたのか、一瞬判らなかった。

「我慢、してるんだろ……泣くの」

「ゆき……と？」

「姉貴のそんな顔、見たくねえんだよ。我慢するなんて、性に合わない事するな。いいから、泣、け！」

「……」

いつの間に、こんな生意気言うようになったんだろう……。くすり、と思わず笑みがこぼれた。

「あのね……幸人」

「なんだよ？」

むっとしたような声。だけどちょっと照れも入ってた。私は幸人の身体に手を回し、ぎゅっと抱き付いた。温かくて……安心できる……

「……私……また、迷惑掛ける事、しちゃったんだ……一生延命頑張ってる、皆の努力を無駄にするような事、して……」

「……」

「それだけじゃない、の……傷付けちゃったの。あんな顔……させたく、なかった、の に……こわ、かったから……逃げちゃったの……」

私は、幸人の胸に頬を擦りつけながら、小声で言う。

「でも寿堂が……なくなっちゃうような事になったら……困る、よね？」

「はぁあ!?」

幸人が素《す》っ頓狂《とんきょう》な声を上げた。

「なにいきなり話題が変わってんだ!?　なんで寿堂がなくなるんだよ!?　そんな予定ないぞ!?」

「だ、だって……ほら、不景気だし、資金繰りとか悪化したりしたら……材料仕入れられなくなるとか……」

そう……貴史さんのお母さんが、手を回したら……きっと……

「……姉貴」

幸人の声が、一オクターブ低くなった。

「うちは、大手デパートなんかに出店せず、手堅く堅実にをモットーとして、超健全経営なんだぞ⁉ 身の丈に合った収支で、ちゃんと回ってるんだ。それに！」

幸人の腕にぐっと力がこもった。

「仮にこの場所を追い出されるような事があったとしても！ じいさんと俺がいる限り、寿堂はなくならない！ 大体職人なんて、腕一本あれば済むんだぞ⁉ 何度でもやり直せるだろうが！」

「幸、人」

はあ、と重い溜息が、私の頭の上に落ちた。

「馬鹿だな、姉貴は。そんな事、心配してたのかよ」

「だ、だって……」

「大体、寿堂がなくなったら……誰が、落ち込んでる姉貴を慰《なぐさ》める和菓子、作るんだよ⁉ 俺達しか、いないだろうがっ‼」

――寿堂は、なくならない。単純だけど、そう言い切った幸人の言葉が、じんわりと心の淀《よど》みを浄化していく。

「だから……」

幸人が耳元で囁《ささや》いた。

「寿堂の事は心配するな。大丈夫だから。だから姉貴は、俺やじーさんの事は気にせずに、したいようにしろよ」

その言葉で、こらえていた涙が止まらなくなった。よしよし、と背中を撫《な》でてくれる幸人の腕の中で、私はいつまでもいつまでも……涙をぽろぽろとこぼしていた。

十六話　証言、します？

「……ヒドイ」

私は鏡の前で、がくっと肩を落とした。洗面台の鏡に映る自分は、腫《は》れぼったい一重《ひとえ》の目、赤らんだままの頬に、ぼさぼさの頭……。勢いよく水道の蛇口《じゃぐち》を捻《ひね》り、ばしゃばしゃと冷たい水で顔を洗う。

ごしごしとタオルで顔を拭《ふ》き、ぱしっと両手で頬を叩いたら……よし！　気合い入ったっ！

「頑張るぞ、うん！」

鏡の前でファイティングポーズをとった私は、幸人から不審《ふしん》な目で見られる事になった。

「……さてと」

そしてふたたび自室に戻り、ベッドの上で胡坐《あぐら》をかいて考え事をする。本当は、せっかくだからお店の手伝いでも……と思ったんだけど、「そんな腫《は》れた顔の店員はお客さんに失礼」って幸人に止められてしまった。

お店に迷惑はかけられない。でも、じっとしてるのは辛い。

(……とりあえず、状況を整理しよう)

私は鞄《かばん》からメモ帳を取りだし、今までの事を書き出してみた。

——まず、貴史さんの秘書になった。そしてすぐに貴史さんのお母さんに睨《にら》まれた。で、何故《なぜ》か付き合うフリをするように言われて、貴史さんとディナーに行き、それから……(あまりよく覚えてないけど)東野さんに会って、「別れた方がいい」と言われて——

「……う」

うわわわ！　酔っぱらった時の事、思い出しちゃダメっ！　思い出すな、私っ！

『次、俺の前であんな姿見せたら……遠慮《えんりょ》なく丸ごと喰《く》うからな。覚えておけ』

「うきゃあああああっ！」

思わず叫んで、ごろごろとベッドの上を転がる。か、顔が熱い……。ああ、どきどきしてきたぁ。本当に心臓に悪いよう……

（落ち着け、落ち着け……）

こほん、と咳《せき》払いをして、ふたたび身体を起こして座り直す。まだ熱い頬を片手で押さえながら、私はふたたびメモ帳に向かった。

――東野さんが寿堂に来て、また「別れた方がいい」と言われた。その直後、貴史さんが寿堂に来て水族館に行ったんだよね。それからしばらくして仕事帰りに小田原くんと旧駅前を見に行って、そこで偶然東野さんと会って、貴史さんとの過去の話を聞いた。その時の様子を佐々木さんに写真に撮られて、彼に情報を流したって疑われて……

「出社しなくていい」って言った貴史さんの瞳からは……なんの感情も窺《うかが》えなかった。がっかりされた、よね、きっと。迂闊《うかつ》な事をしちゃったんだもの……。貴史さんを始め、小田原くん、桐野部長、佐伯さん達の努力を私……

東野さんにうちのデザインの事を言った、と思われても仕方ない状況を作ってしまった。そんな中で「言ってない」と主張しても、信じてもらえるはずないよね……

（……あれ？）

私はふと、気が付いた。あの時……貴史さんは、なんて言ってた？

『……東野から……何を、聞いた？』

「何を『聞いた』？」

私は呆然《ぼうぜん》とつぶやいた。何を『言った』、ではなく……何を『聞いた』？

もし、私が東野さんに情報を洩《も》らしたって思ってたら……聞いたじゃなくて言ったと尋ねるはず。

「あ……」

私が東野さんになにも言ってないって……

「信じて……くれて、る？」

――無表情な顔。なにも映していない瞳。でも……私の事、信じて……？

ぐるぐるといろんな考えが、私の頭の中を駆け巡る。たまたま、そう言っただけかもしれない。私が都合よく解釈してるだけなのかもしれない。でも……

（貴史、さん……）

くよくよしてても仕方ない。信じてくれている事を信じて、とにかく今、私にできる事を、頑張るしかない。

メモ帳を置き、よし！　とベッドから立ち上がった時――こんこん、と部屋のドアがノックされる。

「はーい」

「姉貴」

がらっと引き戸を開けると、幸人が入口に立っていた。

幸人は白いパラフィン紙に包んだなにかを、ぬっと差し出す。

「――？」

受け取って開けると、中には小さなお団子が三つ、ちょこんと座っていた。緑がかった灰色に黒い点々の入ったこれは……

「そば団子だよ。姉貴この間、そば粉のガレットが美味《うま》かったって言ってただろ？」

「あ……」

そう言えば、貴史さんと水族館に行った日の夜「どうだったんだよ⁉」と電話をかけてきた幸人に聞かれて……

『水族館で食べたそば粉のガレットのロールサンドと、その後行ったTarte du《タルト デュ》 bonheur《ボヌール》のチョコレートタルトと、そのまた後で食べた、ふわふわオムライスが美味《おい》しかった』

って、答えたんだった。

「それで、わざわざ作ってくれたの？」

ふい、と横を向いた幸人の頬が、心なしか赤い。

「粉っぽくならないように、工夫して作ったんだからな！　これ食べて、さっさと元気になれよ」

大きな手でくしゃり、と私の頭を撫《な》でた幸人は、そうだ、と言葉を継《つ》いだ。

「さっき、小田原っていう奴が店に来たぞ。東野？　がいつ来たのか、とか店員に確認して、姉貴に心配するな、って伝えてくれって」

「小田原くんが……？」

私が目を丸くすると、ああ、とうなずいた幸人は、また頭を撫《な》でて店の中へと戻っていった。手の内にあるそば団子から幸人の心が伝わってくる気がして、じんわりと、胸が温かくなる。小田原くんも心配してくれてたんだ……

　私……幸せだ。支えてくれてる人が、こんなにたくさん周りにいるんだもの……

そこで、無表情な彼の顔をふっと思い出す。私も——自分の大切な人を支えられるようになりたい……！

（今度こそ、逃げないでお礼を言って、それから……）

リリリ……ン……

決意を新たにしていたら、電子音が響いた、ジーパンのポケットから、スマホを取り出して発信者を確認する。

（東野さん⁉）

「もしもし、寿です」

『こんにちは、幸子ちゃん。東野です』

東野さんの声は、電話越しでも色っぽかった。

「はい、こんにちは……」

なんの用だろう、と内心首を捻《ひね》った私に、東野さんが気遣わしげに言う。

『幸子ちゃん……俺と会ってたために、盗作の手引きを疑われたんだって？　今日クライアントから連絡があった。提出したデザイン画がＫＭ社と似てたって。その後、ＫＭ社からも連絡があったよ。それでその時、幸子ちゃんが……自宅謹慎《きんしん》になってる事も聞いたんだ』

「……」

まさか、佐々木さんが東野デザインにまでわざわざ連絡したの……？　私は東野さんに気を使わせまいと、慌てて否定した。

「あ、あの、謹慎《きんしん》じゃないんです。とりあえず、自宅で待機してろって事で……」

『ごめんね、幸子ちゃん。俺が声を掛けたから……不愉快な思いをさせたね』

「い、いえ……東野さんにもご迷惑掛けてしまって……」

『その事なんだけど』

東野さんが電話越しに溜息をついた。

『電話をもらった時、俺が幸子ちゃんに指示して、デザインを盗ませたんだろうって言われてね……そのまま、クライアントにまで乗り込んでいきそうな勢いだったんだ』

「っ⁉　そんな‼」

顔から血の気が引いていく。

『もちろん、そんな事はしていないって否定したけれど、まだ疑っているようだった』

しばらくの沈黙の後、東野さんが口火を切った。

『ねえ、幸子ちゃん。……申し訳ないんだけど、俺に協力してくれないかな。俺からそんな指示を受けていない、盗作の手引きなんてしていないって、俺と一緒にKM社で証言して欲しいんだ』

東野さんが言葉を継《つ》ぐ。

『俺一人じゃ、説得できなかったけど、幸子ちゃんも一緒に言ってくれれば、納得してもらえると思うんだ』

そうだよね、二人揃って証言した方が、別々に言うよりもいいかもしれない。

「は、はい！　私でよければ」

『……ありがとう』

電話の向こうで、東野さんがふふっと笑った。

『それじゃあ、悪いんだけど今からメールで送る住所に、午後六時頃、一人で来てくれるかな？　証言する前に、ちょっとこちらの状況を説明したいんだけど、外で待ち合わせして、ヘタに勘《かん》ぐられたりすると嫌だし』

「は、はい。判りました」

『じゃあ、その時に。ありがとう、幸子ちゃん』

そう言って、東野さんからの電話は切れた。私はしばらくスマホの画面を見ていた。電池のマークが半分ぐらいになっている。

あ、もうあまり電池がないや。いきなり寿堂に戻って来たから、充電器もない。幸人のは機種が違うから借りられないし、あんまり使わないようにしないと。

——リリリン……

（あ、東野さんから、メール）

添付されていた地図は、ここから電車ですぐの場所だった。あ、でも、もう三時半だ。すぐ準備した方がいいかも。見知らぬ場所だし、帰宅ラッシュに巻き込まれるかもしれないし、それになにより、なにか不運が起きて、遅れるかもしれないし……

私はスマホとそば団子を鞄《かばん》に仕舞い、出かける準備を始めた。

十七話　不運、発動⁉

「え……ここ？」

私はぽかん、と口を開けたまま、高層マンションを見上げた。これって……俗に言う、

億ションってやつよね⁉

（念のため、スーツで来て良かった……ジーンズよりはましよね⁉）

いつもの紺色仕事着だけど、ジーンズよりはましよね⁉

豪華なエントランスまで続く、石畳の小道。薄闇色に染まる庭には、お洒落《しゃれ》なランプが灯されていて、まるで古いイギリスの庭園みたいだった。きちんと刈り込まれた芝に、白い小花も咲いている。珍しくて、つい辺りをきょろきょろしていたら、後ろから来た人に、不審《ふしん》な目をされた。す、すみません、怪《あや》しい者ではないです……お辞儀《じぎ》をして、小道の端の方に寄った。

（ちょ、ちょっと落ち着こう……）

私は、石畳の端に設置されたベンチに腰を降ろし、バッグから白い包みを取り出した。かさかさっと開け、中のお団子を一つ、つまんで口に入れる。

「む！　美味《おい》ひい！」

幸人の言ってた通り、粉っぽくないし、そばの風味が強くて食べ応えがある。お団子部分はしっとりで、中の餡《あん》にもそば粉、入ってるよね⁉　はむはむともう一つ食べた。優しい味が口いっぱいに広がって、少し気持ちも落ち着いてきた気がする。

（幸人って、本当、センスいいよね）

私がこんなの食べて美味《おい》しかったー、って言ったもの、すぐ和菓子に応用して作っちゃうんだもん。そのうちのいくつかは、寿堂の定番にもなってるし。

「このお団子も、きっと定番入りだなあ、うん」

最後の一つをぽいっと口に入れ、もぐもぐと味わった後、私は腰を上げた。やっぱり寿堂の和菓子を食べた後は、幸せで守られてる気持ちになる。

「よし……！　頑張ろう！」

私はぱんと両手で頬を叩いてから、エントランスへと歩き出した。

＊　＊　＊

「そんなに珍しいかな？」

室内をキョロキョロ見回す私を見て、東野さんがくすり、と笑う。私ははっと我に返って、目の前に立つ東野さんを見上げた。

「す、すみません。こんな豪華な部屋、初めてで……」

――エントランスで、教えてもらった部屋番号２５０１を押すと、東野さんが入り口を開けてくれた。エントランスをくぐるとすぐに現れたロビーは、キラキラし過ぎて眩《まぶ》しかった。オレンジ色の光がともったシャンデリア。乳白色の大理石の床。大きな陶器に飾られた、センスのいい生け花。ソファもテーブルも、アールデコ調じゃなかったかなあ。曲線が優雅《ゆうが》でセレブな雰囲気だった。

で、これまたホテルみたいな豪華なエレベーターで、最上階へ。ワンフロアに一部屋しかない……って、一体家賃いくらなんですかっ⁉

恐る恐るベルを鳴らすと、スーツ姿の東野さんが出迎えてくれた。

「ちょうど帰ってきたところなんだ」って笑った彼に招かれ中にお邪魔して、今に至る。

まるでドラマのセットみたいな部屋。何畳あるのかもよく判らないリビングには、これまたセンスの良い家具とシャンデリアが置かれている。「夜景が綺麗だよ」と言われて連れてこられた大きなガラス窓からは、眼下に広がるきらきらの夜景を一望できた。

毎日こんな絶景を見られるなんて、贅沢《ぜいたく》だなあ……

「すごく綺麗ですね」

ほう、と溜息混じりに言った私に、東野さんがまたくすくす笑った。

「鳳のところも、似たような感じじゃないの？」

「そうでしょうか？　ご自宅には行った事がないので……」

確か一人暮らしだから、マンションだと思うけど……多分、こんな感じで豪華なんだろうな、ぐらいしか判らない。

「……へえ？」

東野さんがすっと窓際から離れた。

「こちらのソファに座っててくれるかな？　お茶でも入れるよ。紅茶でいい？」

「は、はい……ありがとうございます」

私はリビングの真ん中あたりにある、ソファセットに案内された。うわー、滑《なめ》らかで柔らかい材質。なめし革かな。黒いソファの表皮を触ってから腰を下ろした。

（うわあ、ふかふか！）

あ、でも完全に沈み込むわけじゃなくて、ちゃんと硬さもある。座りやすい～……って。あああ、なに、気を取られてるの、私っ！

ついつい、珍しくて観察してしまってた。私は肩に掛けた鞄《かばん》を足元に降ろし、メモ帳とペンを取り出す。

（まずは、状況を聞いて……）

東野さんとしっかり相談しないと。それで盗作なんかしてないって、皆に判ってもらうんだ。

自然とペンを握る手に力が入った。

「お待たせ、幸子ちゃん」

東野さんが銀色のトレイを持って現れた。うわー、ウェッジウッドのティーカップだあ……。器用な手つきで、白いポットから紅茶を注《そそ》ぐ東野さんを、私はただただ見つめていた。

「さあ、どうぞ？」

「はい、頂きます」

こくんと一口飲んだら、ふわりといい香りが漂《ただよ》った。

私は「ありがとうございます」とお礼を言って、カップをソーサーに戻す。真正面に座った東野さんは、優雅《ゆうが》にコーヒーを飲んでいる。

「幸子ちゃん」

東野さんがカップを置き、改まった口調で話し始めた。私も姿勢を正し、メモ帳を膝《ひざ》に置いて東野さんを見た。

「はい」

東野さんの瞳が、私を射抜くように強い光を放った。

「鳳は幸子ちゃんが盗作に関わった、って思ってるの？」

「え……いいえ」

私が首を横に振ると、東野さんがこちらをじっと見ていた。東野さんは上着を脱いでいて、今は薄いブルーのストライプのYシャツに、黒のスラックス姿。暗めの赤と金のネクタイが、イギリス紳士っぽい。

「鳳がそう言ってた？」

「いいえ。自宅待機するように言われただけです。でも……」

私は真っ直ぐに東野さんを見る。

「私の事、信じてくれてるって……そう、思うんです」

私がそう言うと、東野さんの雰囲気が少し変わった気がした。

「もう一度、聞くけど……幸子ちゃんは、鳳の事が好きなの？」

「え……」

東野さんの真面目《まじめ》な顔に、私は一瞬身体が固まってしまった。

……好き？　私は、貴史さんを……どう思ってるんだろう。

意地悪で、鉄仮面で、いつだって私がドジする場面に居合わせるし、なんだかよく判らないけど、いいように転がされてる気がして……副社長付き秘書になるまでは、本当に苦手だった。

（……でも）

専属秘書になってみて、口は悪いけど、私の事をなにかと気に掛けてくれてる事に気付いた。それに……今でも浮かぶ、東野さんと会った時の淋《さび》しそうな顔。思い出すと、胸が痛くなる。

私はぎゅっと下唇を噛み、膝《ひざ》の上に置いた両手の拳《こぶし》に力を入れた。

もう、見たくない。あんな、感情のない瞳をする、あの人の顔を。だから……

「幸子ちゃん」

……え？　耳元で東野さんの声がした。顔を向けると、いつの間にか、東野さんが私のすぐ傍《そば》にいた。

「あ、の……、っ⁉」

一瞬、なにが起こったのか、判らなかった。けれど唇に感じる温かい感触に……ようやく頭が回り始めた。私、東野さんに……キ、ス……されて、るっ⁉

「んんんんんんんーっ‼」

ぶんぶんと頭を横に振って、なんとか唇を離した――かと思ったら、両肩を掴《つか》まれて、そのままソファに押し倒される。

目の前の東野さんを見上げると、ギラギラした瞳で私を見下ろしていた。ネクタイの端が、私の胸にかかってる。

「と……東野、さん……？」

訳が判らず東野さんの名をつぶやくと……東野さんが口元をにやりと上げた。その笑みに、背筋がぞくりとする。

「幸子ちゃん、鳳とは深い関係じゃないよね？　自宅にも行った事がないって言ってたし、鳳の様子も、男女の仲って感じじゃなかった。……だから、俺のモノになってくれないかな、幸子ちゃん。幸子ちゃんの事、可愛いって思ってるんだ、俺」

「──俺のモノ……俺の……って？」

その言葉の意味を理解した途端《とたん》、頭が沸騰《ふっとう》した。

「えええええええええええええっ⁉」

かあっと熱くなった私の頬に、東野さんがキスを落とす。

「君の大切なものを奪われるって判ってるのに……鳳の傍《そば》にいるつもり？　それにあいつの母親……君があいつの恋人になれば、絶対に君を目の敵《かたき》にするよ」

「そそそ、それは、そうですけ……どっ⁉」

耳たぶを噛まれて、思わずひくりと身体が縮こまる。

「や、止めて下さいっ、東野さんっ‼」

必死に手足を動かしたけど、東野さんの身体は全然動かなかった。

「抵抗しないで欲しいな……そうしたら、優しくできるんだけどね」

優しげな東野さんの言葉が……怖い。その裏になにかが潜んでいる感じがして、怖くて堪《たま》らない。怖さのあまり、滲《にじ》んできた涙で、東野さんの輪郭《りんかく》が少しぼやけてくる。

「ちゃんと忘れさせてあげるよ？　鳳の事は、ね……」

東野さんに耳元で優しく囁《ささや》かれ、ふたたび唇を奪われた。

「んんんん、んんんーっ‼」

苦しい。圧《の》しかかられて、塞《ふさ》がれて、息ができない。両手で胸板を押したけれど、びくともしない。

「んっ⁉」

必死に口を閉じていたら、鼻を抓《つま》まれた。くる……しっ！

「ぷふわっ……あ、んんんっ！」

思わず口を開けて空気を吸ったら、蠢《うごめ》く舌が侵入してきた。

（やっ、やだっ……‼）

荒々しく舌に舌を巻きつけられ、吸われ、口中を食べられた。首を振ろうにも、抑えつけられてて動けない。

「や、んんっ……‼」

くちゃくちゃと音を立てながら、東野さんが私の中に無理矢理侵入してくる。東野さんの身体も、舌も、唇も熱いけれど——私の身体の真ん中は凍っていく。冷たい触手が、じわじわと身体中から体温を奪っていくようだった。冷たい。重い。怖い。嫌だ。

（いや……いやあ……っ！）

涙が溢《あふ》れる。大きな手で、身体を撫《な》でられても、感じるのは冷たい恐怖だけ。

「っ⁉」

いつの間にかブラウスのボタンを外され、長い指が喉元《のど》に触れた。全身にざわっと鳥肌が立つ。

「いやあっ！」

なんとか顔を背けると、首筋にちくりとした感触が走った。

「鳳の事は忘れろよ。君のためだ」

東野さんの声も、肌を吸う唇も……ただただ、怖い。

胸の膨《ふく》らみを揉まれ、先端を指で捉えられた時、びくんと身体がしなった。

「いやっ、やめてえっ！」

黒い霧《きり》に覆《おお》われていくように、身体から感覚が奪われていく……。

——違う、違う、この人じゃない。この人じゃないっ……！

ぎゅっと瞑《つむ》った瞼《まぶた》の裏に浮かぶのは……

「貴史さんっ……‼」

——プルルルル……

突如《とつじょ》電子音が響き、東野さんの手がぴくり、と止まった。

「いやあっ！」

その隙に全身の力を振り絞り、思い切り東野さんを突き飛ばす。

東野さんがどさり、とソファから床に崩れ落ちた。電子音はまだ鳴り続けている。

「はぁ……はぁ……う……っ」

私は急いで起き上がり、足元に転がる東野さんを見た。彼はそのまま、しばらくしても起き上がる気配がない。

すると突然、広い背中がびくっと動いたかと思うと、身体がくの字形に折れ曲がった。

「……ぐっ、かっ！」

床に転がった東野さんの口から、苦しそうな呻《うめ》き声が洩《も》れた。

「えっ⁉」

東野さんは、喉元《のど》を掻きむしるような仕草をしている。

「うぐっ……、はぁっ……！」

「と、東野さんっ⁉」

慌ててソファから降り、苦しそうに身をよじる東野さんの顔を見ると……みるみるうちに顔色が真っ青になっていった。

呼吸がおかしい⁉ ぜいぜいいって、すごく苦しそう⁉ 表情が歪《ゆが》んで……唇の色が紫にっ……。私は怖くなり、がくがくと震えた。

（ど、どうしたら、いいの⁉）

身体が強張《こわば》って、動かない。手にも足にも力が入らない。どくんどくんと、心臓の音だけがやたらと耳についた。

（東野さん……死んじゃう⁉）

苦しむ東野さんに、白い顔で息をしなくなった、お父さんの顔が重なる。目がちかちかして、胸が押し潰されそうに痛い。

死んじゃうなんて……やだ……っ！

――その時、まだ鳴りやまない電子音が、私を呼んでいるような気がした。

よろけながら立ち上がって、東野さんの上着のポケットを探る。スマホに映った電話番号は……！　震える手で、通話ボタンを押す。

『東野⁉　そこに幸子がいるのか⁉』

力強い声を聞いた途端《とたん》、どっと涙が溢《あふ》れ出る。へたりと床に座り込んでしまった。

『っ⁉　幸子⁉　無事か⁉　東野と一緒なのか⁉』

「とっ、東野、さんがっ」

「た……たかし、さ」

しゃくりあげながら、なんとか言葉を絞り出す。

「東野さんが……死んじゃうっ‼」

息を呑む音が、電話越しに聞こえた。

『東野が⁉　どういう事だ⁉』

ぽたぽたと涙が膝《ひざ》に落ちる。

「と、東野さ、ん……きゅ、急に、苦しみだしてっ……息が、息が止まりそう……でっ」

ああ、今でも苦しそう。どうしたら、どうしたら、いいのっ⁉

『っ！　あいつ、アレルギー持ちだったな。おそらく、アレルギーの発作だ……今どこだ⁉　東野の家か⁉』

「う、は、はい……」

『すぐ救急車を手配する。俺もすぐそちらに向かうから、お前は鍵を開けて待ってろ、判ったな⁉』

「は、はいっ」

『大丈夫だ。すぐ行くから』

――プツリ、と電話が切れた。しばらく呆然《ほうぜん》と座り込んでいた私だったけれど、げほげほっと苦しそうな咳《せき》を聞いて我に返る。彼の手を握ると、指先がひんやりと冷たい。

少しだけ……さっきより呼吸が落ち着いた気がする。

「東野さんっ、今救急車が来ますから！　しっかりして下さいっ！」

うっすらと目を開けた東野さんにそう言うと、うつろな瞳が私を捉えた。

けれどそれも一瞬の事で、東野さんの瞳はふたたび閉じてしまった。握り締めた東野さんの手に、力が入ってない。

（お願いっ、早く来て……っ！）

――数分が、永遠みたいに感じられた。ピンポンというベルの音が聞こえるやいなや、私は弾かれたように立ち上がり、リビング入り口のインターフォンに走っていった。受話器を取ると、画面に救急隊員が映っている。

『呼吸困難の患者さんは、こちらですかっ！』

「は、はいっ、この部屋です！　今開けますから、二十五階まで来て下さいっ」

キー解除のボタンを押して受話器を置き、ついでに玄関に行って扉を開きっぱなしにした。

「早く、早くっ……！」

ふたたび東野さんのもとに戻り、冷たい手を両手で握り締める。頑張って、もう少しだから！


「東野さんですか？」

玄関からの声に、私は震える声で叫んだ。

「早く来て下さいっ！　リ、リビングにいますっ！」

「入りますよ！」

担架《たんか》を持った救急隊員が二人、リビングに入ってきた。ほっとして、涙が滲《にじ》んだ時——もう一人の、別な声が、した。

「幸子っ！」

私に近付いてくる、その人の姿がぼやけて見えた。

——この人だ。この人を……待ってた。

「もう大丈夫だ、幸子」

貴史さんは跪《ひざまず》いて、私をぎゅっと抱き締めてくれた。もう大丈夫……その言葉が、温かい体温と共に、凍った身体に染《し》み込んでいく。

「う……」

ぼろぼろと涙がこぼれ落ちる。

「うわあああああああああああああんっ！！！」

堰《せき》を切ったように泣き出した私の背中を、「大丈夫だ」と言いながら、大きな手が擦《さす》ってくれた。

「チアノーゼが出ています。至急病院へ！」

救急隊員の声に、担架《たんか》の方を見ると、東野さんは簡易酸素マスクを口元に当てられていた。担架《たんか》を担《かつ》いだ隊員に、貴史さんが「俺達も同行します」と言った。

「とにかく、これを着ろ」

ぱっとトレンチコートを脱いで、私の身体に巻き付けた後、貴史さんは東野さんの上着と床に置きっぱなしのスマホ、床に落ちたメモ帳とペンを拾い上げ、私のバッグも手に持った。

「ほら、行くぞ」

そうして最後に、足元がおぼつかない私を、ひょいと左肩に担《かつ》ぐ。コートに包まれて、みの虫状態の私は……えぐえぐ泣きながら、荷物のように運ばれていった。

＊＊＊

「そばアレルギー⁉」

貴史さんと並んで医師から話を聞いた私は、目を丸くした。

――あれから、救急車はすぐ救急病院に到着した。東野さんの上着のポケットに入っていた財布の中から、貴史さんが保険証と診察券を発見。そのおかげで、東野さんの主治医にすぐ連絡がいき、迅速な処置ができたらしい。酸素吸入と注射で、容態は安定したって聞いて……ほっと一安心したところだった。

白衣を羽織った眼鏡の女医さんが、状況を説明してくれた。

「少量でもかなり酷《ひど》いアレルギー反応を起こすようですね。チアノーゼが出ていましたし、もう少し遅かったら、危ないところでした。ですが、ご本人もそばを口にするとだめだと判っていたはず……」

そば⁉ そばって⁉

「……幸人のそば団子っ⁉」

そば粉をたっぷり使った団子……え……あれが原因⁉ 呆然《ぼうぜん》とする私に、貴史さんの鋭《するど》い視線が横から突き刺さった。

「東野がその、そば団子を食べたのか？」

「い、いいえ……私が行く直前に……食べて」

あ。私は口をつぐむ。今、私……墓穴を掘ったような気が……

「ほう……？ お前が食べたそば団子に、東野がアレルギーを起こした、と」

うわあああああっ！ どす黒いオーラを放ってるっ！ 恐々、左横を見ると……おっそろしく冷たい目をした鉄仮面、がそこにいた。

「あいつ……！」

こ、怖い。さっきの東野さんも怖かったけど……違う意味で、なんか、怖いぃぃいっ！

「ったく、後でゆっくりと話を聞かせてもらうからな！ ……覚悟しておけ」

「ううう……はい……」

怯《おび》える私と、怒る貴史さんを交互に見たお医者さんが、まあまあ、となだめてくれた。

「とにかく、今晩は入院していただきます。病室に寄られますか？」

「ええ。様子が気になりますので。……幸子、お前はどうする？　もし嫌なら……」

貴史さんは気遣ってくれたけど、やっぱりこの目で見ないと、安心できない。あの時の東野さんは怖かったけど、死んじゃうのかと思った時の方が、怖かった。

「わ、私も……行きます」

貴史さんはじっと私を見て「判った」とうなずく。そうして看護師さんの案内のもと、私は貴史さんに抱きかかえられたまま、薄暗い病院の廊下を歩いていった。


「失礼します」

病室は静かで、ベッドに横たわる東野さんの息さえ、聞き取れるほどだった。私はベッドの右側に貴史さんと並んで立ち、東野さんの顔を見下ろす。柔らかくウェーブした前髪が、白い顔にかかっている。薄いブルーの寝巻から覗《のぞ》く左腕には点滴。鼻から挿し込まれているのは、酸素吸入のためのチューブだろうか。まだ顔色がいいとは言えないけれど、唇に少し赤みが差している。

「よ、かった……」

もう大丈夫だ。これなら死んだりしないよね。涙腺《るいせん》が緩んだ私に、貴史さんが冷静な視線を投げてきた。ぐすんと鼻をすすりあげた音に気が付いたのか、東野さんの目がうっすらと開く。

「東野さん、判りますか？」

まだぼんやりとした瞳が、貴史さんと私をゆっくりと捉えた。

「幸子ちゃん……鳳……？」

掠《かす》れた声で呼ばれたので、私は、東野さんから見えやすいように少し屈《かが》んだ。

「もう大丈夫ってお医者さんが言ってました。今日はゆっくり寝て下さいね」

「……」

東野さんがまじまじと私を見た。彼の口元が、わずかに歪《ゆが》む。

「お人よしだね、幸子ちゃん……」

苦笑混じりに東野さんが言った。

「俺……嫌がる君に、無理強《じ》いしようとしたんだよ？　……あのまま、発作を起こした俺を君が見捨てたって、誰も文句は言わないだろうに」

私はふるふると首を横に振る。

「確かに、あの時の東野さんはすごく怖かったですけど……死んじゃうかもって思った時の方が、ずっとずっと怖かった……」

思い出すと、また涙が出てくる。もう息が止まるんじゃないかって……もう二度と、目が開かないんじゃないかって、本当に怖くて……

「幸子、ちゃん……」

ぐしぐしと右手で涙を拭《ぬぐ》い、私は泣き笑いした。

「だから……私に悪いって思うなら、早く良くなって安心させて下さい。東野さんの伯《お》父《じ》さん達も、東野デザインの社員さんも、この事を知ったら、きっと皆、心配するはずですから」

東野さんは少し困ったような顔をしている。なにか、変な事言ったのかなあ、私……そう思っていたら、貴史さんが口を開いた。

「東野。お前をぶん殴るのは、回復して、クライアントの窓口である市街企画課の水野《みずの》課長と話をしてからだ」

なにか今……物騒《ぶっそう》なセリフが聞こえた気が……？　い、いや、きっと幻聴《げんちょう》だ、幻聴《げんちょう》。

「……」

東野さんが物問いたげな視線を貴史さんに投げているけれど、貴史さんは構わず、また話を続けた。

「一連の盗作騒ぎはもう決着がついた。後は、お前が事情を水野課長に説明すれば終わりだ」

「へっ？」

私は右横に立つ貴史さんを見上げた。もう、決着がついたって……？　目を丸くした私を見下ろす貴史さんの瞳は……ものすごーく雄弁《ゆうべん》に語っていた。

(『余計な心配かけさせやがって、この馬鹿がっ』って心の声がぁぁ……)

「クライアントの主なメンバーには、事情を話して理解してもらった。俺も東野も、『同じもの』をテーマに選んだからこそ、似たデザインになったって事をな」

そう言って貴史さんは、胸の内ポケットから自分のスマホを取り出し、画面を東野さんに見せた。東野さんの目が大きく見開かれる。画面を覗《のぞ》き込んだ私は、思わずあっと声を上げた。

「これ……寿堂!」

でも一体、どういう事? 訳が判らず、貴史さんを見上げた私の心臓が……一瞬止まった。

——そこにあったのは、全力で逃げ出したくなるほど優しい瞳だった。

「皆が駅に着いた時、『おかえりなさい』、と迎え入れてくれるような……温かくて、故郷に戻ってきたかのように感じられる、そんな場所にしたい。そう……寿堂のように」

「え」

それ、私が思ってたのと同じ……

(そういえば……小田原くんにこの間『それ、副社長に言ったのか?』って聞かれたっけ……)

「おま、えも……？」

東野さんが呆然《ぼうぜん》とつぶやいた。貴史さんはそれに、ゆっくりとうなずく。

「俺が寿堂を初めて訪れた、数週間前の土曜日にお前も行ったそうだな。その後も何度か見かけた、と従業員の女性が証言してくれた」

「……ああ」

「え……そうだったんですか？」

従業員の女性って、売り子の小野《おの》さんの事だ。東野さんの事、チェックしてたんだ。イケメン大好きだものなあ……もうすぐ還暦《かんれき》だけど。

「俺は寿堂を訪れたすぐ後、全体のイメージを変更したのとほぼ同時に、お前もイメージを変えた。かなり急な変更だったと、東野デザインの社員達もその日の事をよく覚えていた」

東野さんが眉を顰《ひそ》めた。

「お前……勝手にうちの社員から聞きだしたのか？」

貴史さんがふっと鼻で嗤《わら》った。なにやら黒い笑みを浮かべてるんですけど……

「お前の秘書から聞いたんだが、そいつを責めてやるな。俺が本気で聞いて、答えなかった奴は今までいない」

私は会った事のないその相手に、激しく同情した。いつもの黒いオーラを放ちながら、詰め寄ったに違いない……。東野さんも同じ気持ちだったのか、はあ、と重い溜息をついている。

「俺の秘書はまだ経験が浅い……お前みたいな魔王の相手は、荷が重かっただろうな」

「社長室直通の電話にかけたからな。警戒心も緩んだんだろう」

東野さんが訝《いぶか》しげにつぶやいた。

「直通？　何故《なぜ》お前がその番号……」

貴史さんの周りの気温が……一度、下がった。

「酔っ払った幸子に渡した名刺に書いてあった。大事な相手にしか渡さない、特別な名刺だと、秘書から聞いた。その番号を知っていたおかげで、お前の自宅も教えてもらえたわけだが」

「え」

私は目をぱちくりさせた。名刺って……もらった記憶さえ定かじゃなくて、てっきり失くしたと思ってた。

「お前、横取りしたのか⁉」

「失くしそうだったからな。預かっていただけだ」

——嘘だ、絶対に嘘だ。

しれっとした表情の貴史さんを見て、私と東野さんの心の声が（多分）重なった。東野さんが嫌そうに貴史さんを見上げる。

「で？　俺とお前が同時に寿堂に行き、そこからインスピレーションを得た。同じ物を元にして……デザインセンスの似てる俺達が作った事により、似通った図案になったと説明したわけか」

「ああ。集めた証言と、寿堂の写真、今までの我が社の評判、そして東野デザインの評判から、最終的には『偶然』で落ち着いた」

「それで水野課長は納得したのか……いや、納得させられたのか、お前に」

「さあな」

貴史さんがすっと目を細めて東野さんを見下ろし、私の左肩に手を回した。肩に置かれた手に、ぐっと力が入る。

「クライアントを説得した後、社内でもこの件を公表し、お前と幸子が盗作した、という疑いを払拭《ふっしょく》した。そこまで片づけて、幸子に電話を掛けたが……」

「い、痛い……」

肩に指、食い込んでますよっ⁉　ちらと横目で彼を見ると……うわあああ、またダークオーラがっ‼

「何度掛けても電源が入っていない、というアナウンスが流れるばかり。それで寿堂に連絡したら、どこかに出かけたと言われ、もしやと思って、東野に掛けたら」

私が泣きながら出た……というわけですね……。なんという追跡能力……

「聞くのも馬鹿らしい気がするが、俺のプライベート番号をどうやって手に入れたんだ？」

むすっとした声で貴史さんが言う。

「お前、幸子と連絡先を交換してただろう。こいつの電話帳を確認したら、登録されていたからな。念のため、コピーしておいて良かった」

東野さんがどこか遠い目で、私を見た。

「俺がこんな事、言えた義理じゃないけど……本当に、こんな腹黒い男でいいの？　幸子ちゃん。考え直した方が、いいんじゃない？」

「う……」

思わずうなずきそうになった私の肩に置かれた手に……ますます力がこもる。

「俺達は、そろそろ失礼する。早く良くなれよ、東野。さすがの俺も、病人を殴るのは気が引けるからな」

「殴るの、決定かよ……」

まあ、仕方ないな、とつぶやいた東野さんは、私の瞳を真っ直ぐに見て、頭を下げた。

「ごめんね、幸子ちゃん」

「東野さん……」

「謝って済む事じゃないけど、君に怖い思いをさせた事は悪かったと思ってる」

東野さんの視線が、貴史さんに移る。その視線は鋭《するど》かった。

「鳳。幸子ちゃんが盗作の疑いをかけられてるって俺に連絡してきたのは……恐らくお前の母親サイドの人間だぞ。この一件も、お前の母親が絡んでるんじゃないのか」

ぴくり、と貴史さんの手が動いた。彼の表情が……次第に凍りついていく。

「……」

「そちらの対処も、きちんとしておけよ」

「……判った。じゃあな」

私をぐいっと抱き寄せた貴史さんは、さっさと病室を出ていこうとする。私は慌てて振り返り、「お、お邪魔しました!」と歩きながら東野さんに挨拶《あいさつ》した。

――東野さんはベッドの上で、貴史さんに引っぱられていく私を見て、ふっと柔らかく微笑んでいた。

十八話　不運と獣と告白と

かつかつと靴の音が病院の廊下に響く。

「あああ、あの……私一人で歩けま……」

じろりと睨《にら》まれて、最後まで言えなかった。肩を抱き寄せられて、身体をぴったりとつけられている今の状況は、どう見ても連行⁉

そのままなかば引きずられて、駐車場に停めてあった黒い監獄《かんごく》の前に到着した。そしてぽいっと放り込むように乗せられて、さっさとスタートさせられてしまった。

（ゆ、誘拐《ゆうかい》っ……⁉）

「……お前は」

しばらく沈黙した後、貴史さんが吐き捨てるように低い声で言う。

「どうして、待てなかった。自宅待機しろと言っておいたはずが、のこのこと東野に会いにいったりして」

そ、それは……自分でも軽率だったって、思うけど。

「だ、だっ……て」

　ごくりと唾を呑み込んでから、私はつっかえつっかえ言った。

「と、東野さんのところにも、ＫＭ社から電話が来たって……疑いを晴らすために、一緒に証言して欲しいって言われて。ふ、二人揃って証言した方が、いいのかなって思って。少しでも早く無罪を証明して、私のせいで迷惑かけた人に顔向けしたくって……」

　そう言うと、赤信号で車が止まった隙に、貴史さんの手が私に伸びてきて、頬をむにっと引っ張られた。

「ひ、ひたいっ《いい》！」

　思わず叫んだ私は、ぎらり、と強い視線を向けられて動けなくなった。

「お～ま～え～は～っ！」

　うわ、重低音の怒鳴り声っ！　あああ、前を見て下さいーっ！

「俺を信じて、おとなしく待っていればいいものをっ！」

「わ、私だって……なにか、したかったんです！」

　私はうつむき、小声で言った。

「盗作なんて絶対してないのに……私の不運に巻き込んで、こんな事態を招いちゃったから……」

　ぎゅっと目を瞑《つむ》る。自分が不運なのは仕方ないけど、他の人を巻き込みたくはない。そう思っていたら「お前、知らないのか」と呆《あき》れたような声がした。

「お前の『不運』はある意味他人を巻き込むが、お前の思ってるような、人を不幸にするものじゃないぞ」

「え？」

目を開けて横を見ると、真面目《まじめ》な顔をした貴史さんが、また車をスタートさせるところだった。

「よく考えてみろ。お前が『不運』に見舞われる時……周りはどうなる？　この前の小田原も」

「……えっ……と……？」

私は、むむむ、と過去を思い出してみた。

高校の時――好きな男の子にチョコを渡そうとしたら、急に相手が腹痛を起こして医務室に運ばれて……その時、貧血で医務室にいた同級生の女の子に、チョコもらったって、嬉しそうに報告されたっけ。

短大の時――コンパに誘われたけど直前に熱を出して……代わりに参加した友達が、隣のテーブルにいた男の人に声掛けられて、短大卒業と同時に結婚してたっけ。

美恵子は――私がずっこけて失敗した時に助けてくれて専務に見初《みそ》められて……今はらぶらぶハネムーン中。

小田原くんは――私が資料をくしゃくしゃにした事によって数値に誤りのあるページが貴史さんの目に留まって修正できて、プロジェクトの承認が下りたんだよね。

……って、あれ?

「皆、ラッキーになってる……?」

呆然《ぼうぜん》とつぶやいた私に、思い切り大きな溜息が聞こえた。

「小田原も言っていただろう。お前の会社での渾名《あだな》は、『幸運のマスコット』だ。一時的にはお前のドジに巻き込まれて迷惑を被《こうむ》るが、結果的には幸運を手に入れられる、とな。特に恋愛成就の神様として、女子社員に崇《あが》められてると、鹿波が言ってた」

「なんですか……それ」

私はぽかん、と口を開けた。幸運のマスコット……え、私って会社で招き猫扱いされてたのっ!?

「お前、自分の力をまったく知らないんだな」

俺でも知ってるのに、と溜息をつきながら、貴史さんはさらに説明してくれる。

「周囲の不運を身代わりに受ける……それが寿家の力、だ。だから、相対的に周囲の人間を幸せにする。特に『他人の恋愛』によく効くようだな」

「他人の恋愛?」

「その分、本人の恋愛は『不運』になるようだが」

「本人は不運……どうして……」

ぶつぶつと呪《のろ》いを吐く私に、くすりと笑いながら貴史さんはつぶやく。

「その『不運』が、今までお前を守ってきたんだな。今回みたいに」

「……？　なにか、言いました？」

「いや、なにも」

……なんだろう。口元が上がって、どことなく嬉しそうなんですけど……って。あれれ？

「あ、あの、貴史さん？　この道……」

なんか私の家と反対方向……見覚えないビルが窓の外を流れてく……

「間違ってないぞ。俺の家の方向だ」

「はあああっ⁉」

思わず声を上げた私に、黒い微笑みを浮かべた口元が告げた。

「どうして、お前が食ったそば団子のせいで、東野がアレルギーを起こしたのか、まだ説明してもらってないが？」

「っ⁉」

かあああっと熱くなった頬を隠そうと外を向いた私の耳に、黒い黒い声が入り込んでくる。

「もう逃げられないぞ、幸子。散々振り回してくれたお礼をしないといけないしな……？」

「……っ！」

――ああ、神様。私の『不運』はいつまで続くのでしょうか……

（とと、東野さんに呼ばれた時よりも、今の方が強く身の危険を感じるんですけどっ⁉）

横から聞こえる、肉食獣が舌なめずりする音に、怖ろしく背筋が寒くなった私、だった。

＊　＊　＊

「……んっ、はぁっ……」

貴史さんの唇が離れ、やっと空気を吸えたとほっとしてたら、…熱い舌に下唇を舐《な》められた。その拍子《ひょうし》にびくっと肩が揺れ、着ていた上着が滑《すべ》り落ちる。たっぷりと水気を含んだ舌と舌が擦れ合う感覚にぼうっとなっていたら、ベッドに横たえられた。……え、いつの間にこんな事に⁉

車の中で死刑宣告？　を受けた後、そのまま貴史さんのマンションまで連れてこられた。あっと言う間もなく、車から引きずり降ろされて、またみの虫状態で抱きかかえられて……気がついたら貴史さんの部屋の前、だった。さっと鍵を開けた貴史さんは、私を部屋に押し込めるや否《いな》や唇を奪ってきて……熱い感触にもう、なにがなんだか判らなくなって……そして。

今……ベッドの上で、こんな危険な状況に⁉

「んきゃっ⁉」

ここに来るまでのいきさつに思いを巡らせ、私は今の超危機的状況を認識した。それで、逃げようと身をよじったけれど、がっしり押さえつけられてて、動けない……。私を見下ろす瞳が、ぎらぎらして……

（獣の目だっ！）

「……で？　東野はこんな事もしたのか？」

耳たぶを甘噛みしながら囁《ささや》いた後、つうっと首筋を舐《な》められた。熱い舌が動くたびに、痺《しび》れるような感覚が全身を襲う。さらに、ちゅくちゅくと音を立てて肌を吸われ、恥ずかしくて全身が熱くなった。

「とっ、東野さんはっ……ここ、こんな、事……ああ、ん！」

ちょ、ちょっとされたような気はするけど……言ったら、墓穴掘るっ……！

「だが、キスはしたな？　しかも深く……でなかったら、アレルギーなんか、起きなかっただろうからな」

「え、う……やあんっ！」

どどど、どこ触ってるんですかっ!?　今ウエストから身体をなぞって……おおお、お尻の方に手がっ！

「こんな可愛い声も聞かせたのか？」

「え、あ……んんんんんっ！」

重ねられた唇が熱い。ねっとりと絡まってくる舌も、熱い。ねちゃねちゃという音さえも、熱い。口中を舐《な》めまわされて、舌を吸われて……身体中が、沸騰《ふっとう》しそう。

——気を失いそうになるほど、長い長いキスの後は……すっかり燃え尽きてしまって、手に力さえ入らなかった。

「……ん、ふう、はあ……」

ぼうっとしたまま潤《うる》んだ瞳で見上げると、綺麗な顔が、一瞬引き攣《つ》った気がした。

「……こんな可愛い顔も見せたのか？」

火照《ほて》った頬に当てられた大きな手のひら。長い指が、顔の輪郭《りんかく》をなぞっていく。ほんの少し、触れられただけなのに、さらに顔が熱くなる。火傷《やけど》しそう……

「か、わいい……？」

目が離せない。私を捉えて離さない……この人の瞳から。

「ああ……私を食べて下さいって、書いてある」

「っ⁉」

ど、どんな顔してるの、私っ⁉　……と思ったら、貴史さんは饒舌《じょうぜつ》に語り出す。長い指が、言葉と共に顔をなぞっていく。

「大きな瞳が潤《うる》んで……頬は赤くて……唇は可憐《かれん》に綻《ほころ》んでいて……」

大きな手が、ブラウスを左右にぐいっと引っ張った。お腹に直接空気が当たって、ひやりとする。そのまま、背中に手が回されたかと思うと、膨《ふく》らみがふるんと自由になった。

「素肌はしっとりとして柔らかくて……」

左胸をふにゃりと掴《つか》まれ、思わず「あああああんっ‼」と叫んでいた。

はしたない声を上げてしまって恥ずかしくなった私を見て、貴史さんが嬉しそうに微笑みながら自分のシャツのボタンを外していく。彼の笑顔に……胸の奥が痛くなった。

ぎゅっと抱き締められて、胸の先端が彼の胸元に触れた。滑《なめ》らかな肌と直接擦り合う感覚に、先端が硬く尖《とが》るのが判る。

シャツと下着を脱ぎ捨てた貴史さんが、また抱き締めてきた。彼が触れているところも、触れていないところも、全部が熱い。身じろぎするたびに擦れて、さらに熱さが増して堪《たま》らない。私は貴史さんを抱き締め返そうと手を伸ばして……気が付いた。

「あ……」

東野さんの時は、触れられてもただ身体が冷たく強張《こわば》るばかりだったけど……貴史さんに触れられると、熱く痺《しび》れて……

「……どうした？」

眉を顰《ひそ》めて私を見下ろす貴史さんを見ていたら、じんわりと温かいなにかが自分の奥から溢《あふ》れてきた。

――なんの感情も映さない瞳を見て、哀しくなった。駆け付けてくれて、とっても安心した。信じてくれてたって判って、嬉しかった。低い声で囁《ささや》かれるたびに、綺麗な瞳で見つめられるたびに、いつだって、どきどきして……

「あの……」

ごくりと唾を呑み込んで、私は口を開く。

「……私……あなたの、事、が……」

私をじっと見つめる漆黒《しっこく》の瞳に、吸い込まれそう。

「好き……かも……？」

首を傾げながら言った私を見て、貴史さんは一瞬目を見開いた後――ぐったりと私の上に圧《の》しかかってきた。

低く唸《うな》るような声が、左耳元で聞こえる。

「……お前は俺を殺す気かっ……！」

「……へ？」

どくんどくんっていう、どちらのものか判らない心臓の音だけが、二人の間に響いていた。しばらく経ってから、肘《ひじ》をついて、すっと顔を上げた貴史さんは……あれ？

「真っ赤……？」

呆然《ぼうぜん》と私がつぶやくと、貴史さんの表情が思いっきり歪《ゆが》む。

「何故《なぜ》、語尾が疑問形なんだっ‼　はっきり言えっ！」

いきなり怒鳴られた私は、びくっと身体を震わせて、その言葉に従う。

「すすすす、好き、ですっ！」

「誰が誰をっ！」

「わ、私がっ、あなたをっ！」


……あなたが、好き。

単純なんだけど、なかなか言えなかった言葉。口にしてみると——優しくて、懐かしくて、甘いなにかが私を包んだ。貴史さんの顔が一瞬歪《ゆが》む。

「……さち、こ……」

掠《かす》れた声。ぽたり、と頬に熱いなにかが落ちた。

（泣いて……る？）

右手を伸ばして、彼の頬に触れる。指先が、わずかに濡れた。びくりと貴史さんの身体が動いた後――

「……幸子っ……！」

え……？

貴史さんの腕が、私の背中に回っていた。ぎゅっと抱き締められて、頬と頬が擦りあわされて、心臓が痛いくらい高鳴る。

「……た」

「え……？」

掠《かす》れた貴史さんの声は、なぜかとても苦しそうで、胸がずきりと痛くなった。

「……やっと……聞けた……」

一層彼の腕に力がこもる。少しだけど、震えてる……？　私はそっと、貴史さんの広い背中に手を回す。おずおずと背中を撫《な》でると、少しずつ震えが収まってきた。

「――……だ」

ぱっと顔を上げた貴史さんは、真正面から私を見た。唇が触れそうなくらい近い距離で見る彼の瞳の黒は、吸い込まれて溺れてしまいそうなくらい、深かった。

「好き……だ」

絞り出すように言った後……堰《せき》を切ったように貴史さんの口から、言葉が溢《あふ》れ出た。

「好きだ好きだ好きだ好きだ好きだ好きだ好きだ好きだっ！　お前の事が、ずっと好きだったっ！」

「ひえっ⁉」

大声で叫ばれ、鼓膜が痛い。

（好き⁉　好きって言った⁉　しかも連呼っ⁉）

びっくりして思わず叫んだ私を、貴史さんは強い眼差しで睨《にら》みつけてきた。

「気付いてなかったのか⁉　俺がお前を……好きだって」

「う、あ、は、はい……」

だだだ、だって！　いっつもあんなに睨《にら》みつけてきて！　鉄仮面だし！　ハイスペックすぎて全然釣り合わないしっ！　……って思ったけれど、ものすごく不満そうな顔の彼を見ていたら、思わず「スミマセン……」と謝ってしまった。

貴史さんの口から洩《も》れた溜息が、私の口元にかかる。

「もう判ったな？　俺はお前が好きだ」

「うっ……は、はいっ……」

うわ！　美形に間近で面と向かって言われると、心に受けるダメージがハンパないっ！　かあああっと頬が熱くなって、もうなにも言えない……っ……

「お前も、俺を好きなんだよな？」

有無を言わせない口調。私は口籠《くちごも》りながらも、なんとかうなずく。

脅されてるような気がするのは、気のせいだろうか……

「なら、問題ないよな？」

不穏な言葉を聞いて目を見開いた私に……さっきまでの辛そうな表情はどこへやら、にやりと不敵に笑う、悪魔が囁《ささや》いた。

「このまま俺が……お前を喰《く》っても」

一瞬、何を言っているのか理解できなかった。でも、ちゅ、と軽く、けれど何度もキスされているうちに……ようやく事態を呑み込めた。

「え……え……え……ひえええええっ⁉　……んんんんっ！」

――びっくりして叫んだ私の唇は、ふたたび塞《ふさ》がれて……そのまましばらく、自由を失う事となった。

十九話　すき、だから

「ああ、ややあっ、はあ……っ！」

いつの間にやら裸にされ、広いベッドに押し倒される。肌と肌が擦れあう感触。じっとりと湿《しめ》り、火照《ほて》った肌が、長い指の動きにびくんと震えた。胸の頂はさっきから、熱い口に囚われたまま、だ。

「ああんっ、そ、そこっ……ああああん！」

蕾をきゅ、と強く吸われた感覚に、声を上げる。もう片方の胸の先も指で抓《つま》まれて、小さい花火が目の前で弾けた。太股の奥から、じりじり焦《こ》げるような熱さがお腹に這《は》い上がってくる。

「お前は……本当に、どこもかしこも、甘い……」

彼の舌が胸からお腹へと舐《な》めながら下りていく。ところどころ強く吸われて、そのたびに身体が揺れた。舌も指も、触られるところから、身体にびりびりと電気が走る。

「あっ、やっ、あああんっ！」

「柔らかくて……甘くて……このまま喰《く》いたい……」

肉食獣の言葉も、もう耳に入らなかった。……知らない。こんな感覚は知らない。前にイカされた時よりも、もっと甘くて熱くて痺《しび》れてる……

「ひゃあんっ⁉」

太股に手を掛けられ、ぐっと足を開かれる。やだ、と言う間もなく、指が敏感《びんかん》な箇所をするりと撫《な》でた。

「や、やあんっ、やだあっ」

足をよじって逃げようとしたけれど、逃してくれなかった。

撫《な》でていた指が、きゅ、とある箇所を優しく抓《つま》むと……びくんと背中が反った。

「あああっ……そこ、やだっ……あああああんっ！」

「やだ、じゃないだろ。こんなに……濡れてるのに」

ねちゃり、と厭《いや》らしい音がして、身体が反応する。そのままゆっくりと身体の中に侵入してきた指が、くちゃくちゃと動く。最初に感じたわずかな痛みはすぐに吹き飛んで、頭の先からつま先まで、快感を伴った衝撃が走る。

「はあ、あん、やあああっ！」

ぶんぶんと首を横に振っても、止めてくれない。咄嗟《とっさ》にシーツを掴《つか》もうとした手が、硬直してしまった。息ができない。熱い。私のナカが、自分の意思とは関係なくうねうねと蠢《うごめ》く。

彼は指を一度抜き、さっきと同じ箇所をまた抓《つま》む。

「や、はあ、あああああああっ！」

ぶわっと一気に身体が熱くなった。そうして私のナカは、悪戯《いたずら》な指をまた呑み込もうとひくつく。彼はその動きに応えるように、また指を挿し込んだ。そしてナカの指が、ある場所に触れた時、反射的に腰がびくりと浮いてしまった。

「あああん！」

「……ここがいいのか？」

自分も知らなかった私のイイところが暴かれ、集中的に攻められる。むず痒《がゆ》いような感覚と熱さが、身体の奥から外に溢《あふ》れ出てくる。

「やあん、そ、そこっ……ばっか……っ、あああっ！」

ちゅく、と同時に胸の蕾を吸われて、一気に熱さが増した。

やだ、止まらないっ……！

「はあ、はっ……、ん、ああん、あああああああっ！」

熱い塊《かたまり》が弾け飛ぶ。一瞬、なにもかもが吹き飛び、真っ白になった。

その間もずっと太股を伝ってなにかが流れる感覚が止まらない。

快楽の波に呑まれて動けない私をよそに、貴史さんの頭が、胸からお腹——そしてその下へと下がっていく。

うつろな状態の私を、また波が襲う。さっき指で抓《つま》まれた個所に……もっと柔らかく熱いモノが触れたのだ。

「やだあっ！　そ、んなとこ、舐《な》めな……あああん！」

舌でぬるっと舐《な》め上げられると、足の先までびくんと震えた。彼にそうされるたびに、ねちゃりと卑猥《ひわい》な水音が響いて、どんどん身体中が熱くなる。

「やめない。今まで散々待たされたからな」

そう言った彼に敏感《びんかん》な部分に吸いつかれると、あまりの衝撃に、腰がまた跳ねた。熱くて肉厚な舌が、感じすぎて堪《たま》らない箇所に当てられた。貴史さんはそこに舌を当てたまま、しばらくじっとしている。ただ、舌で覆《おお》われているだけ。なのに、腰が震えてくる。

「あんっ、や……もう、ひんっ！」

舌先から、勝手に痺《しび》れが広がっていく。じっとしたまま、ただ熱さを伝えてくるだけの舌が、じれったくてじれったくてたまらない。

「やあん、それやだあっ……も、っと……っ」

こらえきれず声を洩《も》らすと、ふにゃりと舌が動いた。もうそれだけで、腰が浮いてしまう。焦《じ》らされた身体は、あっという間に熱い波に呑まれていく。

「ああああんっ！　あ、はあっ……！」

ふっと息を吹きかけられ、それから、舌が巻きついてきた。熱いなにかが、自分の中からどろりと溢《あふ》れ出る。

「あ、あっ、あああああん！　え、あ……っ、ひゃあんっ！」

逞《たくま》しい腕が伸びてきて、胸のふくらみを掴《つか》み、やわやわと揉み始めた。時々先端を弾く指先の動きと、秘所をまさぐる熱い舌の動きが、同時に私を追い詰めていく。

「あああっ、やあ……んっ、ああああああっ、ま、またあっ！」

逃げようと腰を振る私に、貴史さんは低く甘い囁《ささや》いた。

「いいから、身を任せろ。何度でも……イカせてやるから」

「うっ、ああ、はぁっ……んんんっ、あああああああああっ！」

また頭の中が真っ白に染まる。

びくびくと蠢《うごめ》く襞《ひだ》の中に、指が二本差し込まれた。たったそれだけで、痺《しび》れるような感覚が身体に走る。じくじくと身体の芯《しん》が疼《うず》いて疼《うず》いて。

「はあ、はあ……も、もう……やあっ……」

次から次へと襲ってくる快感の波に耐えきれなくなった私は、涙目で訴えた。貴史さんは顔を上げ……うっと呻《うめ》いて顔を強張《こわば》らせる。

「お前……煽《あお》ってるのかっ……！」

私の顔を見ると、

「そ、んな事、してな……んんんんっ！」

かぶりつくように奪われた唇は、彼の舌によってすぐにこじ開けられる。歯ぐきをなぞり、柔らかな粘膜を刺激する舌に、息もろくにできなくなった。その間にも、身体の中を蠢《うごめ》く指が、柔らかな襞《ひだ》を擦り続ける。もう片方の手は、胸のふくらみをまだ楽しんでいた。

「んんあ、むう、ふ、んっ……！」

刺激が強すぎて、喘《あえ》ぐ事しかできない。押し込まれた指がくっと曲げられたのと同時に、胸の先端を強めにしごかれた私は、また仰《の》け反《ぞ》って声を上げた。

「はああ、あああああああんっ！」

だらしなく開いたままの口を、舌で舐《な》められた。その厭《いや》らしい動きに、唇が震える。

「……相変わらず敏感《びんかん》だな、お前は」

まだびくびくと震える襞《ひだ》から、指がくちゅりと抜かれた。力が、入ら……ない。ただ荒い息が口から洩《も》れるだけ。

「はあ……、あんん……」

ぐったりと両手をシーツの上に投げ出した私から、貴史さんが身体を離す。私が、疼《うず》く身体を持て余してる間に、しゃか、となにかが擦れるような音がした。

「……幸子……」

ふたたび私に圧《の》しかかってきた貴史さんは、深く深く唇を奪う。薄目を開けた私に見えたのは……貴史さんの瞳。なにかを渇望《かつぼう》するような……荒々しい色がそこにあった。

「……力を抜け」

太股に掛けられた大きな手に、ぐっと力が入った。と、思った瞬間——

「いっ……!!」

ぬるっとした感触と共に、熱くて硬いモノが私に侵入してきた。痛い。熱い。苦しい、痛い——っ!!

「やあっ……！」

身をよじって逃れようとしたけれど、熱い身体が逃してくれない。

「幸子……幸子……」

なだめるような声が耳元でした。びりびりと身を裂かれる痛みを和《やわ》らげるように、唇が、手が、優しく私を撫《な》でまわす。

「んくっ……はあっ、んんっ……！」

目を瞑《つむ》って、歯を食いしばる。その間に、ゆっくりと襞《ひだ》を擦りながら挿入《はい》ってきた塊《かたまり》が、一番奥まで辿《たど》り着いた。そのまま貴史さんの動きが止まる。じんじんと痛む感覚が、肌に広がっていき……そのまま馴染《なじ》んできた。

「……大丈夫か？」

目を開けると、貴史さんが心配そうな顔で私を見下ろしていた。汗が、私の胸元に落ちてくる。頬を上気させて、汗で髪が張りついたその様子は……堪《たま》らなく色っぽい。どくんと音を立てた心臓と共に、身体の内側がきゅっと締まった。

「……っ……！」

貴史さんが苦しそうに顔を顰《しか》める。

「……すま、ない……もう、我慢できない……っ！」

ぐっと腰を持ち上げられ、塊《かたまり》がずるりと抜けたかと思うと、また一気に奥まで突き進んできた。

「っ⁉　あう、あああああっ‼」

思わず声を上げた。大きな手で、ぐっと右膝《ひざ》を曲げられて、熱の塊《かたまり》を激しく挿送される。肉と肉がぶつかり合う音と、ねちゃねちゃという潤滑油が撥《は》ねる音が混ざって聞こえてきて、淫《みだ》らな気持ちになる。

粘膜が擦れる音。身体の奥まで響く衝撃。そのすべてが、媚薬のように私を惑《まど》わせる。

「あっ、あっ……はあああんっ！」

いつの間にか、痛みとは違う、感じた事のない熱い熱いなにかが、全身を覆《おお》っていった。熱い楔《くさび》が深さや角度を変えて挿し込まれ、私が反応するとそこばかりを狙うように突いてくる。

「やっ……あっ、あっ、ああああっ、やあああんっ！」

自分の声が恥ずかしいのに、抑えられない……っ！

「はっ、あ……やっ、あんっ……あああっ、だめえっ……！」

「……さち、こっ……！」

ぐぐっと最奥に熱さを感じた時——白い閃光《せんこう》が頭の中で弾けた。

「はああん、ああああああああーっ！」

勢いよく身体が跳ねたのと同時に、ぐぐっと奥が締まった。貴史さんの表情が歪《ゆが》む。

「……くっ……！」

——そうして貴史さんも呻《うめ》き声を上げながら、身体を大きく震わせた。熱い。身体の奥が熱く熱くなってる。貴史さんの身体が崩れ落ち、荒い息が私の肌にかかった。

私のナカは、いまだなにかを求めるように蠢《うごめ》いていたけれど……私はそのまま、白い世界へと旅立つ。

——遠のいていく意識の中で、低くて甘い囁《ささや》きを聞く。

「ずっとお前が……好きだった……でも、言えなかった……」

なにかが優しく頬を撫《な》でていく。

「お前を……不幸にしたく、なかった……から……」

な、にを言って……るの？

「俺は……自《みずか》ら親しくなった者の運を奪ってしまう、から……」

運を奪う……それって、私と逆……？

「でも、お前から言ってくれたから……もう」

柔らかくて、温かいなにかが唇に触れる。

「遠慮《えんりょ》しないぞ。あいつもお前を狙ってるからな……絶対に渡さない……」

ん……ねむ、い……から、だ……動かな、い……


……子……、幸子……

――誰かが、呼んでる……？

「……ん、ん？」

重たい瞼《まぶた》を開けると、真っ先に目に入ったのは、甘くて優しい瞳。

「たか、しさ……？」

キスで私の唇を塞《ふさ》いだ悪戯《いたずら》な唇は……頬や耳元に移動して、柔らかな感触を肌に残していく。ぐったりと力の入らない身体に、またゆっくりと快楽のさざ波が押し寄せてきて、次第に目が覚めていく。

「んあっ……も、う、やだぁ……んんっ！」

腰がだるいから、寝かせて～という言葉を発する前に、また唇を奪われた。ろくな抵抗もできないまま、熱い舌の侵入を許してしまう。舌と舌が絡み合い、吸われ、歯の裏まで舐《な》められる。すると触れられたわけでもないのに、胸の先と、太股の間がじんじんと反応してしまった。

「はあんっ……や、あ……」

恨《うら》みがましい目で見上げると……え……なんか、やたら肌艶《はだつや》のいい、元気そうな人が目の前にいるんですけどっ⁉　うわ！　にっこり笑った顔が黒いっ！

「んきゃあっ！　どど、どこ触ってるんですかっ⁉」

遠慮《えんりょ》を知らない大きな手が、やわやわと肌を揉んだり撫《な》でたりしてるっ⁉

貴史さんがにやりと口角を上げた。

「ん？　お前のすべてを触るつもりだが？」

一気に頬も身体も熱くなった。な、なに言ってるの、この人はっ⁉

「そそそ、そんなセリフをしれっと吐かないで下さ……ああんっ！」

胸をいじられて、思わず甘い声を洩《も》らした私に、甘い甘い声が降りそそぐ。

「まだ足りない。まだ喰《く》い足らない……もっともっとお前が欲しい……」

「えっ……やあっ、あああんっ、はあ……っ！」

わ、私、初心者なのにっ⁉　まだ腰がじくじくするのにっ⁉　やあんっ、また、そんなとこっ……！

「はああんっ、や、だあっ……！」

……一応抗議したけど華麗《かれい》にスルーされ……そのまま、終わりの見えない二回戦へと、なだれ込んでしまった。

＊　＊　＊

「ううう……」

全身が……特に太股の間が痛い……けど、そんな事言えないっ……

「どうした？　気持ち悪いのか？　全身綺麗に洗ってやっただろ？」

ええ、洗いながら……あんな事やこんな事、されましたけどねっ!?

一体、何回したのかも覚えてない……全身筋肉痛……ううう……

「……鬼畜……っ！」

涙目で睨《にら》みつけると、上機嫌で車を運転していた貴史さんが私の方をちらと見て言った。

「心外だな。丁寧に可愛がったつもりだが」

「うぐ……」

——昨晩は結局、ほとんど寝かせてもらえなかった。もう最後の方はへろへろで、死人同然ぐったりと力の抜けた私を、貴史さんがお風呂に連れていってくれて……ああ、思い出すな、私……っ。

そして朝を迎えて、私の家まで車で連れていってくれると言うので、お言葉に甘える事にした。

（どうして、この人はこんなに元気そうなのよっ……！）

私は深く座席に身を沈めた。相変わらず、音もなく静かな運転で……気を抜くと、そのまま永遠にでも眠れそうだった。

「家に着いたら起こすから、寝ろ」

「……はい……あ……充電……したら、寿堂、電話しない、と……」

どろどろの睡魔に襲われながらつぶやいた私は、貴史さんの「寿堂になら、もう連絡済みだぞ」というセリフを聞き逃したまま、深い眠りへと落ちてしまった。

二十話　話し合いという名の対決でしょうか？

「……ん」

ふんわり香るのは……カレーのスパイスの匂い？

幸人のカレー……？　凝《こ》り性の幸人は、スパイスを自分で合わせて、本格インドカレーを作る。ナンまで手作りする徹底ぶりで、インド料理店にだって引けを取らない。

お腹がぎゅう、と鳴って、私はゆっくりと目を開けた。古い木の天井。学生時代と変わらない、ベッドとサイドテーブル、箪笥《たんす》と机だけの部屋。押し入れのふすまに貼った、サクラの花びら形のシールが、少し剥《は》がれかかってる。

「私の部屋……？」

よっこいしょ、と上半身を起こす。……ううう、まだあちこち痛い。思わずベッドの上で前のめりになってしまった。

「……って、今何時⁉」

はっと机の上の目覚まし時計を見ると……えええ、四時っ⁉　四時って‼

「もう、夕方っ⁉」

どうりでお腹空くはずじゃない！　朝からなにも食べてない。ううう、力が出ない……。うずくまる私の耳に、ノックの音が聞こえてきた。

「姉貴？　起きたか？」

がらり、と戸を開けて、トレイを持った幸人が部屋の中に入ってきた。うわ～いい匂い！　くんくんと目を閉じて嗅《か》ぐ私に、「犬かよ……」と幸人のつっこみが入った。

「ほら、食えよ。腹減ってるんだろ？」

サイドテーブルに置いたトレイの上には、銀色スプーンとフォーク、美味《おい》しそうな香りのカレーとサフランライス、焼きたてほっかほっかナンも一枚、そしてサラダまで載せられた白いお皿があった。

「うん、ありがとう！　お腹ぺこぺこ～……」

ベッドから床に降り、サイドテーブル前に座る。いただきます！　と勢いよく手を合わせ、がっつきだした私に……幸人のなんとも言えない視線が降り注《そそ》がれていた。

「……姉貴」

「にゃに？」

美味《おい》しい……美味《おい》しいよう！　こんなにも美味《おい》しいカレー、食べた事ないっ！　ひと仕事（？）終えた後の食事って、ひと際《きわ》美味《おい》しいよね！　スプーンについたお米まで舐《な》めとるように食べる私に、はあ、と重い溜息が聞こえた。

「……あの男と結婚するのか？」

思わずカレーを噴き出しそうになった私は、鼻の奥まで込み上げてきた辛さにくぅーっと涙目になる。

「ななな、なんでそんな話っ！」

スプーンをトレイに置き、私の隣で胡坐《あぐら》をかく幸人を見ると、瞳がなんだかギラギラしてる!?

「あの男……ぐっすり寝てる姉貴を連れてきて、そのままじーさんに、『お孫さんと結婚させて下さい』って頭下げていったぞ」

「えええええええええええええええっ⁉」

一気に身体全体が熱くなる。絶対カレースパイスのせいじゃないよね、これって‼

「ひ、人が寝てる間に、なに言って……っ⁉」

口をぱくぱくさせてる私に、幸人の鋭《するど》い質問が飛んできた。

「……で？　姉貴はどう思ってるんだよ」

うわわわわっ！　昨日からの出来事が頭の中を駆け巡って……きゃああ、なにも考えられないっ‼　沸騰《ふっとう》した頭や火照《ほて》った頬に、幸人の視線がぐさぐさと突き刺さる。私はぐったりと頭を垂れた。

「ううう……そんな先の事まで、考えられないよぅ……」

「んな事、言ってる場合かよ……じーさん、義母《かあ》さんに連絡したぞ」

私はがばっと顔を上げて、幸人の顔を見上げた。幸人はゆっくりとうなずく。

「すぐ日本に戻ってくる、ってさ」

「嘘ぉぉぉっ⁉」

ど、どうしたらいいのよっ⁉　さあーっと音を立てて、血の気が引いた。

「……絶対、洗いざらい吐かされる……っ」

「だろうな。義母《かあ》さんの尋問《じんもん》の怖ろしさは変わってないだろうし」

なんか幸人が憎《にく》らしく思えてきた。ものすごーく他人事じゃない!?

「幸人……なんか薄情《はくじょう》よね」

じと目で睨《にら》む私をふん、と鼻で嗤《わら》った幸人は、そのますっと立ち上がる。

「仕事終わったら、また来るって言ってたぞ、あの男。それまでに腹ごしらえ、しておけよな」

そう言い捨てて、幸人は部屋をさっさと出て行ってしまう。私は怖ろしく重い気持ちになりながらも……ふたたびスプーンを手にとって、食事を再開した。

＊＊＊

ううう……誰か、この沈黙をなんとかして下さい……

閉店後の寿堂の和カフェに、おじいちゃんがお茶をすする音だけが響く。

おじいちゃんと幸人が並んで座り、おじいちゃんの真正面に貴史さん。その隣に私。

私の肩には貴史さんの左手が回されているんだけど……強い力で抱き寄せられてて痛い。

ついでに幸人の視線も刺さって痛い。少しでも空気が和《なご》むようにと和菓子を出してみたけど、貴史さんが一口食べた後は誰も手をつけない。

（身の置きどころがないって……こういう事を言うんだ……）

――寿堂の営業時間が終了したのを見計らったかのようなタイミングで、黒っぽいスーツ姿の貴史さんが店先に現れた。その顔を見た私は……目をまん丸にした。

『た、貴史さん!?　その顔は一体っ……！』

『……別に』

いや、別にって！　なにかあったに決まってるでしょうがっ!!　左頬が赤く腫《は》れ上がってて、湿布《しっぷ》を貼っている。どう見ても……どこかに派手にぶつかったか、殴られたんじゃや!?

私があたふたしてると、幸人が貴史さんの来訪に気付き、私達二人の傍《そば》に来た。紺色の作務衣《さむえ》姿の幸人は不機嫌そうだった。

『いい面《つら》だな。ていうか、なんの用だよ？　またやられに来たのか？』

そっけない声もそうだけど、睨《にら》みつける幸人の顔が……コワイ。それより「また」ってどういう事!?　訳が判らずパニック状態の私を無視して、貴史さんは冷静な目で幸人を見た。

『お祖父さんは？　話をしに来たんだが』

幸人はなにも答えず、踵《きびす》を返す。そのまま、のれんをくぐって調理室へと入っていった。あんな幸人、見た事ない……。私が呆然《ぼうぜん》と突っ立ってると、ぐいっと肩を引き寄せられた。

『むぎゅっ⁉』

ななな、なにしてるんですかっ⁉　いきなり抱き締められた私は、じたばたと手足を動かしたけれど……がっしりと身体に回った腕は離れなかった。

『……会いたかった』

『ひえっ⁉』

耳元で甘く囁《ささや》かれ、背筋に電気が走り飛び上がった。うわ、大きな手でどこ撫《な》でてるんですかっ⁉　不埒《ふらち》な動きをする手のひらをぺしっと叩く。

『あああ、あの、今朝まで一緒にいましたよね⁉』

『あれぐらいじゃ、全然足りない』

……おかしい。絶対おかしいっ！　いつも冷静な鉄仮面はどこ行った⁉　キャラ崩壊してない⁉

『幸子……』

ふっと視界が遮《さえぎ》られて……ちょちょちょ、ちょっとっ⁉　あああ、後頭部押さえられてて、避けられないいっ！

『あああああ、あの！　こここ、ここではっ……‼』

――唇が重なる直前に、それはそれは冷たい声が寿堂に響いた。

『まず、話をしてからではないのかね？　鳳君』

ふっと貴史さんが顔を上げ、ようやく腕の力が緩んだ。私は逞《たくま》しい胸から少しだけ身体を離し、振り返る。

『おじいちゃん……』

そこには、鬼のような表情を浮かべたおじいちゃんと幸人が、二人揃《そろ》って仁王立《におうだ》ちになっていた。こここ、怖いっ……！

『ええ、そうですね。色々とお話させて下さい』

貴史さんはうろたえもせず、黒い笑みを浮かべて応戦する。私は思わず身震いし、心の中で神様、仏様ーっ！　と叫んでいた。


――で、そんなやりとりを経て、こうやって座ってるわけだけど。い、居心地悪いっ……！

思わず、もぞもぞと腰を動かして座る位置を変える。そんな私に、貴史さんがちらと視線を投げた。

「……幸子」

ゆっくりとおじいちゃんが口を開いた。私を見下ろす貴史さんの視線が、痛い。

「はい……」

うつむき加減で、上目遣いにおじいちゃんを見ると、おじいちゃんの口から、重い重い溜息が洩《も》れた。

「この男が好きなんだな、お前は？」

「……はい」

私は小さくうなずいた。するとおじいちゃんはすっと目を細め、視線を私から貴史さんへと移す。

「で？　君はなんともないのかね」

「ええ、おかげさまで……俺の『強運』と彼女の『不運』がちょうど釣り合ったようですね」

へ？　二人の間では会話が成立してるみたいだけど、私にはまったく理解できなかった。でも二人の話の流れからすると、やっぱり寿堂と鳳家には、なにかしらの繋がりがあるみたい。

――って事は、前に東野さんが言っていた、貴史さんの呪《のろ》いを解く事ができる一族ってうちなの⁉　私は顔を上げて、貴史さんの横顔を見た。

それから視線を巡らせて前を見ると、ぐっと唇を噛み、どこか辛そうな顔をした幸人が目に入ってきた。テーブルの上に置いた、右拳《こぶし》に青筋が立ってる……？

おじいちゃんが、ぽんと幸人の肩を叩いた。幸人はゆっくりと息を吐き、固く閉じていた手のひらを少しずつ開いた。

「ゆき……」

言いかけた私を、貴史さんの言葉が遮《さえぎ》る。

「ですから、幸子との結婚を認めていただきたいのですが」

「ふええっ⁉」

思わず奇声を発した私に、貴史さんの冷たく重い視線がぐさぐさと突き刺さった。

「お前、まさか恋人同士になったというのに……結婚も考えてなかったのか？」

こっ、こっ、恋人ぉっ⁉　口をぱくぱくさせた私を見る貴史さんの背中から……ダークオーラが立ち上ってるっ‼　あああ、展開が急すぎてついていけない……

「え、いえ、ちょっと、話が早すぎやしないかな～と……」

「俺とお前の年齢からすれば、早すぎるという事はないだろうが」

「う……」

そ、それはそうなんだけど……いざ結婚ってなると……その、色々、決心がっ……！

貴史さんのお母さんの事とか、財閥《ざいばつ》の跡取りだって事とか、寿堂は本当に大丈夫なのかとか、貴史さんが高スペックすぎて釣り合わないとかっ……‼

うーんうーんと唸《うな》る私を見た幸人が、貴史さんを冷たく睨《にら》んだ。

「姉貴はまだそんな気はないようですけど？　貴方がごり押ししてるだけじゃないんですか？」

うわ！　睨《にら》み返した貴史さんの視線も、幸人に負けず劣らず冷たいっ！

「幸子」

「は、はいっ」

貴史さんが、物凄い威圧感《いあつかん》をみなぎらせた瞳で、私を射抜く。

「俺と結婚する意思はあるよな？」

「へぇい!?」

なんかさっきから、奇声ばかり発してるんですけど、私！　一身に注《そそ》がれる三人の視線が、痛いようっ……！　両手の指を絡めながら、小声でつぶやいた。

「あ、あの……しょ、正直言うと、その……か、覚悟、がまだ……。た、貴史さんのお母さんの事も……ある、し」

「ああ!?」

ドスの効いた低い声が、私の鼓膜を振るわせた。思わず背筋がぴしっと伸びる。ああ、貴史さんに尋問《じんもん》された東野さんの会社の人も、きっとこんな気持ちだったんだっ……

「お前……やり逃げする気かっ⁉」

おじいちゃんと幸人の前でなんて事言うの、この人はっ‼

「ち、違うでしょう⁉　なによ、やり逃げって‼　どっちかっていうと、やられ逃げ……？」

首を捻《ひね》りながら言い直した私の言葉は、だん！　と拳《こぶし》が机に打ちつけられる音に遮《さえぎ》られた。

「とにかく！　姉貴に無理強《じ》いする事は許さない！　姉貴の覚悟ができるまで待てよ！」

「幸人……？」

こんなに声を張り上げる幸人を見たの、初めて……。呆然《ぼうぜん》とする私を見据えた幸人の瞳は、何を考えてるのか、よく判らなかった。

「もう待てない。これ以上は」

貴史さんの低い声が響く。貴史さんの左手が、私の右手を取ってぎゅっと握り締めてきた。手の温かさに、どくん、と心臓が跳ねる。隣の貴史さんを見上げた私は、熱い熱い瞳に、一瞬で捉えられた。

「俺は……七年前、初めて会った時から、お前が好きだった」

「え……？」

七年前？　貴史さんの言葉を、咄嗟《とっさ》に理解する事ができなかった私は、大きく目を見開いて、ただただ彼を見つめていた。

二十一話　好き、だった？

七年前って、私が入社した年……？

「え……えええ⁉」

思わず大声を上げた私は、貴史さんの頬骨のあたりがうっすらと赤い事に気が付いた。

え、これって、腫《は》れてるせい……じゃない？

「入社面接の時に玄関ロビーですっころんで、肩に俵担《たわらかつ》ぎされた、あの時……？」

面接の時、私の事睨《にら》んでたよね⁉　その後もドジしてるところを何度も見られて、嫌味言われて、全然そんなそぶりなかった。それなのに、どうやったら、こんな話になるの⁉　なにも言えなくなった私の前で、おじいちゃんが重い溜息をつき、貴史さんを真正面から睨《にら》んだ。

「……幸子が『寿家』の人間だと知ってからか？」

おじいちゃんの鋭《するど》い声に、貴史さんはそっと首を横に振った。

「いいえ。その前からです」

ぐっと力が込められた大きな左手。隣の私を見下ろす熱くて優しい瞳。視線が逸《そ》らせない。黒い瞳に囚われて……吸い込まれそう……

「初めて会った日、床に伸びてるお前が立ち上がって、また滑《すべ》って……咄嗟《とっさ》にそれを俺が支えた時――」

「……え……」

「お前を、可愛いって……あの時……一目惚《ひとめぼ》れした、と思う」

ぽかんと口を開けた私は……やっと言葉の意味を理解した。

「はあぁぁっ！！！？？？」

また大声を上げた私の頭に、拳骨《げんこつ》が振り下ろされる。んぎゃっ、そのまま、ぐりぐりしてきたっ！

「いいい、痛いっ！」

「お～ま～え～は～っ！　俺があれだけ態度で示していたというのに、少しも気付かなかったのかっ！」

「だだだ、だって！」

あの状況で、どうやったらそう思えるんですかっ！　エスパーじゃないんです、私はっ！　涙目の私を見て口元をやや歪《ゆが》めた貴史さんが、話を続けた。

「お前が『寿幸子』で、『寿家の人間』だと気付いたのは、そのすぐ後だ」

そう言われてみれば……名前を名乗った後、ちょっと間があった気が……

——やっぱり、貴史さんの呪《のろ》いを解く事ができる一族ってうちだったんだ。でも皆、どうしてその事を私に教えてくれなかったの……？

「面接でも、すごく迷惑そうな顔してたし、私が貴史さんの気持ちに気付ける要素なんてなかったですよ！」

ふいと視線を逸《そ》らした貴史さんは、ぼそっと小声で言った。

「お前を秘書室に配属しただろうが」

「へ」

また、ぽかんと口を開けた私を、貴史さんがぎろりと睨《にら》む。

「……だから！　秘書室なら、他の部署よりもお前に会う頻度《ひんど》が高いだろう！　当時専務だった俺が、新入社員と接触する機会など、そうはないんだからな！」

ななな、なに⁉　じゃあ、私が秘書室に入ったのって、この人の陰謀《いんぼう》っ⁉

「じゃ、じゃあ、私が『こんなみそっかすが秘書なんて！』って秘書室で責められる事になったのは、貴史さんのせいなんですかっ⁉」

「今はもう一人前の秘書になれたんだから、いいだろ」

なんか……貴史さんの印象がどんどん変わってく。いつだって冷静で、大人な副社長はどこ行った。私が首を捻《ひね》ってると、こほんと咳《せき》払いの音が聞こえた。

「……そろそろ話を戻してもらおうか。幸子、お前も脱線ばかりするんじゃない」

うう……怒られた。幸人は呆《あき》れかえった顔してるし……

「はい、おじいちゃん……」

私はしゅん、と頭を垂れた。貴史さんも私から手を離して居住まいを正し、おじいちゃんに向き直った。

「結婚するには、まず君の母親の問題を、解決する必要があるんじゃないのかね？　彼女が納得しなければ、結局幸子が辛い思いをする事になる」

貴史さんの眼差しが強くなった。

「母は俺が説得します。もし……母に聞き入れてもらえない時は……」

――一拍間《ま》を置いて、貴史さんがさらりと告げた。

「俺が、鳳家を出ます。俺以外にも優秀な人材がいますから、財閥《ざいばつ》の跡取りの座を譲ります」

貴史さんの言葉に、私は大きく目を見開く。

「えっ……」

今……何を言って？　呆然《ぼうぜん》と貴史さんの横顔を見た。真っ直ぐにおじいちゃんを見る瞳の中に、迷いは一切なかった。

「財閥《ざいばつ》の後継者の座など、俺にとって重要ではありません。それよりも……」

どきん……心臓が大きく鳴る。おじいちゃんから私に移った彼の視線は、とてもとても、優しい。優しすぎて、息が詰まるかと思った。

「お前が俺の傍《そば》にいてくれる方が、俺にとっては大切なんだ」

顔だけじゃなく、身体全体がかあああっと熱くなる。そのまま一瞬気が遠くなり……ごん！　という派手な音で我に返った。いつの間にやら、私のおでこが机にのめり込んで、いたのだ。

（し、死んだ……）

だめだぁ……とどめを刺された……っ！　片っぱしから逃げ道をぶち壊され、もう、逃れる術《すべ》は……ない、気がした。

ううう、と呻《うめ》く私に、おじいちゃんが声を掛けてくる。

「幸子、お前はどう思っている。寿家を目の敵《かたき》にしている鳳家に入るとなれば、苦労する事は目に見えているぞ。どうしても嫌なら、わしが断ってやろう」

私はゆっくりと顔を上げ、おじいちゃんを見た。いつだって私の事を守ってくれたおじいちゃんは、今も最後の砦《とりで》となってくれている。

——私が嫌だって言えば、おじいちゃんも幸人も、きっと私を守ってくれようとするんだろう。でも……

隣の貴史さんに視線を移す。私をじっと見つめる瞳の中に、一瞬見えた不安の色……ぎゅっと胸が締め付けられた。私はおじいちゃんに向かって、首を横に振る。

「ありがとう、おじいちゃん……でも、これは私がなんとかしないといけない事だから」

そう言って、私は貴史さんを見上げた。膝《ひざ》の上で拳《こぶし》をぎゅっと握り締める。

「あの、貴史さん……」

ごくり、と唾を呑み込んで、私は言葉を続けた。

「私が貴史さんの恋人のふりをする事になった日から、約一ヶ月——あと二ヶ月、時間をもらえませんか。最初に約束した通り……」

今すぐ結婚って言われても、まだ覚悟なんてできてない。貴史さんは鳳家を出るって言ってくれたけど、それがいい事なのかどうかも判らない。それだったら、最初の約束——あのプロジェクトが軌道に乗るまでの間に、ちゃんと考えて私なりの答えを出したい。

貴史さんが眉を顰《ひそ》めるのと同時に、幸人の訝《いぶか》しげな声がした。

「なんだよ、姉貴。約束って」

「え……と」

どう言えばいいんだろう。首を捻《ひね》りながら、私は幸人に説明した。

「私が貴史さんの専属秘書になった初日に、貴史さんのお母さんが会社にやって来て。それで貴史さんに早く結婚しなさいって迫って騒ぎになったんだけど……今取り掛かっている大きなプロジェクトが軌道に乗るまでの三ヶ月間、恋人のフリをして縁談をかわす隠れ蓑《みの》になってくれって、貴史さんに頼まれたの」

幸人が額《ひたい》に右手を当てて、深い溜息をついた。

「姉貴……それ、罠《わな》だろ」

罠《わな》。罠《わな》……って？　私の表情を見た幸人の顔が、みるみるうちに険《けわ》しくなっていく。

「付き合うフリとか言っておいて、今こうなってるだろうがっ！　この男、最初から姉貴を口説くつもりで、そう言ったんだよっ！」

「えええええええっ⁉」

大声を上げた私をちらと見下ろした貴史さんは、幸人にしれっと言った。

「フリをしているうちに、本気になっただけだ。よくある話だろう」

幸人が、声を荒らげた。

「嘘つけ！　姉貴がお人好《よ》しなのにつけ込んだんだろうが！　やっぱり朝、もう一発くらわせてやればよかったっ！」

貴史さんの頬は幸人が!?　私はびっくりして幸人を見た後、貴史さんに視線を移した。

平然としていた貴史さんの口の端が、くいっと上がる。ああ、この笑顔……心配して損した……

「腹黒……」

「でなければ、副社長などやっていられるか」

悪びれる様子もなくうなずいた貴史さんに、私はもう、文句すら出なかった。

「デスヨネ……」

「姉貴、そこで納得するなよ……」

幸人ががくっと肩を落として、溜息混じりにつぶやく。そんな幸人の肩をぽん、と軽く叩いた後、おじいちゃんの視線が真っ直ぐに貴史さんを射抜いた。

「とにかく、幸子は時間が欲しいと言っている。それは承諾《しょうだく》してもらえるんだろうね？　君にも母親を説得する時間は必要だろうしな」

「……」

おじいちゃんの言葉にしばらく考え込んでいた貴史さんは、やがて、ふうと息を吐いた。

「……判りました。では、結婚の件は二ヶ月後、改めてお話させていただきます」

（よ……よかった……）

私も安堵《あんど》の溜息を吐く。一気に力が抜け、へろっと椅子の背にもたれかかった。

「お前……そんなにほっとしたのか……？」

ああ、また貴史さんの背後から、ダークオーラがっ……！　縮こまった私をじろりと睨《にら》んだ後、貴史さんは一拍置いて、にやりと笑う。

（うわ……！　腹黒さ全開っ……！）

「時間はやる。だがな……代わりに、こちらの条件も呑んでもらうぞ？」

肉食獣の笑みの迫力に、身体が凍った。背筋が……寒いっ……！　く、喰《く》われるっ……!!

「え……？」

目を丸くした私に、貴史さんが上着のポケットから出した小箱を見せる。全体は紺色のビロードに覆《おお》われていて金色の留め金が付いている。幸人が息を呑む音が聞こえた。

「これって……」

呆然《ぼうぜん》とつぶやく私に、貴史さんが箱を開け……輝く中身を私に見せた。そして貴史さんが言った言葉に……私は石になった。

二十二話　皆に宣言しました

寿堂での話し合いの次の日、恐る恐る出社した私を出迎えてくれたのは、鹿波さんと佐伯さんだった。そこで、私の無実を証明するために、小田原くんや貴史さんが社内だけでなく東野デザインまで調査してくれた、って聞いて胸が熱くなった。皆、私の事、信じてくれていたんだ……

佐伯さんが言葉を続ける。

『提示した内容が東野デザインと似ていたって事は、副社長がすでに社内に公表したわ。東野デザインの社長は、副社長と同じ学校でデザインを学んだ同級生で、今回のコンペは、偶然同じコンセプトを選んだ事によって起きたんだって。だからデザイン画は似ていたけれど、クライアントには盗作でない事を納得してもらったって』

鹿波さんもうなずいて言った。

『東野デザインの社長さんとの写真について佐々木さんがここで話した事は、あの場にいた人間しか知らないしね。似ていた事が公《おおやけ》にされ、クライアントも了承済み、となれば、変な噂も立ちようがないわ。……佐々木さんもこれ以上は、なにも言わないでしょうね』

『あの、佐々木……さんは』

佐伯さんがさらりと答えた。

『特におとがめはなし、だそうよ。あの状況では、疑っても仕方がないだろうって事でね。でも……副社長にやり込められていたから、かなりショックだったでしょうね。しばらくは大人しくしていると思うわ』

『そう……ですか』

佐々木さん……彼女が貴史さんを見ていた瞳を思い出した。鈍い痛みが胸に響き、ぎゅっと拳《こぶし》を握り締める。佐伯さんがふふふっと妖艶《ようえん》に笑う。

『まあ、終わり良ければすべて良し、よね。副社長、あれからも色々とクライアントに提案してるみたいだし。この案件もきっと大丈夫よ？』

『そう……ですよね……』

ほっと胸をなで下ろした私に、『だから、心おきなく副社長オトシて頂戴《ちょうだい》ね？』と、釘を刺す事も忘れない佐伯さんだった……

「ふう……」

事の顛末《てんまつ》を思い出していた私は溜息をついて、壁掛け時計を見た。時刻は十四時半。

そろそろコンペが終わる頃だ。そんな事を考えていたら、ことん、と私の目の前に、湯《ゆ》気《げ》の立つマグカップが置かれた。

「きっと大丈夫よ、寿さん。副社長の事だから、負けやしないわ」

パソコンの画面から顔を上げると、優しく微笑む鹿波さんの姿があった。

「鹿波さん……」

ばちん、とウィンクをした鹿波さんは、自席へと戻っていく。私はマグカップを手に取り、ふうと息を吹きかけて冷ましてから、温かいミルクティーを一口飲んだ。


――昨日クライアントから、予定通り二次コンペを行う、と電話があったらしい。それで今日、貴史さん、桐野部長、小田原くんが先方へと出向いてる。

(東野さんも行ってるよね、きっと……)

あれから、東野さんには会ってない。積極的に会いたいわけじゃないけど、アレルギーの後遺症とかなかったのかなあと心配で……でも。

(終わっても、会わせてくれそうにない人が若干一名……)

鞄《かばん》の中に入ってる紺色の小箱の事を思う。あれ……どうしよう……

「コンペが終わったら……」

待ってもらう代わりの約束。果たさないとだめだよね……はぁ……

「寿さん、まだ気にしてるの？　溜息が多いけれど……」

心配そうな鹿波さんに、私は首を横に振った。

「だ、大丈夫です。貴……副社長や皆さんのおかげで、疑いは晴れましたし」

そう言った時、副社長室の電話が、鳴った。

電話に出て、それから一旦受話器から顔を離した鹿波さんが、私を振り返って言う。

「コンペは無事終わったみたいよ。クライアントの反応も上々だったって」

私はふうと息を吐いてから席を立ち、鹿波さんに微笑んだ。

「良かった」

とりあえず、これで皆、やっと一息つけるかな。当然、まだ二次コンペが終わったところだから、これからが本番なんだけど。

「副社長から、伝言よ。今から帰社するから、『用意して待ってろ』ですって」

……覚えてた……ううう……。この忙しさにかまけて、忘れてるかなーってちょっと期待してたのに……

「はい……判りました……」

がっくりうなだれた私を見る鹿波さんの視線は、とても生温かかった。それから鹿波さんが歩いてきて、ぽんぽん、と私の肩を軽く叩く。

「副社長と婚約するんですってね？　おめでとう、寿さん」

「ちちち、違いますっ！　そ、その……とりあえず、お付き合いをするって事で……その」

あくまで「お付き合い」のはず！　そう言うと、あら、と鹿波さんが不思議そうな顔をした。

「副社長、婚約指輪を用意してたんじゃないの？　あなたと副社長がディナーに行った次の日、若い女性に人気のいい宝石店はないかって聞かれて、何店か紹介したわよ？」

「うぐ……」

そんな前からだったんですか……。その大袈裟《おおげさ》なブツは……今も私の鞄《かばん》の中に入ってます……

隙を見せると、いつの間にか書類を書かされて、そのまま役所に連れ込まれそうでコワイ。時間くれるって言った割には……迫り方が、その……

それにしても、用意しておけって……これからなにが始まるの⁉　想像するのも怖い‼

——寿堂で、貴史さんが言ったセリフが脳裏《のうり》に蘇《よみがえ》る。

『俺とお前が付き合ってる事は社内に公表する。左手の薬指にそれもはめてもらう。いいな？』

『えええええっ⁉』

私の顔から、さあーっと血の気が引いた。

『や、止めて下さいっ！ そんな事されたら……靴に画鋲《がびょう》入れられたり、ロッカーに落書きされたり、鞄《かばん》をずたずたにされたり、机に「ブス」とか書いた紙入れられたり、変なメール送られたり、するじゃないですかーっ‼』

私の魂の叫びを聞いても、貴史さんは平然としていた。

『お前、想像力逞《たくま》しすぎるだろう……大体、お前の机とロッカーは今、どこにあると思ってるんだ？』

『え……と、副社長室の隣の秘書室……』

『そんなところまで、わざわざ嫌がらせに来る輩《やから》がいるとでも思うのか』

――そうでした。出入りする人は限られてるし、確かに無理かも……

『公表すれば、お前のバックに俺がいる、と皆が知る事になる。その方が、お前を守れるだろうが』

『でで、でもですね！ そ、それなら、貴史さんの秘書は外して下さいっ！』

『なんだと……？』

ぶわっと噴き出たダークオーラを見ないふりして、私は訴えた。

『つつつ、付き合ってる人の秘書なんて環境では、仕事に集中できませんっ！ 周囲の目が気になりすぎます！　ほ、他の部署にっ……！』

必死な私の顔を仏頂面《ぶっちょうづら》でしばらく見つめていた貴史さんは、やがて大きな溜息をついた。

『判った。異動については考える。だがな……』

あああ、笑顔が黒いっ……‼

『平日一緒にいられない代わりに、週末は恋人としてたっぷり甘い時間を過ごす事。判ったな？』

『〜〜〜〜！！！！』

熱くなった頬を隠すために、私はうつむき、小さく首を縦に振った……

（……ものすごく恥ずかしい思いをするんじゃ……ううう）

鹿波さんの生温かい視線を受けながら……私は、はああ、と溜息をついた。

「お疲れ様です、副社長、桐野部長、小田原課長。コンペ、上手くいったようですわね」

副社長室に戻った三人を、にこにこ笑顔で鹿波さんが出迎えた。私も鹿波さんのすぐ横で、「お疲れ様でした」と頭を下げる。

「ベストを尽くしましたよね、副社長。クライアントが、唸《うな》り声を上げていましたから」

貴史さんの後ろに立ち、そう言った桐野部長も、満足げな表情だ。貴史さんも振り返って「ああ、そうだな」とうなずいてる。桐野部長の隣に立つ小田原くんもにっこりと私に笑いかけてきた。

「もうお前が気にする事はなにもないぜ、寿？　だから堂々としてろよ」

ああ、グレーのスーツ姿の小田原くんが、三割増しぐらい、いい男に見えるわっ！

「小田原くん……ありがとう。色々手を尽くしてくれたんだよね」

感謝を込めて小田原くんを見た私の視線が、黒っぽい影に遮《さえぎ》られた。

「……で？　寿、あれは？」

見上げると、それはそれは綺麗に微笑む、悪魔の顔が。ううっ、桐野部長と小田原くんが目を丸くしてるのが、視界の端に入ったっ！

「こ、ここにあります……」

私は慌てて自分の鞄《かばん》のところまで走り、ビロード張りの紺色の箱を出してきて、両手で貴史さんの前に出した。貴史さんがその箱をすっと取り上げて、蓋《ふた》を開ける。中身を手に取った貴史さんを見て、桐野部長と小田原くんが息を呑む音が聞こえた。箱を上着のポケットに入れた貴史さんは、私を見つめて優しく微笑んだ。

——ううう、心臓が、痛いです……顔だって赤くなってる、きっと。

「コンペは終わったぞ。約束通り……」

大きな左手が私の左手を支え……そして彼の右手が、私の薬指に金色の輪っかをはめた。サイズもぴったり。きらりと輝くその指輪が……手錠《てじょう》に見えるのは、私だけでしょうか……

「外すなよ？」

「……はい……」

恥ずかしくて顔を上げられない。頬が熱くて堪《たま》らない。薬指に視線を移すと、華奢《きゃしゃ》な編み込みの金のリングに載ってる、ハート型をした四つのエメラルド……四つ葉のクローバー……幸運の印がきらりと光った。

「ふ、副社長⁉　それは……」

驚きのあまり、言葉が詰まる桐野部長。貴史さんは私の右肩に手を回して、ぐいっと引き寄せながら言った。

「俺と寿——いや、幸子は正式に付き合う事にした。今は公表するのを控えるつもりだが、先にお前達には知っておいて欲しい」

「えっ⁉」

「コンペの結果が出れば、全社に公表する」

普段冷静な桐野部長が、あまりの事に呆気《あっけ》にとられている。その隣の小田原くんも似たような顔をしていたけれど、こちらの方が立ち直りが早かった。

(うわー……小田原くんの視線が……痛いよぉ)

『お前、後でイロイロと聞かせろよ』って、眼光鋭《するど》い目がそう言ってる……っ！　思わずあらぬ方向に視線を泳がす私。

「そ、それは……おめでとうございます、副社長、寿さん」

そうこうしてる間に、桐野部長は一瞬で状況を把握したらしく、お祝いの言葉を笑顔でさらりと言ってきた。私は、ぺこりとお辞儀《じぎ》をする。

「では、本日は御苦労だった。お前達も今日ぐらいは早めに帰宅してくれ。ここ二、三週間遅くまで頑張ってくれていたからな」

「ありがとうございます、副社長。お言葉に甘えて、本日は早々に退社させていただきます」

桐野部長と小田原くんが頭を下げ、私に生温かい視線を投げた後、副社長室から出ていった。貴史さんは私を見下ろして、にっこりと笑う。

「俺達も帰るぞ。用意しろ、幸子」

「ふぁい⁉」

思わず変な声を上げた私をじろりと睨《にら》んだ後、貴史さんは鹿波さんの方を見た。

「鹿波。俺と幸子はもう退社する。後は頼んだぞ」

「はい、副社長」

満面の笑みで鹿波さんが答える。鹿波さんは固まってる私の方も見て、ふたたびにっこりと笑った。

「パソコン、立ち上げたままでいいわよ？　ちゃんと電源落としておくから。このまま副社長と一緒にお帰りなさい」

「は、はい……ありがとうございます、鹿波さん」

逃げ道を塞《ふさ》がれた私は、ロッカーからコートと鞄《かばん》を取り出し、貴史さんの隣に立つ。貴史さんは私の肩をがしっと掴《つか》み、鹿波さんに会釈《えしゃく》した後、私を引きずるように副社長室を出た。

――売られにゆく子牛のような心境の私が最後に見たのは「頑張ってね、寿さん」と親指を立てる、鹿波さんの姿だった。

＊＊＊

「ん、ふう、ん……」

蕩《とろ》けるほど甘美なキスがようやく終わる頃には、……私はもう息も満足にできなかった。涙目で見上げると、『今から喰《く》うぞ』と言いたげな黒い瞳が、私を見下ろしていた。

――あっという間に車に乗せられ、あっという間に貴史さんのマンションへと着き、あっという間に抱えあげられて……それから。

(あっという間に、ベッドの上っ⁉)

お邪魔するのは今日で二度目なのに、貴史さんの家の中の事が一切判らない！　そう抗議しようと思ったら、また唇を塞《ふさ》がれた。

「……んん……ふ、うん……ひゃん！」

私の唇をたっぷり堪能《たんのう》した舌が耳の中に入ってきた。ちろちろと動き回られると、くすぐったくて堪《たま》らない。身をよじって逃げようとした時、かぷと耳たぶを甘噛みされて、びくんと腰が動いた。

「可愛い……お前のどこもかしこも……」

鎖骨を熱い舌がなぞっていく。時々肌に吸いつく感触が、熱くて甘くて。じわじわと身体の奥から、熱が流れ出てくる。

「……ふあ、きょ、今日……週末じゃな……ああんっ！」

へ、平日は仕事があるから、こういう事はやめて欲しいって、寿堂に来た時頼んだのにーっ‼

そんな私の言い分など聞き入れてもらえるはずもなく――白い膨《ふく》らみに長い指がふ

にゃり、と沈み込む。それから持ち上げて揉んだり揺らしたり……さらに時折くすぐるように先端に触れてくる。

「コンペが終わったからな。今日は特別だ」

「やあんっ！」

先端を指で挟まれて、軽く擦られる。そのたびに、ぴりぴりした電流が身体中を走ってく。

「硬くなってるぞ。食べて下さいって言ってるみたいだ……」

「そ、んな事っ……あああんんっ！」

敏感《びんかん》になった蕾が貪欲《どんよく》な唇に捕えられる。舌を巻きつけられ、強く吸われて……もう甘い声しか出せない。身体が甘い痺《しび》れに支配されてく……

「んっ……ああんっ、やっ……」

忙《せわ》しなく舌を動かす合い間に、低い声で囁《ささや》かれる。もちろんその間も、蕾から口を離してはくれない。

「お前のところの和菓子よりも、甘くて美味《うま》い……」

長い指に、もう片方の胸を捕らえられた。優しく吸う唇と、先端をこりこりとしごく指。双方を同時に攻められて、甘い刺激に思わず仰《の》け反《ぞ》る。

「ああっ……あ、あしたっ……しご、と……やあん」

身をよじっても、熱くて大きな身体が私を逃がしてくれない。いつ脱がされたのか判らないスーツとブラウスが、ベッド脇の床に散らばっている。貴史さんもなにも着ていない。滑《なめ》らかな肌と触れ合う感覚に、なにも考えられなくなる。

「大丈夫だ……ぐっすり熟睡できるようにしてやるから」

「だだ、大丈夫じゃな……ああんっ！」

熱い舌がおへその周りをぐるっと舐《な》めてきた。さっきから、びくびくと腰が揺れ続けて止まらない。指が舌が唇が……肌のあちらこちらに痺《しび》れるような快感を残していく。

——今、私が身に着けてるのは……さっき貴史さんにはめられた、あの指輪だけ。

指に光るそれを見た貴史さんは、満足げに目を細めた。

「俺のものだからな……お前は。それを忘れるな」

「ひゃんっ！」

じゅくじゅくと熱くなっていた花弁に、長い指が触れた。優しくなぞられるたびに、厭《いや》らしい水音が聞こえてくる。

「あああんっ！　や、やだあっ、そ、こ……あああっ！」

襞《ひだ》をかき分けた指が、花芽を捕らえる。軽く抓《つま》まれて、ひときわ大きく腰がびくんと跳ねた。その間に、長い指が襞《ひだ》の中へと入ってくる。

「あっ、く……ん……」

私は眉根を寄せていやいやと顔を振ったけれど、舌がふたたび胸の蕾に巻き付いてくる。吸われて舐《な》められる感触に、熱い吐息が口から洩《も》れた。

「まだ、狭いな……何度も挿入《はい》ったのに」

そ、そんな事、言わないでっ！　ただでさえ熱かった頬が、さらに熱さを増す。恥ずかしくてぎゅっと目を瞑《つむ》ると、瞼《まぶた》に柔らかな感触が落ちてきた。

「っ、ひゃああん！　あ、あ……っ……あああっ！」

——次の瞬間、彼の指に花芽がぐりぐりと押し潰される。それと同時に、ナカの指の動きも激しくなった。

「あうっ⁉」

ある箇所を擦られると、身体に電流が走った。唇を塞《ふさ》がれ、もう片方の手に右胸を囚われる。

「んんんっ、んくっ……！」

びくびくと身体の震えが止まらない。熱くて激しい波が、次から次へと押し寄せてきて我慢できない。

「やあっ！　ああ、あああっ——あああああんっ！」

こらえ切れない快感が、身体の中で弾けた。身体がびくんと波打ち、白いシーツに沈む。ずるりと指を引き抜かれると、きゅうきゅうと貴史さんの指を締め付けていた、熱く柔らかな襞《ひだ》の間から、とろりとしたなにかが太股を伝って落ちた。

「はあ……はあん……」

まだ息が整っていないのに、貴史さんは待ってくれない。太股をぐいっと押し広げられ、まだひくついている部分に、熱い息が吹きかけられる。

「ひゃあああんっ！」

なぞるように舐《な》め上げられて、私はまた悲鳴《ひめい》を上げた。じゅるりと舌が舐《な》めまわす音に、目の前がちかちかする。

「あっ、ああっ……や、やだあっ、そこっ、やあああああんっ！」

貴史さんは私の反応を楽しむように敏感《びんかん》な花芽を舌先でつついてくる。そうしてびくんと身体が跳ねた瞬間——唇が花芽を覆《おお》い、こりっと軽く歯を立てて、それを挟んできた。

「ふあっ、あふう、ああああああっ！」

また頭が真っ白になり、大きく仰《の》け反《ぞ》ってしまう。襞《ひだ》がなにかを求めるようにぎゅっと締まる。それは彼にも伝わっているはずなのに……意地悪な舌はなおも私を攻めたてる。

「あっ、やあっ、もうだめっ……あああああん！」

大きな手が胸に伸び、蕾を弄《もてあそ》び始めた。舌は襞《ひだ》の中を探ってる。ぴちゃぴちゃと舐《な》める音が、耳を侵《おか》していく。達したばかりの身体は、ほんの少しの刺激で、すぐに高みに運ばれてしまう。

「ひゃあんっ、あ、あ……ああああああっ‼」

痺《しび》れるような快感に、足の指先までぴん、と伸びた。何度も何度も、声を上げて達してしまう。なのに……身体の奥の疼《うず》きは、止まらなくて。

「はっ、あっ……もう、やあ……」

この疼《うず》きを収めて欲しい。もう意地悪しないで……でも、声にならない。ただ身悶《みもだ》えながら、喘《あえ》ぐ事しかできない。

息を乱して、小刻みに震える私から、貴史さんが離れた。しばらくして聞こえてきたのは、なにかを破く音。ふたたび圧《の》しかかってきた貴史さんが私の膝《ひざ》を曲げ、一気に貫いた。

「あっ、ああああああああああああっ‼」

わずかな痛みは、すぐに消えた。敏感な場所を熱い塊《かたまり》が擦り上げてくる。

「や、あああん、あっ、ああっ、あああーっ！」

「さ……ちこ……っ」

貴史さんが噛みつくようなキスをしてきた。舌と舌が絡まり、ねちゃねちゃとした音が耳に響く。その間にも、肉と肉がぶつかる音は絶えない。

「あああっ、あんっ、熱い……っ！」

最奥に熱い刺激が当たる。花弁が、中へ中へと貴史さんを引き込もうとする。もう……止められないっ……!!

「ずっと……ずっと……お前をっ……！」

貴史さんの声も、もう聞こえない。ただ、熱い。熱くて熱くて熱くて……！

「……あ、あああっ、あああああああああっ!!」

どくん！ と激しい衝撃と共に、すべてが砕《くだ》け散った。薄い膜《まく》越しに、熱い感覚が身体の奥に広がり……手足から力が抜ける。

「――っ……!!」

直後、貴史さんの熱い身体が……ぐったりしている私の身体に重なった。

二十三話　東野さんに告白されました

二次コンペを終えた日、貴史さんはお約束どおり（？）朝まで放してくれなかった。

翌朝なんとか起きる事はできたけれど、もうへろへろだった私は、家に帰る元気もなく……彼の車で仲良く？　出勤する羽目《はめ》に。なんとか気力を振り絞って仕事を終えて、さあ帰ろうと思ったら……その日は金曜日だったのだ。

「週末は一緒に過ごすんだよな？」と黒く微笑む悪魔から逃れる事もできず……また貴史さんのマンションへと逆戻り。

そのまま大きなベッドの上で甘くて激しくて熱くて堪《たま》らない時間を二人で過ごし……ようやく解放してもらえたのは、日曜の夜だった。

――こんな週末がずっと続いている。実際には数週間なんだけど、意識が飛んでしまいそうになるくらい永い時間が経った気がする。

桐野部長と小田原君の前で交際宣言した翌週以降も、忙しい日々が続いていた。けれど貴史さんはものすごい集中力で仕事をこなし、週末は必ず休んで私と過ごしてきたんだよね……。

そうして今日は、いよいよ二次コンペの結果が出る日。私は皆の帰りを、そわそわしながら待っていた。

「寿さん、大丈夫？　なんだか今日も、顔色が悪いわよ？」

パソコンの画面から顔を上げると、心配げな鹿波さんの姿があった。

「ちょっと寝不足なだけで……大丈夫です」

一生懸命メイクしたけれど、最近は目の下の隈《くま》が隠せなくなってきた。

（こんな週末が続いたら……私、死ぬ、かも……）

向こうはお肌艶《つや》やかで、元気一杯なのが……なんか、癪《しゃく》だ。睡眠時間は同じはずなのに！　私ばっかり体力を奪われている……

「……寿さん、いえ、幸子さん？」

私を見つめる鹿波さんの瞳は、とても優しかった。

「副社長……貴史さんはね、小さい頃から自分の望みを言った事がないの」

「え……」

私は目を見開いた。いえ、あの……ものすごーく望みを押しつけられてる、気が……。

私の表情を見た鹿波さんは、くすりと笑いながら言う。

「聞き分けの良過ぎる子供でね……財閥《ざいばつ》の跡取りとして相応《ふさわ》しい人間になる事を求められていたから、勉強にスポーツにとずっと努力して」

「……」

「仕事も人一倍努力していたわ。朝早くから夜遅くまで、ずっと仕事仕事で……『強運の男』って呼ばれるようになったのは、ただの運だけじゃない、貴史さんの努力の賜物《たまもの》なのよ」

「……」

「だから、気になっていたの。貴史さんは自分の本当の望みに気付く事ができないんじゃないかって」

本当の……望み？　貴史さんの？　鹿波さんは手を伸ばして、私の頭をそっと撫《な》でた。

「でも、大丈夫だったみたいね。こうして、あなたに自分の気持ちを言えるようになったのだから」

「鹿波さん……」

ふふっと笑う鹿波さんは……貴史さんのお母さんよりも、お母さんっぽく見えた。

「貴史さんにとって、あなたは『幸運の女神』なのでしょうね」

私は目を丸くした。『社内一不運な女』が『幸運の女神』⁉　「だって、ほら」と鹿波さんの右手が、私の左手を持ち上げる。

「このモチーフに、貴史さんの気持ちが込められてるって……私はそう思うわよ？」

優しい緑色の輝きを放つ四つ葉のクローバー。それを見ていたら、胸の奥がぽわんと温かくなってくる。

そう……なのかな。そんな風に、思っていてくれるのかな。

『お前の事が、ずっと好きだったっ！』

（うわ……っ！）

かあああっと頬が熱くなる。熱くて甘い声……ああ、思い出しちゃだめっ‼　心臓がもたないっ……‼　パソコンの前でふるふると身悶《みもだ》える私を、鹿波さんが生温かい目で見ている。

「まあ、貴史さんは抑えられていた分、愛情過多《かた》だとは思うけれど……頑張ってね?」

「ううう……はい……」

私はなかば諦《あきら》めモードで、鹿波さんにもごもごと返事をした。

＊＊＊

副社長室に戻って来た三人を、私と鹿波さんはお辞儀《じぎ》をして出迎えた。

「おめでとうございます、副社長! 桐野部長、小田原課長も本当に大活躍でしたわね!」

満面の笑みを浮かべた鹿波さんに、貴史さんは小さくうなずく。

「ありがとう。桐野、小田原、よくやってくれた。営業部や企画部、デザイン部の皆にもそのように伝えてくれ」

桐野部長は、にこにこ顔だ。

「ありがとうございます、副社長。この結果なら、皆満足するでしょう」

小田原くんもうなずきながら言う。

「東野デザインと引き分けにはなりましたが、我が社の良いところも認めてもらいましたし。佐伯部長の顔も立ったと思います」

……そう。結果は、「二社同時受注」。どうやら、提示価格はほぼ同額で、ロータリー部分のデザインは東野デザインの方が、周囲の駅ビルのデザインはKM社の方がクライアントの好みだったとか。

「これから東野と協力しなければならないがな……」

ぶつぶつ言ってる貴史さんの目がコワイ。そんな貴史さんを横目で見ながら、小田原くんがさりげなく私の左隣に来て、ちょぃちょぃと肩をつついてきた。

（なあ。副社長と東野デザインの社長って、同級生だったんだよな？）

小田原くんの囁《ささや》きに、私もぼそぼそ声で答える。

（え？　そ、そうだけど……？）

（いや……実はさあ副社長、東野社長に……）

口籠《くちご》もった小田原くんは、『見てはいけないものを見てしまった』という顔をしていた。

「──寿」

その声に、小田原くんがぴしっと固まる。私も声のした方を見ると、口元に笑みを浮かべ、だけど目が笑っていない人が、私をじっと見下ろしていた。

「……はい……」

屠殺場《とさつじょう》に引きずられていく、肉牛の気持ちがよく判る……

「コンペの結果が出た事だしな。明日にでも社内に公表する。覚悟しておけ」

この瞳からは、もう逃れられない……私は小さく息を吐いて、うなずく。

「……はい」


——と、言いかけたところで、「失礼します」という聞き覚えのある声がした。

「ノックしたけれど、返事がなかったから入らせてもらったよ」

声の主を見て、貴史さんの顔が強張《こわば》る。私はこちらに向かって歩いてくる人を見て——目を丸くした。

「とっ、東野さん⁉」

真紅《しんく》の薔薇《ばら》の花束を抱えた東野さんの左頬は、いつぞやの貴史さんみたいになっていた。

黒のスーツを着た東野さんからは、相変わらず色気が立ち上っていた……けど、その左頬が……腫《は》れてる⁉

私が固まっていると、東野さんは、ついっと私の前に立った。そしてにっこりと笑った後、真面目《まじめ》な顔で言う。

「これ、この間のお詫《わ》びと助けてくれたお礼に。ごめんね、そしてありがとう、幸子ちゃん」

「あ、ありがとう……ございます」

ふわっと渡された薔薇《ばら》からは、すごく良い匂いがした。ビロードみたいな花弁が綺麗に巻いた薔薇《ばら》。これ、ものすごく高いんじゃ……。そんな事を考えながら花束に見とれていた私の右手が、いつの間にやら東野さんに、ぎゅっと握られていた。顔を上げると、妙に迫力のある東野さんの瞳に、なにも言えなくなった。

「幸子ちゃん。俺、鳳とは関係なく本気で君に惚《ほ》れた。……俺の事も、恋人候補に入れて欲しい」

「は」

口をあんぐり開けた私に、東野さんは手を握ったまま甘く囁《ささや》く。

「あんな事をしたのに……俺が発作起こした時、優しく手を握って励《はげ》ましてくれたよね？　その後も、俺を心配して泣いてくれて……」

「へ」

「あの泣き顔見た時に、君を好きに――」

「東野っ‼」

言われた事を頭がまだ処理しきらないうちに、私は両肩をがしっと掴《つか》まれ、ぐいと後ろに引っ張られた。よろけた私の腰を大きな手が掴《つか》む。その拍子に手を引き離された東野さんが「おやおや」とつぶやいた。

「貴様……俺の婚約者を目の前で口説くとは、いい度胸だな」

聞いてるだけで、背筋が寒くなる声がした。そーっと右側を上目遣いに見ると……あぁ、不機嫌さＭＡＸな悪魔がそこにっ……！　東野さんは臆《おく》する事なく、にやりと笑って、自分の左頬を指差した。

「ほら、これで先日の件は帳消《ちょうけ》しになったはずだろ。それに、まだ結婚したわけでもないんだから、アプローチは自由じゃないか」

「え」

あ！　そう言えば、貴史さん、病室で、後で殴るとかなんとかっ……！　さっきの小田原くんのセリフも一緒に、ぐるぐると頭を駆け巡った。

「あの、東野さん……もしかして、それ……」

恐る恐る声を出すと、東野さんが大袈裟《おおげさ》に溜息をつきつつ、うなずく。

「クライアントの前では、平然と俺と名刺交換したくせにさ……外出してしばらくしたら、いきなり陰に連れ込まれて、そのまま拳骨《げんこつ》一発。まあ俺に非があるから、甘んじて受けたけれど」

……それを小田原くんが見たんだ、きっと……気の毒に。

「ところで、何故《なぜ》お前がここまで来ている。呼んだ覚えはないが」

東野さんの笑顔も、貴史さんに負けず劣らず黒いっ！

「お前の手口と同じさ。受付で自分の名刺を見せて、共同開発する事になったからって言ったんだ。……高校時代からの友人で、驚かせたいって言ったら、通してくれたぞ」

その現場がありありと目に浮かんだ。多分、色気をダダ洩《も》れにしながら言ったんだろうな……それで受付嬢の目がハート型になって、思わずうなずいちゃったに違いない。

美形の鉄仮面で、震え上がらせて押し通す貴史さんに、色気で惑《まど》わせて押し通す東野さん。なんかどっちも、迷惑な気が……

「東野……」

言いながらますます腰を抱く手に力が入り、長い指が食い込んで痛い。そんな私を見て、東野さんがふふっと笑った。思わず頬が熱くなる。

「これから共同開発する事になったから会う回数が増えるね、幸子ちゃん」

「え」

「幸子に会わせるわけ、ないだろうがっ！」

「お前の秘書なんだろ？　だったら必然的に会うよな？」

歯ぎしりしている貴史さんに、くすりと笑う東野さん。

「幸子は近いうちに、俺の秘書ではなくなる。だが、そんな事はどうでもいい。叩き出される前に、とっとと帰ったらどうだ？」

冷たすぎる貴史さんの声にも怯《ひる》まず笑っていられるなんて、東野さんって大物……

「へえ……もう婚約者気取りなのか。でも、お前には大きな問題があるだろ、鳳？」

貴史さんの身体が強張《こわば》った。東野さんの視線が、貴史さんから私に移る。

「幸子ちゃん。幸子ちゃんだって、覚悟できてないんじゃないの？　なにしろ、鳳には――」

――その時、バタン！　と乱暴にドアを開ける音が副社長室に響いた。皆が一斉にドアの方に目を向ける。

「貴史さん！　貴方、なに勝手な事をしようとしてるのっ⁉」

副社長室内が、一瞬で肌が痛くなるほど、ぴりぴりした雰囲気に変わる。ドアの前には、白地に金と紅の文様が描かれた高級そうな着物を着て、前にお会いした時よりも、ぎりぎりと目を釣り上げた女性が、立っていた。

二十四話　ラスボス&最凶の女、登場⁉

その人物を見た貴史さんの顔から、表情が消えた。思わず顔を顰《しか》めるぐらいに強く、長い指が私の腰に食い込んでくる。

貴史さんのお母さんが、私をきっと睨《にら》みつけてきた。息を呑んだ私は、それでもぺこりと頭を下げる。それが気に入らなかったのか、彼女の眉間にますます皺《しわ》が寄った。

「なにか用ですか、母さん」

冷静な貴史さんの声に、一瞬貴史さんのお母さんの瞳の色が、変わった気がした。

そしてつかつかと私と貴史さんの前まで歩いてきた彼女は、びしっと私を人差し指でさす。思わず仰《の》け反《ぞ》った私を、貴史さんの手が支えてくれた。

「この不幸を招く女と婚約ですって⁉　そんな事、絶対に認めませんよっ‼」

隣に立つ貴史さんのまとう空気が、険しいものになっていく。

「貴女の許可などいらない、と言ったはずです。俺は幸子と結婚します。邪魔は――させない」

拳《こぶし》をぐっと握り締めたお母さんの手が小刻みに震えてる。視線だけで殺されそうな気がする……

（やっぱり……認められてないんだ……）

しばらく会っていなかったから忘れていた。けれどこんな風に面と向かって敵意を向けられると動揺してしまう。私はうつむいて、ふんわり香る薔薇《ばら》の花に少しだけ顔を埋めた。判ってたけど……やっぱり、胸が痛い……

「ほらみろ。母親との問題を解決しない限り、幸子ちゃんと結婚なんて無理だろ？」

貴史さんのダークオーラがますます濃くなった。お母さんの視線が、貴史さんから東野さんに移る。異様に目を光らせた東野さんは、口の端をくっと上げた。

「お久しぶりですね、お母さん。藤岡です……貴史くんとは高校の同級生でした」

あら、とお母さんは目を瞬《しばたた》く。

「お久しぶりね、今は東野さん……だったかしら？　あなたは何故《なぜ》ここに？」

まったく動じないお母さんを見て、東野さんの目は凄みを増した。東野さんも余裕の笑みで切り返す。

「寿幸子さんに交際を申し込むために来ました。鳳よりも俺の方が、彼女に相応《ふさわ》しい、と思いませんか？」

「勝手な事を言うな、東野！」

「まあ！」

二人同時に声を上げた。怒りのオーラ満載の貴史さんと、傍《はた》から見て判るほど、上機嫌なお母さん。

「そうよねえ、お似合いだと思うわ、貴方達。幸子さん……も、鳳家の跡取りの妻なんて、荷が重いでしょうし」

貴史さんのお母さんはほほほと高笑いする。その通り……なだけに、胸が詰まる。

――でも、好きだから。この人が……好きだから。

私は左手をぎゅっと握り締めた。薬指から身体全体に温かさが伝わってくる。

私は薔薇《ばら》の花束から、顔を上げた。そして……真っ直ぐに彼女を見る。

それに気付いた貴史さんのお母さんが、笑うのをやめ、嘲《あざけ》るように私を見返してきた。

あまりの迫力に一瞬怯《ひる》んだものの、震えて崩れ落ちそうな両足に、ぐっと力を込めて、
私は言った。

「それは、私と貴史さんとで話し合って乗り越えていくべき事です。ですから私も……

貴女の指示は受けません」

私の言葉を聞いて、誰かが息を呑む音が聞こえた。

貴史さんのお母さんの顔が、みるみるうちに蒼白《そうはく》になっていく。ぎらぎらした目を吊り上げ、唇をぐっと噛む彼女の表情は――般若《はんにゃ》のようだった。

「そんな口をこの私にきいてもよい、とでも思っているのかしら？　鳳家当主の、この私に」

眼光の鋭《するど》さ。声の迫力。背後から立ち上るオーラ。さすがは貴史さんのお母さん。睨《にら》まれただけで、押し潰されそう。少しでも気を抜いたら……多分、骨まで喰《く》われる。……でも、負けるわけにはいかない。私はぐっとお腹に力を入れた。

「鳳家当主とか、関係ありません」

お母さんの眉がぴくりと上がる。誰も、なにも言わない。咳《せき》一つ、聞こえない。

「私……不運ですし、庶民ですし……鳳家の当主の妻、なんて気が重いし。相応《ふさわ》しくないって言われれば、その通りだと思います。でも……」

右横に立つ、貴史さんを見上げる。私を見つめる貴史さんの瞳には、不安げな色がちらと映っていた。

——大きく息を吸って、ゆっくりと吐く。そのまま、真っ直ぐ正面を見た。

「貴史さん自身の事以外の理由で、貴史さんから逃げたくないんです。ですから」

私を憎々《にくにく》しげに睨《にら》みつける女性の瞳を、捉えた。

「私、は……貴史さんと、ちゃんと話し合って決めます。話し合う相手は、貴女ではないんです」

副社長室内の時が止まった。貴史さんのお母さんも、動かない。誰も……なにも言わない。

「幸子……」

重い沈黙の中、掠《かす》れた声で囁《ささや》いた貴史さんが、私をぐっと抱き寄せる。薔薇《ばら》の花が少し押し潰されて、一層匂いが濃くなった。

貴史さんの決然とした声が、静かな室内に響く。

「母さん。幸子が鳳財閥《ざいばつ》の妻に相応《ふさわ》しくないと言うなら、貴女があくまで反対するなら、俺は後継者の座を降ります。それなら問題ないでしょう」

「っ！　貴史!?」

お母さんはそう叫び、彼女の背後に禍々《まがまが》しいオーラが立ち上った。顔を上げて見た貴史さんの横顔は力強くて、本気で言ってるんだと、皆にも判ったに違いない。

「貴方、本気なの!?　鳳一族で最も『強運』なのは貴方なのよ!?　その責務《せきむ》を放棄《ほうき》するというの!?」

「俺でなくとも、従兄弟《いとこ》達がいるでしょう。あいつらもそれぞれが鳳一族の会社経営者でもある。俺でなくとも、務まるはずです」

着物の袖《そで》から見える、貴史さんのお母さんの白い拳《こぶし》が震えてる。彼女の口元は一瞬、くっと歪《ゆが》んだけれど、やがて三日月型に弧を描いていく。

「……そう。貴方が放棄《ほうき》するという事は、その重責を裕貴に負わせるつもりなのね？　……それなら」

お母さんの視線が、ぴたり、と貴史さんで止まった。冷たすぎるその瞳に、背筋がぞくりと寒くなる。

「裕貴には……美恵子さんとの結婚を考え直してもらわなければ、いけないわねえ」

美恵子!?　私は目を見開いた。どうして美恵子の事が今、出てくるの!?　新婚ほやほやで、幸せいっぱいの、美恵子が!?

「母さん！」

貴史さんが声を上げる。お母さんは、ほほほ、と口に手を当てて高らかに笑った。

「貴方、美恵子さんの性格で財閥《ざいばつ》当主夫人が務まるとでも⁉　周囲は敵ばかりで、蹴落《けお》とすか蹴落《けお》とされるか、の世界なのよ？　美恵子さんのような大人しい性格では……心を病《や》むのがおちだわ」

私は親切で言ってるのよ？　とお母さんが一見優しげに言う。

「美恵子さんと別れさせて、しかるべきお嬢さんをお迎えして……そうそう、当主としての教育も受けさせないといけないわね。それから……」

すらすらと流れるようなお母さんの言葉が、専務や美恵子……そして貴史さんを縛っていく。

貴史さんの顔が、次第に歪《ゆが》んでいく。弟思いの貴史さんの事だもの、きっと……

思わず私が彼の左腕を右手で掴《つか》んだ瞬間——呑気《のんき》な声がお母さんの言葉を止めた。

「もう、そこまでにしておいたら？　聡子《さとこ》。そんなに怒ってばっかりだから、貴女は老けるのが早いのよ」

……え……この声⁉

かつん、と硬い靴音が響いた方を見た私は、目を大きく見開く。貴史さんのお母さんは、信じられない、といった目で入って来る人物を睨《にら》みつけていた。

ふわりとなびく栗色の髪。全身を覆《おお》う黒のライダースーツに、ヒールの高い黒のブーツ。少し下ろした前ファスナーから覗《のぞ》く豊かな膨《ふく》らみは、やけに白くて色っぽい。真っ赤なルージュをひいた唇が、ゆるやかに弧を描き始める。ボン・キュ・ボンの体形も、獲物を狙うかのような鋭《するど》い瞳も、昔とまったく変わっていなかった。

「えええええっ⁉　なんで⁉」

私は思わず大声で叫んだ。その女性は、チェックのシャツにカーキ色のズボン姿の幸人を伴い、室内に入ってきた。

「フリールポライターの、幸江《さちえ》・ライダーっ⁉　どうして、ここに……」

小田原くんがびっくりした様子で大声を上げる。

「ごめんなさい、私の母と弟です……」

私が恐縮しながら言うと、「えええええええっ⁉　寿のお母さん⁉」とまたびっくりされた。そりゃびっくりするよねえ……美魔女のおかーさんと私って、全然似てないし。おまけに、見た目三十代にしか見えないのよ、このヒト……

「幸江っ⁉　貴女、何故《なぜ》ここにっ……‼」

ふふふと不敵に笑いながら、部屋に入ってきたおかーさんは……貴史さんのお母さんに向かって、にっこりと黒く笑った。

「あーら、貴女の息子と私の娘が結婚するって聞いて、帰国したに決まってるじゃない？」

固まる私の耳元で、貴史さんが囁《ささや》いた。

「お前のお祖父さんから、お母さんの話は聞いてる。一応、今日の事も伝えてもらうよう、俺が頼んでおいた」

「……え……」

目をぱちくりさせた私の耳に、ダブル母の戦いが飛び込んでくる。

「本当変わらないわねえ、聡子……権力とカネにモノ言わせて、思い通りにしようとする、そのクセ。貴女の息子だって、いい年なんだから、自分の相手くらい自分で探させなさいな」

ふう、と溜息をつくおかーさんは、悪女にしか見えない。無駄な色気もパワーアップしてない⁉　おかーさんがふっと、貴史さんに向かって妖艶《ようえん》に微笑んだ。

「私、幸子の母で、幸江・ライダーよ。貴方が鳳貴史さんね？」

「ええ、鳳貴史です。初めまして」

深々と頭を下げた貴史さんを、おかーさんが失礼なくらいじろじろと見た。そしてまた、貴史さんのお母さんの方を向いて、にやりと微笑む。

「貴女の息子にしちゃ、なかなかいい男じゃない、聡子？　まあ、これだったら……幸子の相手として、認めてあげてもいいけど？」

「そんな事、貴女にだけは言われたくないわね、この疫病神《やくびょうがみ》がっ！」

貴史さんのお母さんも負けてない。ますます目を吊り上げて応戦している。

「よりによって貴女の娘だなんて‼　誰が認めるものですか‼　トラブルメーカーで、次から次へと問題起こす上に、呪《のろ》われた血を引く貴女の子などっ……！」

あれ？　さっきから二人の会話を聞いてると……

「おかーさんと貴史さんのお母さんって……知り合いなの？」

私の声に、おかーさんが振り向いた。そして何故《なぜ》か貴史さんにばちん、とウィンクした後、「そうよ～？」と笑う。

「高校の同級生。聡子ったら、なにかと私に突っかかってきて、本当大変だったのよー」

「え、同級生⁉」

そう叫んだ小田原くんは、にっこり笑ったおかーさんの視線に射殺されて黙った。ごめん、年齢に関わる事は禁句なのっ！　私は心の中で、彼に手を合わせる。

「なにデタラメ言ってるの、貴女はっ！　男子生徒ばかりか先生まで毒牙《どくが》にかけて散々引っ掻き回したあげく、後始末を人に押し付けて逃亡してっ……！」

……あ。多分、こめかみに青筋立ててる貴史さんのお母さんの見解が正しいと思う。

おかーさんって、いるだけで、トラブル起こすっていうか……

ほーほっほっほ、とおかーさんの高笑いが副社長室内に響く。貴史さんのお母さんはぎりぎりと歯を食いしばっている。

「いいオンナに騙《だま》されるのは、男の幸せよ？　どーせ、ひがんでるだけのくせに」

「なんですって⁉」

ああもう、どうして、こう人を煽《あお》るのが好きなのぉっ⁉　私があたふたしていると、幸人がおかーさんの前にすっと出た。

「人を煽《あお》るのもいい加減にしろよ、義母《かあ》さん」

「っ⁉」

貴史さんのお母さんは息を呑み、目を大きく見開いている。なんか、動揺してるみたい……

その様子を見て幸人は訝《いぶか》しげに眉を顰《ひそ》めたけれど、「寿幸人です。初めまして」とぺこりと頭を下げた。貴史さんのお母さんも、つられるように「鳳聡子です」と会釈《えしゃく》する。

二人のぎこちないやりとりを見ていたおかーさんは、ふっふっふ、と不気味な笑い声を洩《も》らしながら、幸人のウエストに手を回した。

「そうそう、聡子？　これが私の義理の息子。幸一の甥《おい》っ子なんだけど。いい男でしょ？」

「……」

「背も高いしー、将来有望な和菓子職人でー、家事もパーフェクトにこなすしぃ、ね、幸人？」

「なに言ってるんだよ、義母《かあ》さん。ほら、手離せよ」

幸人がおかーさんから離れると、仕方ないわねえ、と言いながら、おかーさんは含み笑いをし、右手で髪を掻き上げた。あのおかーさんの顔、絶対良からぬ事を考えてるっ……！

「幸人って、幸一にそっくりでしょ？」

「そうかしらね？」

貴史さんのお母さんの素っ気ない態度が気に入らなかったようで、おかーさんは左腰に手を当て、右人差し指を彼女の前で横に振った。

「やせ我慢しちゃってぇ～？　幸一にもう一度会えたみたいで、嬉しいでしょ？」

お母さんがかっと目を見開く。やっぱり貴史さんの母親なんだ……こういう表情が貴史さんとそっくりかも。

「貴女、なにが言いたいの⁉」

お母さんの握り締めた拳《こぶし》が、ふるふると震えてる。おかーさんの、人を小馬鹿にしたような笑い顔が心臓に悪いっ……！　これ以上、刺激しないでよー‼

「あーら、言っちゃっても、いいのぉ？……私と貴女は、幸一を巡って争った恋敵《ライバル》だったって」

……え。おかーさんの言葉の意味が理解できず、私はぽかんと口を開けた。部屋の時間が……また、ぴたりと止まる。

ライバル……ライバルって……幸一……お父さんを巡っ……て……？

「えええええええええええええっ⁉」

思わず大声を上げた私に、貴史さんのお母さんの鋭《するど》すぎる視線が、ざくざくと突き刺さった。

衝撃の事実に辺りを見回すと、不敵に笑うおかーさん。白い鉄仮面と化した貴史さんのお母さん。はあ、と溜息をつく幸人。冷静な鹿波さん。へえ、と唸《うな》り、興味深げな東野さん。桐野部長と小田原くんは……もはや蚊帳《かや》の外……

貴史さんは、呆然と立ち尽くしている。

私は額《ひたい》に右手を当てて呻《うめ》いた。さっきから、頭に入ってくる情報量が多すぎて……目《め》眩《まい》が……

「何を言ってるのかしらね、貴女は。相変わらず、訳の判らない事を」

抑揚《よくよう》のない声。なんの感情も窺《うかが》えない漆黒《しっこく》の瞳。ただ、拒絶の意思だけは、はっきりと感じ取れた。おかーさんは急に真面目《まじめ》な表情になって言った。

「あのねえ、聡子。もし貴女が、いろんなこだわりを捨てて、幸一に迫ってたら……どうだったか、判らないわよ？」

貴史さんのお母さんは眉毛一つ、動かさなかった。でも、握り締めた拳《こぶし》に浮き出た筋が、お母さんの気持ちを表しているようで。胸が……痛くなった。

「幸一はね、貴女の事嫌ってなんか、いなかったんだから。……鳳財閥《ざいばつ》の跡取りって立場を背負って、気位ばかり高くて、人に弱みを見せられない貴女の事、気に掛けてたし」

「……」

「でも結局、貴女は捨てられなかったでしょ？　寿家と鳳家のいざこざとか、財閥《ざいばつ》の当主とか、幸一よりも年上だとか……そんなくだらない、こだわりをね。だーかーら！　私に盗られちゃったりするのよ。恋に遠慮《えんりょ》なんかしたら、負けよ負け」

おかーさんが、固まったままの貴史さんを見て、くすりと笑った。

「貴女の息子は、貴女が捨てられなかったモノを捨てようとした。幸子のためにね。……そこが違ったのよ」

おかーさんが、かつかつと私と貴史さんの前に歩いてきた。貴史さんを上目遣いに見上げ、妖艶《ようえん》に微笑むおかーさんはものすごい迫力で、なんか怖い……

「貴方、もう『呪《のろ》い』が解けていても……幸子がいいのよね？」

「え？」

呪《のろ》い……って。私の不運体質の事を言ってるんだろうか？　というか、おかーさんもなにか事情を知ってるの⁉

「この間から思ってたんだけど、うちと鳳家が持つ不思議な力には、やっぱり関連があるって事なんだよね？」

貴史さんが寿堂に来て、おじいちゃんと幸人と話した時から感じていた。皆、詳しい事情を知ってるみたいなのに、私だけが知らない……

貴史さんは、私が寿家の人間――つまり、彼の呪《のろ》いを解く力を持つ一族と知る前から、私を好きだったと言ってくれた。その言葉は、嘘じゃないと信じているし、そういう不安はないけど……やっぱり、真実を知りたい。そんな私を見たおかーさんは、小首をかしげて言った。

「あら、あなた知らなかったの？　私も昔、お義父さんから聞いた話なんだけど、この機会に話しておくわね」

――そうして、おかーさんが聞かせてくれた内容は……

かつて、おじいちゃんがひいおじいちゃんから聞いたという昔話。元々祈祷師《きとうし》の一派だった私のひいひいおじいちゃんは『他人の不運を身代わりに受け、それを強運で中和する』力の持ち主だったらしい。けれど、ある一人の女性を巡って寿家と鳳家の高祖父《こうそふ》同士が争う事となり……禁じられた秘術を使った鳳家に『強運』を奪われた。その結果、寿家は『他人の不運を身代わりに受ける』力のみを引き継《つ》ぐ事になったのだという。だから寿家には『他人の不運を身代わりに受ける』力の持ち主が、鳳家には『他人の運を奪う力』の持ち主が、代々生まれるようになってしまったんだって。

にわかには信じられないけれど、私は不運体質で、貴史さんは他人の運を奪う力を持っている……という事には心当たりがあるから、妙に納得してしまった。

私はむううと唸《うな》りながら、おかーさんに質問した。

「この呪《のろ》いを解く方法はあるの？」

前に東野さんが言っていた、寿家の人間ならば貴史さんの呪《のろ》いを解く事ができる、っていうのはどういう意味なんだろう。

私の問いかけに答えてくれたのは、貴史さんだった。

「奪った強運を寿家に返せば、両家の呪《のろ》いは解ける、と聞いている。そして力を返す方法は——寿家の人間から『好き』と言ってもらい、身体を繋げる事らしい」

途中まで説明してくれた貴史さんの言葉を、おかーさんが引き継《つ》ぐ。

「そう。鳳家の人間の方から好きと言ってもだめなの。あくまでも、寿家の人間の方から、鳳家の人間を好き、と言葉にする必要があるそうよ。相手に好きになってもらうためには、自分から近付くのが手っ取り早いと思うけれど……貴方が幸子に近付いたのは、呪《のろ》いを解くためじゃないのよね？」

おかーさんの強い視線が、貴史さんを射抜く。貴史さんは怯《ひる》む事なく、きっぱりと言ってくれた。

「俺が幸子さんを好きになったのは、寿家と関係がある、と知る前です」

「……そう。それを聞いて安心したわ」

おかーさんの視線が、東野さんに移る。東野さんが一歩前に出て、ぺこりと頭を下げた。

「東野圭と申します。実は、俺も幸子さんに求愛中です」

「まあ！」

おかーさんが東野さんをじっくり舐《な》めるように見る。東野さんがにっこりと笑いかけると、おかーさんの瞳が妖《あや》しく光った。

「貴方もなかなかいい男よねえ。貴史さんに負けてないわ」

微笑んでる東野さんも、色気ダダ洩《も》れでおかーさんと色気対決⁉　かと思わせた。ああ、貴史さんのこめかみには青筋が立ってるっ……

「ありがとうございます。幸江さんのご活躍、いつもテレビで見ています。貴女のようなお美しい方を……是非《ぜひ》お義母《かあ》さんとお呼びしたいですね」

「あら、お上手ねえ」

おかーさんが、ちら、と私に流し目を送った。

「ねえ、幸子？　……貴女、もう貴史さんと寝たのよね？」

「おおおおお、おかーさんっ⁉」

一気に頬がかああっと熱くなる。ななな、なんて事聞いてくるのよーっ⁉　言葉が出なくて、口をぱくぱくさせてる私を見て、おかーさんがふふふと笑う。

「それなら、大丈夫そうよね。東野さんが幸子に迫っても、もう不運な目に遭《あ》わないだろうし、ね？　いいんじゃないかしら？　求婚者が貴史さん一人って言うのも淋《さび》しいし。私だって、全盛期は十人ぐらいから同時告白されたしねー」

「ありがとうございます、お母さん」

そう言って東野さんは、貴史さんを見ながらにやりと口の端を上げた。貴史さんが憎々《にくにく》しげに東野さんを睨《にら》みつける。

「おかーさんっ！　これ以上、状況をややこしくするの、やめてーっ！」

けれどおかーさんはお構いなしで、黙ったままのお母さんを振り返る。

「そうそう、聡子。貴女、財閥《ざいばつ》当主なんでしょ？　だったら、もっと冷静になりなさいよ。自分の好き嫌いで物事判断するのは、どうかしらね？」

お母さんの眉が上がった。

「私の娘だから、寿家の人間だからって理由だけで幸子を拒絶するのはやめなさい、って事よ」

「なにが言いたいのかしら？」

「んー……ちょっとした提案よ、提案」

おかーさんは私の腕を引っ張った後、両肩をがしっと掴《つか》んで前に押しやった。

「えっ⁉」

目を丸くした私の耳に……とんでもない悪女の言葉が聞こえてくる。

「幸子が、鳳財閥《ざいばつ》の後継者の妻として相応《ふさわ》しいかどうか……貴女が直々《じきじき》にテストするっていうのは、どう？」

二十五話　そして……やっぱり不運かも、しれない

「えええええええっ⁉」

おおお、おかーさん、なに言ってるのっ⁉　ばっと振り返ると、おかーさんは完全に悪だくみをしてる時の顔になっていた。

「……テスト、ですって？」

静かな貴史さんのお母さんの言葉が……逆に怖い。

「そうよ？　こう見えても幸子はね、『不運』に立ち向かえるよう、とっても鈍感に、雑草のように逞《たくま》しく育ってるの。ちょっとやそっと貴女がいびったぐらいで、ぜーったい負けたりしないから。なんと言っても私の娘、なんですからね？」

「いいい、いびるって⁉」

ぶくぶくと泡を吹いて気絶しそうな私を見て、おかーさんはにっこりと笑う。

「幸子。聡子だってこのままじゃ、引き下がれないでしょうし……思う存分、いたぶられてあげなさいよ。義理の母親孝行だと思って、ね？」

いたぶられる事、決定なの⁉

「聡子だって、貴女の事殺したりはしないわよ」

「義母《かあ》さんっ……！」

幸人の言葉を右手で制して、にっこりと笑ったおかーさんが、私にとどめを刺した。

「『寿幸子』として、鳳家の呪《のろ》いを全部ぶっ飛ばしてやりなさい。貴女には、その力があるんだから」

貴史さんのお母さんが瞬《まばた》きをした。貴史さんが息を吞む音が聞こえる。幸人が、おかーさんの肩を掴《つか》んだ。私は……ただ呆然《ぼうぜん》と突っ立つ事しかできない。

静まり返った部屋の中、錆《さ》びた鎖《くさり》を、地獄の底で引きずり回すような声がした。

「……そう。貴女はそれでもよい……のね、幸江？」

恐る恐る貴史さんのお母さんの方を見ると、その口の端がくっと上がっていた。目は笑ってなくて……ダークオーラをまとってて、ものすごく禍々《まがまが》しい⁉

「もちろんよ！　聡子も幸子も思う存分やりなさいな。そうしないと、遺恨《いこん》が残るでしょ？」

おかーさんの言葉に、貴史さんのお母さんがくすり、と黒く笑った。ああ、やっぱりこの人は貴史さんと親子だっ……‼

「貴女がそこまで言うなら……いいでしょう。幸子さんを仮の婚約者として認めます」

「母さん⁉」

貴史さんが短く叫ぶ。

（婚約者［仮］っ⁉）

お母さんが、貴史さんを見て、そして私に向き直った。真っ直ぐに私を射抜いてくる視線。その強さに、私の身体は一瞬にしてじゅわりと焼け焦《こ》げた、気がした。

「では、幸子さん。見せてもらいましょうか……あなたの、その『力』とやらをね？」

「っ⁉」

お母さんの視線に縫《ぬ》い留められて、身体が動かない。

そんな私を庇《かば》うように、貴史さんがお母さんの前に出た。貴史さんの背中からも、ダークオーラが立ち上っている。

「母さん……貴女がもし、故意に幸子を傷付けたり、騙《だま》して陥《おとしい》れたりしたなら……」

地獄から響いてくるような、貴史さんの声。

「俺は、貴女を決して許さない。それだけは、覚えていて下さい」

ふふふ、と笑うお母さんは……獲物を見つけた肉食獣の笑みを浮かべていた。

「そんな事はしませんよ。ただし……この私を満足させる結果が出なければ、仮の婚約は解消します。それで良いわね、貴史!?」

「……っ」

お母さんの視線が、ぐっと押し黙った貴史さんから、私に移る。その黒い笑みの迫力で気を失わなかったのは、貴史さんで慣れていたおかげ？　かもしれない。

「では、改めて連絡させていただくわ？　楽しみにしているわね、幸子さん」

お母さんが、さっと袖《そで》を翻《ひるがえ》す。ピンと伸びた背筋から漂《ただよ》う、女王の貫禄《かんろく》。そのままドアを開けて出て行くと——副社長室から巨大な冷気の塊《かたまり》が無くなった。

ふう……と力を抜いた私に、幸人の声が聞こえてくる。

「……で？　いいのかよ、姉貴。いびられるの、決定したぞ」

「え」

いつの間にか、幸人が私の横に立っていた。

「幸人……お店はいいの？」

幸人が溜息をついて、おかーさんの方を見る。おかーさんは、にこにこ笑いながら、東野さんの質問を受けていた。

「今朝、義母《かあ》さんがいきなり寿堂に来て……『突撃するから来なさい！』ってなかば拉《ら》致《ち》された。おかげで今日は臨時休業するって、じーさんが」

「突撃って……」

いや、確かに突撃だったけど。おかーさんがいろいろ言ったおかげで……あれ？

「私……貴史さんのお母さんに……テストされる事に、なったんだっけ……？」

まだ混乱してる私に、幸人が呆《あき》れたような視線を送ってくる。

「なったんだっけ、じゃないだろ……」

幸人が、私の傍《そば》にいる貴史さんをきっと睨《にら》んだ。貴史さんが幸人を見る視線も、どこか険《けわ》しい。

「あんた、姉貴の事守れるんだろうな？　あんたの母親……姉貴を潰すつもりだろ」

「そんな事はさせない。幸子は俺が守る」

貴史さんが硬い声で答えると、幸人がふんと鼻を鳴らす。

「本当にそうかよ？」

幸人が右手を伸ばして、私の頬に触れた。ひんやりとした指が、頬を撫《な》でる感触が心地良い。

「姉貴、顔色悪いぞ。目の下に隈《くま》できてるし」

「う……」

それは、充分寝かせてもらっていないからですとは、言えなかった。幸人が手を下ろし、ちら、と貴史さんを見た。その視線は、『あんたのせいだろ』と言っているようだった。

「今週末は戻ってこいよ、姉貴。体力回復するよう、栄養満点で美味《うま》い物、食わせてやるから」

「え！　本当⁉」

幸人のご飯！　だったら、なに作ってもらおうかな……とリクエストしかけた私は、がしっと後ろから肩を掴《つか》まれた。

「幸子……お前……」

うわわわ、猛烈なブリザードが背後から吹いてくるっ⁉　振り返ると、さっきのお母さんと同じ顔をした貴史さんが、いた。

「週末に会う約束を……放棄《ほうき》する気か？」

「あああ、あの！　いろんな事があって、すっごく疲れてるしっ……できたら実家で寝たくてっ、そ、それに、幸人のご飯もすっごく美味《おい》しいから食べたいしっ……！」

貴史さんの目がかっと見開かれる。

「こいつに餌付《えづ》けされてるのか、お前はっ！」

「ううう……」

なんで私、怒られてるんだろうと思っていたら、幸人が私と貴史さんの間に立った。

「姉貴を責めるのはお門違《かどちが》いだ。とにかく今週は実家で休ませますから、そのつもりで」

貴史さんの顔が、ますます険しく怖くなる。

「君にそんな事を言う資格はないと思うがな、弟クン？」

「あんただって、まだ仮の婚約者だろ。俺には姉貴を守る義務があるんだ」

二人の間に、一触即発《いっしょくそくはつ》の雰囲気が漂《ただよ》ってる⁉　私が目を丸くしてると、東野さんがひょこっと私の傍《そば》に来た。

「ねえ、幸子ちゃん？　君、本当にこんな面倒な男でいいの？　俺だったら、テストなんて言うややこしい親類縁者はいないよ？」

さっきまでのお母さんを思い出した私は……釣られて一瞬うなずきそうになってしまった。それを聞きつけた貴史さんが東野さんに向き直り、ぐっと彼を睨《にら》みつける。

「余計な事言うな、東野！　大体お前っ……！」

東野さんの表情は、真面目《まじめ》だった。

「もちろん、もうあんな事はしない。許してもらえるまで、誠実に向き合うつもりだ」

それを聞いた幸人の目が釣り上がる。

「あんた、姉貴を傷付けたのか⁉　それだったら許さない」

「あの時は、俺もどうかしていた。……今は真剣に、幸子ちゃんの事を想ってる」

「だから、幸子は俺の恋人だぞ⁉　なに横槍《よこやり》入れようとしてるんだ、東野っ！」

「まだ落としきれてないだろうが、鳳。それにお前の母親はあんな面倒な人物だし、幸子ちゃんに苦労させる気か⁉」

「……あんた達、どっちも姉貴を泣かせただろ。二人とも認められるかっ！」

「あ、あの……？」

おろおろしながら声をかけた私を、三人が振り返って同時に叫んだ。

「お前は、黙ってろ！」

「姉貴は、黙ってろ！」

「幸子ちゃんは、黙ってて！」

「あ、はい……」

言い争いを始めた三人を前にして、呆然《ぼうぜん》と突っ立っていた私に……つつつっと傍《そば》に寄ってきたおかーさんが囁《ささや》く。

「いいわねえ、幸子。幸子を巡ってイケメンが争う！　青春真っ盛りだわ～、ほらこういうの、『逆ハー』って言うんでしょ？」

「……おかーさん」

おかーさんの登場によって、事態がこじれたんだけどな……。遠い目をした私に、おかーさんが妖艶《ようえん》に微笑む。

「ま、頑張んなさい？　恋愛はね、障害が多ければ多いほど、燃え上がるものなのよ？燃えない恋なんて、つまんないじゃない？」

聡子って敵として最高なのよねー、と言うおかーさん。私は疲れた声で言った。

「だからって……わざわざ火に油注《そそ》いで、引っ掻き回さなくても……」

「大丈夫よ！　貴女には、この私の血が流れてるんだから！　聡子のいびりぐらい、なんて事ないわ！　どんな結果になっても、一番いい男を掴《つか》むに決まってるし！」

「そういう問題じゃ、ないと思う……」

私はこれからの事を考えて――はあああ、と深い溜息を洩《も》らした。

「貴史さんのお母さんに認めてもらって、それから……」

一応『不運』を乗り越えて、好きな人の婚約者［仮］にはなったけど……

「なんか前途多難っぽい……気が」

もちろん、貴史さんにもうあんな顔はさせないって決めているし、なにがあっても、二人でいればきっと乗り越えられると思ってる。

（貴史さんも、そう思ってくれてる……よね）

おかーさんから聞いた話が本当なら、貴史さんの呪《のろ》いはもう解けていて、彼の強運が誰かを不幸にしたり、彼自身が辛い思いをする事はないはず。だから、そういう意味でもきっと、明るい未来が待っている――はず、なんだけど……？

三人が言い争っている様子を見たら……これから先、山あり谷あり……どころか罠《わな》あり危険あり、貴史さんのお母さんというラスボスあり⁉　な展開がありありと頭の中に浮かんできて。このますんなりとはいかないぞ、という思いがひしひしと……

「……やっぱり、私……」

――不運なのかも、しれない。

そんな事を考えていたら、幸人と東野さんの鋭《するど》い視線をぬってこちらを見た貴史さんが、極上の笑顔で目配せしてきた。

どうやら愛すべき平々凡々な日々とは、お別れしないといけないらしい。

私は再度、深ーい溜息をついたのだった。

書き下ろし番外編

まだまだ私は、不運なのかもしれない

私が貴史さんの婚約者［仮］になって、早一ヶ月が経った。プロジェクトは順調に走り出し、貴史さんも小田原くんも大忙し。東野さんもしょっちゅう会社に来ては、佐伯さんと打ち合わせをしている。私はというと約束した通り、副社長の秘書は引退、元の秘書業務に戻っていた。そうは言っても、まだ副社長専任秘書は決まっておらず、鹿波さんからお手伝い要請が来ることも多い。だから副社長室にほぼ毎日出入りしてるし、その度に貴史さんに迫られる（？）し、結構毎日が忙しかった。

しかもお義母さんから、鳳の本家に通うように、とのお達しがあったのだ。貴史さんの妻として相応《ふさわ》しいのか、私を試すといっていた件らしい。仕事もあるし、週末は寿堂の手伝いもあるからと、平日の二日程度、仕事帰りにご立派な豪邸に通う事になった。貴史さんは相変わらず渋い顔をしていたけれど、ちゃんと認めてもらうからと説得した。

そして、来週から厳しい授業（？）を受けるという、ある日の事だった。

「だから、姉貴は寿堂で預かると言っているでしょう」

「俺のマンションにいれば済む話だ。コンシェルジュにも頼んである」

「何だったら、いいホテル紹介するよ、幸子ちゃん」

……神様、この三人を止めて下さい。

私こと寿幸子は、ひたすら神に祈りを捧げていた。が、『元社内一不運な女』な私の祈りが聞き届けられるはずもなく。

「あの私、自分のマンションに」

「却下」

三人の声がハモる。こんな時だけ一致するのは何故なの。私は溜息をつき、お客様のいなくなった寿堂の中で、侃々諤々《かんかんがくがく》と言い合ってる長身の美形三人組を見た。

紺色の作務衣《さむえ》を着ているのが寿幸人。顔も綺麗で頭も良くて、お料理上手な私の自慢の義弟だ。ドジばかりしている私がずっと面倒をかけ続けたせいか、幸人はすっかりオカン気質になってしまった。今でも私を守らないと、と頑張ってくれている。

黒のスーツと赤いタイをお洒落《しゃれ》に着こなしている、ぱっと人目を惹く華やかな男性が、東野圭さん。社長兼デザイナーの凄い人だ。東野さんとは色々あったけれど、今は純粋に私を思ってくれているらしく、お洒落《しゃれ》なプレゼントをよく持って来てくれる。

――そして、グレーのスーツを着てむっとした表情を浮かべている鋭い目付きの男性が鳳貴史さん——我が社の副社長で、私の婚約者［仮］でもある。貴史さんのお母さんは私のお母さんと因縁（？）があるらしく、未だ貴史さんとの結婚に大反対されている。けれど、貴史さんは私と結婚する、とはっきり宣言してくれた。婚約した事を公表した社内で、秘書室をはじめとする皆さまからの風当たりが強くなった私をいつも気遣ってくれて。

いつも睨《にら》んでくる貴史さんが苦手だった私は、まさか彼とこんな仲になるなんて、想像もしてなかった。貴史さんは私に一目惚れしたって言ってたけど、全然気が付いていなかったし。でも、今は判ってる。貴史さんがとても優しくて、私の事大切に思ってくれているって。だから、私も決めたんだ。

私は貴史さんの左腕を引っ張った。貴史さんが振り返って私を見る。

「貴史さん、私は大丈夫です。ちゃんとテストに合格してみせます。だから出張、頑張ってくださいね」

貴史さんはこれから長期の出張。一人でお義母さんのテストを受けるのは心細くもあるけれど……

今回の出張は、社長代理として赴《おもむ》く大切なもの。私のせいで取り止めになんてさせられない。

貴史さんの表情が一瞬歪んだ。かと思ったら、いきなり強く抱き締められる。

「幸子……っ！」

「たたた、貴史さん⁉」

身長差がかなりある貴史さんに抱き締められると、逞《たくま》しい胸元に顔がすっぽりと埋まってしまう。く、苦しい……と思っていたら、ぐいっと腕を掴まれて貴史さんから引き離された。

「姉貴を窒息死させる気ですか、あなたは」

私を庇《かば》う幸人に、貴史さんの視線が刃のように鋭くなる。

「婚約者を抱き締めて何が悪い。いい加減、姉離れしたらどうなんだ、弟クンは」

「姉貴の事を一番よく判ってるのはこの俺なんでね。婚約者［仮］サン」

ああ、もう。この二人ったら、すぐに睨《にら》み合うんだから。私は溜息をついて、幸人と貴史さんの間に割って入った。

「二人とも、もうやめて。私は大丈夫だから。心配してくれるのは嬉しいけど、二人とも過保護すぎるわよ」

貴史さんと幸人がむっとした表情になる。反応が全く同じだなんて、仲がいいのか悪いのか、よく判らないわよねえ……

「どちらもどっちだな、お前ら」

東野さんが溜息をつくと、さらに二人の表情が険悪になった。これはマズイ。

「とりあえず、週末は寿堂に帰る事にします。それでいいでしょう？」

私が慌ててそう言うと、貴史さんと幸人は、また睨《にら》み合った後、渋々頷いた。

＊＊＊

そうして、鬼教官（？）による授業が始まって、一週間が過ぎた。

「……幸子さん。貴女には美的センスというものがないのかしら？」

私が活けた、どこかバランスの悪い花々を見たお義母さんが呆れた顔で呟いた。

「……はい、すみません」

今私は鳳家を訪れています。アメリカの大富豪が住んでいそうな豪邸には、完全和室の離れがあり――そこでお義母さん、鳳聡子さんから華道の手ほどきを受けている最中です。

（やっぱり私には無理だったー！）

お義母さんの作品は大きな白百合の花を中心にまとまっていて、躍動感があって、人目をパッと惹く出来栄えだった。片や私の作品は、花も葉っぱも折れ曲がってて、あっちこっちを向いてて、全然まとまってない。色もばらばらな感じ。

ふうと溜息をつくお義母さんを、ちらと見る。やや釣り目な瞳に鼻筋の通ったところは、貴史さんに似てるよね。黒地に白と金の花が散った留め袖をびしっと着こなしているその姿は、いかにも財閥夫人といった風情《ふぜい》だ。お義母さんは貴史さんにも厳しくて、優しい言葉なんてかけてもらったことなどないって彼は言ってたっけ。

「着付けとお茶のお作法だけね、合格点を出せるのは」

「はい……」

私が着ているのは、薄いさくら色の訪問着で、元々は私のおばあちゃんが着ていたもの。寿堂は老舗《しにせ》和菓子屋だけあって、お茶会にお菓子をお届けする事も多い。そのおかげで着付けとお茶だけは小さい頃から習っていたから、何とか人並みに出来る。

お義母さんの視線が冷たく私に突き刺さる。ああ、他が不合格だって目が言ってる……！

(確かにドジばっかりだったから……)

財閥の当主夫人ともなると、上品な身のこなしに、上流階級でも通用する会話とか教養、おまけに経営のセンスも問われるらしい。それをさらりとこなしているお義母さんは、さすが貴史さんのお母さんなだけあるハイスペックなご婦人で、そのお義母さんから見ると、平々凡々な私は物足りないどころの話じゃないわけで——

何もない所で躓《つまず》いてすっころぶ私の特技（？）も健在だし、動きに品がない！　としょっちゅうお義母さんに怒られている。焦るとますますドジが加速する性格、何とか……ならないよね、きっと。

「そうそう、十日後に開かれる小さなパーティーに呼ばれているの。幸子さん、貴女も参加なさい」

「え⁉」

思わず目が点になった。小さなパーティー⁉　ふふふと笑うお義母さんの表情が怖い。

「もちろん、貴女を貴史の婚約者として正式に認めたわけではありませんから、『知り合いのお嬢さん』として紹介するわ。その後は好きにお過ごしなさいな。貴史と結婚するなら、そういった場での振る舞いも大切になりますからね。そうね、鳳家に恥をかかさない程度の礼儀作法は身に付けていただくわ。詳しいことは執事の太田《おおた》に任せてあるから、聞いておきなさい」

「はい」

はい、以外の返事を許されない雰囲気の中、私は小さく頷いた。小さな、とおっしゃってるけど、上流階級のパーティーであろう事は想像がつく。そんなの、当然ながら出た事などない。

（おかーさんだったら、きっと平気なんだろうなあ）

世界的ルポライターのおかーさんは、どこだろうと、あっさり入り込んでその場の人を魅了してしまう。その血を引いてるとはとても思えない、どんくさい私……

（でも、貴史さんのためだもの）

お義母さんの言う通り、貴史さんが鳳一族の御曹司である以上、避けては通れない道なんだ。私のせいで、貴史さんに迷惑をかけちゃいけない。膝の上で小さく拳を握った私は、お義母さんを真っ直ぐに見た。

「私、頑張ります！　貴史さんの隣に立てるよう努力しますから！」

お義母さんは、すっと目を細めて私を見ていたが、「そう」と一言感情の籠《こも》らない返事をしただけだった。


「どう考えてもおかしいだろ、それ。姉貴に恥かかせる気なんじゃないのか？」

夕食の時にパーティーの話をしたら、向かいの席に座った幸人は不機嫌そうな顔になった。貴史さんとも違う和風タイプの美形のしかめっ面《つら》って、正直怖いです。

「まあ、相手の言う事も一理ある。貴史くんに嫁げば、当然こういう機会も増えるだろうからな」

幸人の隣でおじいちゃんがお味噌汁を飲みながら冷静な意見を言う。幸人の口元がむむっと曲がった。

「わしも鳳の連中は気に喰《く》わん。ただし、貴史くんが幸子を思う気持ちは本当だと思っとる。だから幸子も頑張ろうという気になったのだろう？」

「うん。私に出来る事はやろうって決めたの」

私は頷いた。おじいちゃんは「そうか」と言って微笑んだ。

「幸人の心配も判るが、これは幸子の戦いだ。お前は幸子が困った時に手を貸してやればいいだろう」

「……判ったよ」

渋々といった感じで幸人が頷いた。私は幸人を真っ直ぐに見る。

「ありがとう、幸人。いつも私の事守ってくれて。ちゃんと助けて欲しい時は言うから、見守ってて欲しいの」

「姉貴……」

辛そうな光が幸人の瞳に宿った——が、一瞬でそれは消え失せた。

「ドジなんだから、気を付けろよ」

「う……」

私の『不運』は筋金入りだ。貴史さんと結ばれた事で、一応呪いは解けたと思うけれど……

残念な事に、私のドジは治らなかった。血筋の不運とドジは関係なかったのね……と思わず遠い目になる。

「幸子。何があろうとわし達はお前の味方だ。それだけは忘れるなよ」

「うん。ありがとう、おじいちゃん」

おじいちゃんも幸人も、こんなに私の事を守ろうとしてくれている。私も一生懸命頑張ろう。そして、二人に安心してもらうんだ。私は決意を込めて、大丈夫と微笑んだ。

『無理はするな。体調不良とでも言って退席して構わない。鳳の親戚には関わるんじゃないぞ』

「……貴史さんも心配性だなあ」

寝る前にスマホを確認し、メッセージを見た私はくすりと笑った。出張先から届く言葉は、どれもが私を気遣うものばかりで。

ハードスケジュールで疲れてるのは貴史さんの方なのに、本当に優しい人だ。ベッドに腰かけて返信を打つ。

『大丈夫ですよ。貴史さんも身体に気を付けて下さいね。お休みなさい』

『お休み、幸子』

単純だけど、貴史さんのメッセージに心がぽかぽかと温かくなった。ああ、私はこの人が好きなんだなあって実感する。

（よし！　頑張って認めてもらうんだ、お義母さんに）

上掛けに潜り込んだ私は、スマホを枕元に置いて目を閉じた。不安はあるけど、きっと大丈夫。貴史さんが私を思っていてくれるなら、頑張れるもの。ふああと欠伸《あくび》をした私は、あっという間に夢の世界へと落ちていった。

パーティー当日。

「小さなパーティー」と言われていたそれは、私の想像を超えて豪華なモノだった。一流ホテルの大広間に一歩足を踏み入れると、煌《きら》びやかな衣装を身に纏《まと》った女性達が目に入ってくる。きらきら輝くシャンデリア。ピアノとバイオリンの生演奏。立食形式なのか、壁際に並べられたテーブルの上には、これまた豪華な食事が並べられている。見た事のない大粒ダイヤとかサファイアとかが、あちらこちらの白い指に飾られていて、身に付けている宝飾品だけでも、宝石店が開けそうな感じがした。

「うわ……っ」

ぽかんと口を開けると、横からお義母さんの鋭い視線が突き刺さった。慌てて口を閉じた私に、くすりと低い笑い声が聞こえる。

「私も最初はそうだったよ。こんな場には来た事がなくてね」

お義母さんの隣に立つ男性が笑いながら言った。黒の礼服に白のネクタイがぴしっと決まっている。

「社長……」

「ここでは社長ではなく、お義父さんと呼んで欲しい」

「は、はい」

鳳貴之《たかゆき》――貴史さんのお父さんで我が社の社長。目元とか貴史さんに似てる。美しい生地の着物を着ているお義母さんと並ぶと、美形夫婦だなあと思う。

改めて自分の恰好を見下ろしてみる。薄いパステルグリーンのワンピースは、レースが上に重ねてある生地で、一目で高価だと判る。七分袖も、腰の下で切り替えられてる二段フリルのスカート部分もレースだ。膝上十五センチのミニなのが恥ずかしいけれど、背の低い私には長いシルエットのスカートよりこちらの方が似合う。艶《つや》やかな金色のパールのネックレスもイヤリングも、全部貴史さんからのプレゼントだ。パーティーに出席すると知らせた途端に寿堂に届けられた品々。私自身よりも、貴史さんの方が私に似合う物が判ってるんじゃないか、と思う。

「あなた。幸子さんの事をまだ認めたわけではありませんから。その点、心して下さいませ」

お義父さんの表情が、一瞬にしてなくなった。「ああ、判ってるよ」と言う彼の顔付きには、どこか見覚えがあった。そう、あれは貴史さんが……

「まあ、鳳の奥様、御機嫌よう。ご主人もご一緒なのですね」

向こうから恰幅《かっぷく》の良い中年女性が近付いてきた。大きなパールのネックレスが豊満な胸の上で揺れている。真っ赤なドレスを着たその姿は、失礼ながら突進してくる猛牛のように見えた。お義母さんが一歩前に出て、彼女に対して冷たく微笑む。

「御機嫌よう、橘《たちばな》様。ええ、主人の仕事の都合がつきましたもので」

（うわ……）

談笑するお義母さん達の間に、バシバシと火花が散っているのが見える。社交界って、怖い。

（今のうちに行きなさい。適当に食事をして、頃合いを見て抜け出せばいいから）

（は、はい）

小声でお義父さんに言われた私は、そっとその場を離れた。お酒を飲んでいる人達の間を進み、ボーイさんにオレンジジュースをもらってから、後ろを振り向く。お義母さん達は、まださっきの人と話している。お義父さんは愛想笑いを浮かべているが、私に見せてくれた笑顔とは全然違う。二人並んで立っているのに、何だか——

（何だろう……）

お義父さんとお義母さんの間に流れる冷たい何か。しっくりこなくて、でもそれが何なのかが判らない。ごくりとジュースを飲んだ私は、うーんと首を捻った。

（お義父さんが婿養子で、お義母さんが鳳家の当主、っていうのが関係してるのかなあ）

そんな事を考えていた時だった。

「……君が、寿幸子？　貴史の相手の」

後ろから聞き覚えのない声が聞こえた。振り返ると、明るい茶髪の男性が立っている。黒の礼服も着慣れてる感じがする。背は貴史さんよりも少し低いかも。私はテーブルにグラスを置き、その人に向き直った。

「はい、寿幸子です。あの、あなたは」

男性の目がすっと細くなった。鼻の辺りとか顎《あご》の輪郭とか、貴史さんに似てるかも。

「鳳聡一《そういち》。貴史の従兄《いとこ》だ」

従兄《いとこ》？　私はぺこりと頭を下げた。

「初めまして……？」

じろじろと頭のてっぺんからつま先まで見られている。どうしたらいいのか判らなくて、私はその場にただ立っていた。

「個人的な話がしたい。こちらへ」

「え、ちょっとっ……!?」

ぐいと二の腕を掴まれた私は、そのままずるずると引き摺《ず》られるようにドアの方へと引っ張られていく。咄嗟《とっさ》に会場を見回したけど、お義母さん達の姿は見当たらなくなっていた。

聡一さんは、廊下に出るとそのまま少し歩き、とあるドアの前で立ち止まった。そしてドアを開け、私を部屋の中に押し込む。

「え?」

大広間ほど広くはないけれど、会社の大会議室ぐらいの大きさの部屋に、ずらりと正装した男女が二列に並んで立っている。着物を着ている人、ドレス姿の人もいた。一斉に私の方を見て、皆口をつぐむ。全員で二十人ぐらいはいるだろう。列の中央は空いていて、その一番奥の衝立《ついたて》の前に、椅子に座る男性の姿が見えた。聡一さんが私の腕を掴んだまま、ずんずんと前に進む。やがて椅子の前で立ち止まった聡一さんが、「連れて来ました」と私を前に突き出した。

「あの」

椅子に座っていたのは、私のおじいちゃんよりも年上じゃないかと思える年齢の男性だった。黒と白の羽織袴姿が白い衝立《ついたて》に映えている。右手に杖を持っているから、足が弱いのかもしれない。綺麗に揃った白髪に深い皺《しわ》の刻まれた顔。その右横に立つ黒いスーツを着た男性が、何やら彼に囁いていた。ご老人は穏やかに微笑んでいるのに、何やら迫力のようなものを感じてしまい、私は思わず息を止めた。

「寿幸子さん、ですな。わしは鳳聡介《そうすけ》――貴史の大叔父にあたる者です」

(大叔父さんという事は、貴史さんのお祖父さんの兄弟?)

私は慌てて頭を下げた。

「初めまして、寿幸子です」

聡介さんが私を見上げて穏やかに言った。

「突然申し訳ない。実は皆があなたに会いたがっておりましてな」

聡介さんがちらと視線を私の後ろに投げた。私が振り返ると、冷たい顔付きの人たちがこちらを見ている。

「ここにいるのは、鳳一族の者――貴史とあなたとの結婚に反対する者たちですよ」

「鳳家の……」

道理で色んな年代の人がいると思った。私の親ぐらいの年の人も、私と変わらない年の人も、皆目を吊り上げて私を睨《にら》み付けてる。私はそちらにも頭を下げて、再び聡介さんの方を向いた。

「貴史が牽制しておったのだが、わしも聞いてみたくなったのだよ――直接お嬢さんから」

聡介さんの斜め前に立った聡一さんが唐突に口を開いた
「大体、お前ごときが貴史と結婚などおこがましい。そうは思わないのか」

「……それは」

貴史さんと私は釣り合わない。ドジで不運ばかりの私と、財閥の御曹司で副社長の貴史さん。私自身もずっと思ってた事を言われて、言葉に詰まった。

「そうよね、鳳家とは格が違いますし」

「寿家は不幸を呼び寄せる。そんな血を入れるなどと」

「貴史は何をたぶらかされているのやら」

後ろからも揶揄《やゆ》する声が聞こえる。やっぱり鳳家の人は私を快く思っていないんだ。

おじいちゃんに言われて判っていた事だけれど、その事実を目の当《ま》たりにすると、胸の奥が重くなる。

「お前が貴史と結婚する事で、貴史は鳳家当主候補から外れるかもしれない。貴史にとってお前は邪魔者になる」

「当主候補から外れる……？」

どういう事なんだろう。目を見張った私を聡一さんが蔑《さげす》むように見下ろす。

「寿家の者と交われば強運を奪われる。それは、高祖父の時代から鳳家に伝わる言葉だ。だからこそ、鳳家の人間は、寿家に関わらないようにしてきたというのに、貴史はその掟《おきて》を破った。もう既に、あいつの強運は奪われているだろう」

「……」

確かにそんな事を貴史さんが言ってた。だけど——

「ならば、あいつは当主には相応《ふさわ》しくない。最も強運を持つ者が代々当主になれたのだからな。その力を失ったあいつは、当主にはなれない。馬鹿な事をしたものだ」

強運を失ったら、当主になれない？　馬鹿な事？

にやりと笑う聡一さんの顔が、他の人たちの顔と重なった。くすくすと嘲《あざけ》るような笑い声。

（貴史さんが相応《ふさわ》しくないって⁉）

その言葉に、かっとお腹が熱くなった。私は顔を上げ、聡一さんを睨《にら》み付ける。

「……訂正して下さい」

「なに？」

聡一さんが眉を顰《ひそ》めた。

「貴史さんが鳳家の当主に相応《ふさわ》しくない、と言った発言を訂正して下さい！」

まだ馬鹿にしたような笑みを浮かべる聡一さんに、私は声を張り上げた。

「貴史さんが強運を持たなくなったから当主が務まらないってどういう事ですか！」

私の勢いに押されたのか、聡一さんが一瞬怯んだ。私は畳みかけるように言葉をぶつける。

「貴史さんは、誰よりも真剣に仕事をしてるんです！　仕事には厳しいけれど、自分にはもっと厳しい人です。貴史さんが今の地位にいるのは強運のおかげなんかじゃありません！　貴史さんの才能と努力によるものです！」

そう、秘書として一緒に仕事をしたのはわずかな間だけど、貴史さんはいつだって真面目に仕事と向き合っていた。誰よりも仕事をこなして、残業だってして、いつだって真剣で。

(それをない事みたいに言うなんて、許せないっ……！)

「財閥の運営も、会社の経営も、強運なんかより努力の方が大事なはずです。強運に頼らず努力する貴史さんを、私は尊敬してるんです。なのに、その貴史さんを蔑《さげす》むような発言をするなんて、あんまりです！　強運なだけで当主なんて務まるわけありませんっ！」

いつの間にか、周りの人たちも静かになっていた。ぜいぜいと息を荒らげている私を、聡一さんが引き攣《つ》った顔で見ている。

「それに貴史さんが当主にならなくたって、痛くも痒《かゆ》くもありません！　私は、財閥や地位なんかに関係なく、貴史さんが好きなんですから！」

そう叫んだ途端、がたんと衝立《ついたて》が揺れた。え、とそちらを見た私の耳に、しわがれた笑い声が聞こえてくる。

「くっく……わっはっは」

聡一さんが焦った顔で後ろを振り返る。

「お祖父様！」

聡介さんが大きな口を開けて笑ってる。ぽかんとする私に、「いやはや、さすがは寿家直系のお嬢さんだ」と聡介さんが可笑《おか》しそうに言った。

「聡一。お嬢さんのおっしゃる通りだ。財閥当主が強運だけで務まるわけなかろう。じいさんが財閥を一代で築き上げたのには、その強運が多少は物を言ったのかもしれんが、じいさんが優れた経営感覚を持っていた事の方が大きかったろう」

聡介さんが私を見上げる。その瞳の色は、どこか懐かしかった。

「私の祖父、鳳聡之介《そうのすけ》が、あなたの高祖父である寿幸一郎《こういちろう》から強運を奪い、財閥を築き上げた。だが、彼は本当に欲しかった物を手に入れる事が出来なかった。じいさんは死ぬ間際までずっと後悔しておったよ——弟子《でし》である幸一郎を騙《だま》して強運を奪った事を」

「え?」

強運になったのに、本当に欲しい物は手に入らなかったって……

聡介さんが目を瞑《つぶ》り、小さく頷いた。

「じいさんが本当に欲していたのは愛する女性だけ——強運を得れば彼女も得られると彼は思い込んだが、結局その女性は強運を失った寿幸一郎を選んだ。じいさんが『強運』とやらに振り回されただけだと気が付いた時にはもう遅かった。私は貴史もじいさんのようになるのでは、と危ぶんでおったが……杞憂だったと見える。じいさんもあの世で喜んでいる事だろう。あの頑固爺《じじい》に、幸子さんをKM社に就職させろと食い下がった甲斐があったというものだ」

（就職って、私の？）

じゃあ、KM社にコネのあるおじいちゃんの知り合いって聡介さんの事？

聡介さんは杖を突き、ゆっくりと立ち上がった。聡一さんをはじめとする鳳家の皆を見回してから、口を開く。

「皆、このお嬢さんの言葉を聞いて判っただろう。強運に縋《すが》り、それを失う事を恐れている鳳家の人間と、不運に負けずに前向きに生きてきた寿家の人間との違いが。このお嬢さんなら、貴史が強運を失ったとしても支えてくれる事だろうて」

「お祖父様っ」

焦った声を上げた聡一さんに、聡介さんが厳しい視線を向ける。

「大体、お前たちの中に、貴史以上の能力の持ち主はおらん。当主の座を得たいなら、貴史以上の力を見せてみる事だな」

「……っ」

聡一さんが悔しそうに唇を噛み締めた。聡介さんがパンパン、と手を叩く。

「これで、この件は終わりだ。現当主は聡子、その長男である貴史が次期当主。それはこの二人を凌《しの》ぐ能力を持つ者が現れなければ変わらん。当主の座を望むのであれば、強運などという幻想に惑わされず、日々切磋琢磨《せっさたくま》するように。判ったな」

「……」

聡一さんも皆も黙ってしまった。聡介さんがじろりと周囲を見渡すと、微妙な空気の中、一人また一人とお辞儀をしてドアの方へと向かっていく。聡一さんも悔しそうな表情を浮かべつつも、頭を下げて足早に部屋を出ていった。部屋には聡介さんと、黒のスーツを着た男の人、そして私だけになる。

聡介さんが悪戯《いたずら》っぽい笑みを浮かべた。

「そろそろいいだろう。放してやれ」

「はい」

男性が後ろの衝立《ついたて》を横に動かして畳んだ途端、私は素《す》っ頓狂《とんきょう》な叫び声を上げた。

「たたた、貴史さんっ⁉」

口に白い猿ぐつわをされ、縄で椅子に括《くく》りつけられているのは、出張に行ってるはずの貴史さんだった。うわあ、足まで椅子の脚に括《くく》りつけられてる！　男性が手を回して猿ぐつわを取ると、貴史さんがぷはっと大きな息を吐き、聡介さんを凄い目付きで睨《にら》み付けた。

「大叔父様！」

「貴史さんがどうしてここに⁉」

はっはっは、と聡介さんが大笑いする。

「貴史の奴、あなたが心配だったのか出張先の仕事を予定より早く終わらせて、こちらに向かうと連絡をしてきましてな。貴史が出てくるとややこしいので、少し裏で待機してもらっていた、というわけですよ」

「裏で待機って、ぐるぐる巻きですよ⁉」

聡介さんはにやにや笑ったままだ。男性に縄を解かれた貴史さんは、手首を擦《さす》った後立ち上がり、一歩前に出た。

「幸子っ」

「んぐっ⁉」

顔が貴史さんの胸に埋まった。ぎゅうぎゅうに締め付けられて、息が止まりそうになる。く、苦しい……っ……！

「貴史。お嬢さんが苦しそうだぞ。少しは手加減せんか」

聡介さんの呆れた声に、ようやく貴史さんの腕の力が緩んだ。

「ふはあ……」

大きく息を吸って吐いて。それから私は貴史さんを見上げた。少し顎《あご》のラインがシャープになった気がする。目の下にくまも出来てるし、大丈夫なんだろうか。

「貴史さん、少しやつれてませんか？　無理したんじゃ」

「大した事はない。それより幸子、お前の方こそ大丈夫なのか？　パーティーでなにかがありそうだと幸人から連絡があった」

「幸人が？」

貴史さんに連絡してくれたんだ。普段あれだけ反目しあってるのに。重たかった胸の奥が温かくなる。貴史さんはああと頷いて、聡介さんに向き直った。

「大叔父様。幸子を試したんですか」

貴史さんの眉間には皺《しわ》が寄り、口元はぐっと引き締まってる。聡介さんは、おやおやと眉を上げげた。

「お前がいくら幸子さんを隠そうが、皆がそれで納得するわけでもなかろう。一度幸子さん本人から話を聞かない限りはな。まあ当面は大人しくしておるだろう……だがな、貴史」

聡介さんの視線が重くなった。貴史さんの腕が強張ってる。彼に抱かれたまま、私は二人のやり取りを聞いていた。

「鳳一族の偏見がこれでなくなるわけではない。幸子さんはこれからも辛い目に遭うかもしれん。お前は彼女を守っていけるのか？」

貴史さんがふっと微笑んだ。心の底からの笑顔に、どくんと私の心臓が跳ねる。普段無表情の貴史さんのこんな顔、破壊力が強すぎる……！

「ええ、そのつもりです。俺は強運などいらない。幸子がいてくれれば、それだけでいいのですから」

貴史さんの甘い声が耳から脳髄《のうずい》にまで響いてきた。この熱さ、絶対に顔が真っ赤になってると思う。

「た、貴史さんっ」

あたふたする私を優しく見下ろす貴史さん。聡介さんがまた可笑《おか》しそうに笑った。

「はっはっは……お前からのろけ話を聞かされる日が来るとはな。長生きしてみるものだ」

貴史さんは離してくれないし、聡介さんは笑ってるし、お付きの人は真面目な表情を崩さないし、恥ずかしくて堪《たま》らない。どうしようと思っていたら、入口の方から音がした。

「叔父様」

硬い声が響いた。そちらを見ると、お義母さんとお義父さんが揃ってこちらに歩いて来ている。貴史さんの顔がまた無表情に戻った。お義母さんが、貴史さんと私を押しのけるようにして聡介さんの前に立つ。お義父さんは、一歩後ろにいた。

「どういう事ですの、この茶番は。勝手な事をされては困ります」

（あれ？）

お義母さんが厳しい顔をしている。もしかして、何も知らなかった……の？

「まあ落ち着け、聡子。大方聡一辺りがお前に知らせたのだろうが」

聡介さんは涼しい顔をしている。

「当分の間はあやつらも何も言わんだろう。後は聡子の腕の見せどころではないのか？」

お義母さんがふうと溜息をついた。

「全く……叔父様の気まぐれにも程がございます。幸子さんの件は私が対処すると皆に言い渡していたというのに」

「え」

私が声を漏らすと、お義母さんがきっとこちらを向いた。貴史さんと私を見る目はいつものお義母さんのものだ。

「勘違いなさらないで。貴女の事は私個人が判断すると決めましたから。外野の邪魔を取り除いておいただけの事」

「は、い」

……でも、それって。お義母さんが鳳家の親戚と私が関わらないようにしてくれてたって事じゃないのだろうか。貴史さんもお義母さんを見て眉を顰《ひそ》めてる。お義母さんの視線が貴史さんに移った。

「貴史。あなたが、もう少し自分に相応《ふさわ》しいお嬢さんを選べばこんな事にならなかったのよ。鳳家の当主夫人として、幸子さんはまだまだ不出来だわ」

事実なだけに反論も出来ない。私が目を伏せると、貴史さんの腕に力が入った。

「……俺は自分に相応《ふさわ》しい相手を選びましたよ。幸子は『自《みずか》ら親しくなった者の運を奪う』という俺の呪いを解いて、自由にしてくれたのですから」

「貴史さん」

私の目に映る貴史さんの瞳は、とても優しかった。

「幸子のおかげで、俺は自分の気持ちを言えるようになったのです。俺は幸子を愛している。当主としての役目も、幸子と一緒なら背負えます。何かあったとしても、幸子のせいになどさせない」

「ひゃあ!?」

さらりと凄い事を言われた私の顔から火が出た。貴史さんの甘いセリフ、まだ慣れていませんっ……！　思わず手で貴史さんの胸を押したら、耳元に低い囁き声が落ちてきた。

（逃げようとするな）

（だだだ、だって、恥ずかしいんですっ）

（いい加減慣れろ）

絶対無理だと思う。早くも腰が抜けそうになってるのに。熱い視線から必死に目を逸らすと、黙ったままのお義母さんが目に入ってきた。

(え……？)

硬い表情。鉄仮面なのはいつもと同じだけれど、何かが違う。この顔に見覚えがある。

貴史さんが――私から好きだと言う前の貴史さんが、こんな顔をしていた――

「……聡子。もういいだろう。幸子さんの事は貴史に任せれば」

お義父さんの言葉に、お義母さんの肩がぴくっと揺れた。さっきの表情が消え、冷たい仮面に変わる。お義父さんを見上げるお義母さんは、いつものお義母さんだった。

「これは鳳一族の事。あなたには関係ありません」

お義父さんの表情も消える。お義父さんの右手がぐっと握られるのが見えた。睨《にら》み合っているように見える二人。だけど――

(もしかして、これは)

貴史さんを縛っていた言葉。もしかして、お義母さんも……？

「あの！」

私は貴史さんの腕から抜け出し、お義母さんの前に一人で立った。

「幸子!?」

貴史さんを手で制した私は、ぐっとお腹に力を込めた。

「何かしら、幸子さん」

ああ、私も判っていなかったんだ。お義母さんの、仮面の向こうの顔が。私はお義母さんとお義父さんを交互に見て、言葉を継いだ。

「お義母さんがお義父さんを関わらせないのは、『自《みずか》ら親しくなった者の運を奪う』って呪いのせいですか？　自分からお義父さんに近付いたら、お義父さんを不運にしてしまう。だから突き放して関わらせないようにしてる、そうですよね⁉」

「なっ」

お義母さんの目が見開かれた。お義父さんが息を呑む音が聞こえる。

「だったら！　やり方を間違えてます！　貴史さんは、出来る限りの方法で自分の気持ちを私に伝えようとしてくれたんです。だから私も」

いつの間にか貴史さんを好きになってた。鉄仮面の陰に隠れていた優しい彼を知る事ができた。それも皆、貴史さんが動いてくれたから。

「な、何を言ってるの、貴女は⁉　そんな事は関係ありません！」

お義母さんが大声で叫んだ。おかーさんと対峙した時と同じ、冷静さを失ってる。

「そもそも、貴女にたぶらかされた貴史とは違います！　この人は、私の事など何とも思っていないのだから！」

「聡子⁉」

お義父さんが驚いた顔をしてる。いつも冷静な社長の顔はそこにはなかった。

「お前、何を言って」

お義母さんが、ぎりと唇を噛み、お義父さんを睨《にら》み付けた。

「私が知らないとでも!?　あなたとあの秘書――鹿波とかいう女との関係を！　あの女と恋仲だったんでしょう!?」

「雅子!?」

お義父さんの瞳が大きくなった。お義母さんはますます目を吊り上げた。

(鹿波さんっ!?)

穏やかな年配の女性の顔が浮かぶ。貴史さんの秘書で、元社長秘書だった鹿波さん。私にも色々教えてくれた面倒見のいいお母さんのような先輩。え、鹿波さんと社長が恋人同士だった!?

(た、貴史さん、本当ですかっ!?)

思わず小声で貴史さんに確認すると、貴史さんは首を横に振った。

(いや、俺も聞いた事はない、が)

確かにお義母さんは鹿波さんの事、目の敵《かたき》にしてたけれど、そんな事情が!?

ほんの数秒の空白の後、お義父さんがぽつりと言った。

「……雅子の事を知っていたとは思わなかった」

お義母さんがつんと顎《あご》を上げた。お義父さんの言葉は続く。

「だが、誤解だ。君との結婚を決めた時には、もう彼女に振られた後だった。私のような優柔不断な男はだめなんだそうだ」

途端、お義母さんが胸倉を掴む勢いで、お義父さんに迫った。

「でも、あの女、結婚してからもあなたの秘書を辞めずにいたじゃないですか！　未練があったからでしょう！」

お義母さんの鬼気迫る表情に、思わず息を呑む。こんなお義母さんは見た事ない。貴史さんも、何も言わずに見守っている。聡介さんをちらと見ると……何だか怪しい笑みを浮かべていた。

お義父さんがああ、と溜息交じりに言った。

「元々、ＫＭ株式会社は雅子の父親と私とで立ち上げた会社だ。父親の会社を守りたいと彼女は言っていたから、私がいても仕事を辞める事はなかっただろうね」

「……っ！」

お義母さんが、お義父さんから視線を逸らした。ぎゅっと結ばれた口元。着物の袖から見える手も、硬く結ばれたままだ。お義父さんはそんなお義母さんを見て、戸惑った顔をしてる。私は一歩前に踏み出した。

「……お義父さん」

お義父さんが私の方を向いた。私は顔を上げ、真っ直ぐに彼の顔を見る。

「幸子さん？」

どうかお義父さんに伝わりますように。そう願いながら、私は口を開いた。

「鳳家の呪いは、『自《みずか》ら親しくなった者の運を奪う』なんです。お義母さんはきっと、自分から親しくなる事を怖がっておられると思うんです。お義父さんを不運にしたくないと。ですから、お義父さんの方から歩み寄る事は出来ませんか」

「なっ」

お義父さんが一層目を見開く。

「幸子さん、何を言ってるの⁉」

お義母さんが声を荒らげたけれど、私はそのまま話し続けた。

「ご夫婦の事に口を挟むべきではない、とは思います。どんなご事情があったのかも、私は知りません。でも、ほんの少しでもいいから、お互いに理解しようと努力して欲しいんです。貴史さんや裕貴専務のためにも」

しばらくの間、誰も何も言わなかった。お義母さんは顔を強張らせたまま私を睨《にら》んでいるし、お義父さんも感情の見えない瞳で私をじっと見つめている。

「……そうだな。私達の間には会話がなさ過ぎた」

溜息と共に、お義父さんがお義母さんに右手を差し出した。お義母さんの瞳がすっと細くなる。

「君と幸子さんが違うように、私も貴史とは違う。同じようには出来ないだろう。だが、我々なりに努力する事は必要だとは思わないか」

「……」

「君が私を選んだのは、ただ鳳家の跡取りを産むのに都合のいい婿が欲しかったからだと思い込んでいたよ。だから、私も何も努力していなかった――」

貴史のように自分の気持ちを伝えていなかった、と呟いた後、お義父さんは、どこか吹っ切れたような笑顔を見せた。貴史さんによく似た笑顔。私まで頬が熱くなってきた。

お義母さんはまだ、差し出された手を凝視したまま固まっている。少し頬骨の辺りが赤くなってるのは、もしかして照れてるの？

「さあ、行こうか。叔父様や貴史達の前では、打ち明け話もしにくいだろう」

お義父さんは、「では、失礼します」と私達に頭を下げた後、お義母さんの二の腕を掴んで歩き出した。あ、結構ぐいぐい引っ張ってる……

「わっ……判りましたから、放して下さいっ」

お義母さんの焦った顔も初めて見た。お義父さんは、にこにことどこ吹く風だ。

「放したら逃げるだろう、君は」

（どこかで見た事ある光景……）

私も貴史さんにあんな風に引っ張られた事あったよね。さすが親子。行動が同じです、お義父さん。お義父さんと拉致（？）されたお義母さんの姿がドアの向こうに消えるまで、私も貴史さんも聡介さんも無言だった。

二人の姿が見えなくなったあと、そろりと貴史さんを見上げると、ぽかんとした表情を浮かべていた。

「貴史さん？」

「……あんな父さん、初めて見た」

いつも冷静な貴史さんが戸惑ってる様子に、思わず小さく笑ってしまう。

「貴史さんそっくりでしたね、お義父さん。ちょっと強引なところも」

む、と貴史さんが口を曲げた。ちょっと拗《す》ねた表情が可愛い。

「ふむ……聡子達までもか。幸子さん。あなたはまさに『幸運のマスコット』なのかもしれませんな」

振り返ると、聡介さんが顎《あご》を擦《さす》りながら、ゆっくりと頷いていた。貴史さんの腕が私の腰に回って、ぐいと彼に引き寄せられる。

「大叔父様。幸子が気に入ったからといって、これ以上彼女に手出ししないで下さい。母さんにも邪魔されて、なかなか二人きりになれないというのに、大叔父様にまで邪魔されては困ります」

「貴史さん⁉」

聡介さんが大声で笑った。「余裕のない男は振られるぞ、貴史」とからかう聡介さんに、貴史さんは「余裕などありませんよ。幸子を狙う奴も多いというのに」とぶつぶつ文句を言う。

「え、いえあの、貴史さんの方がモテますよね⁉」

私がどれだけ会社で針のむしろに座らされているか、と言おうとしたけれど、貴史さんの迫力に押されて、言葉に出来なかった。

「では、俺達も失礼します。幸子、もう帰るぞ。出張中もお前が足りなくて、餓《う》えて死にそうだったからな、それを満たしてもらわないと」

餓《う》えてる⁉　満たすって⁉　貴史さんの目がコワイっ！

「ええっ――貴史さん⁉」

ひょい、と貴史さんの肩に担《かつ》ぎ上げられた私は、わっはっはと笑う聡介さんの声を聞きながら、米俵のごとく貴史さんに運ばれていったのだった。

……その後の事は、推して知るべし。次の日は会社にも鳳家にも顔を出せず、貴史さんのマンションでぐったりと死人になっていた私だった。

＊　＊　＊

――寿堂では、本日から栗やさつまいもをメインにした秋の新作が売り出され、お茶を楽しむ人達で賑わっている――はずなんだけど。


「この新作美味《おい》しいね、幸子ちゃん。明るい色合いが君によく似合ってるよ」

「それはそうでしょう、姉貴をイメージして作った俺の力作ですから」

「ふむ、美味《うま》い！　幸子さんが入れてくれたお茶とよく合う」

「俺の目を盗んで幸子に会いに来ないで下さい、大叔父様」


――あの、どうしてこうなったのでしょうか。

お盆を手に持った私は、ははと愛想笑いを顔に張り付け、和菓子を楽しむ皆さんのテーブルの横に立っていた。その横には仏頂面の幸人に、おじいちゃんまでいた。

テーブルには、いつも来てくれる東野さん、その向かいに聡介さん、聡介さんの隣に貴史さんが座ってる。寿堂に集まる人数が増えてるんですけど。

「鳳のクソ爺《じじい》が何故ここに来ている」

「美味《うま》い和菓子を楽しむために決まっているだろうが。貴史や聡子が邪魔をして幸子さんになかなか会えなくてなあ。老い先短い老人に酷い仕打ちじゃ……」

涙を拭くフリをする聡介さん。そんな聡介さんを見下ろすおじいちゃんの視線は冷たかった。確かにまだまだ長生きしそうだもの、聡介さん。

「そういえば、あの鳳夫人に気に入られたって？　幸子ちゃん」

東野さんが私の方を流し目で見た。う、と思わず言葉に詰まる。相変わらず色っぽい人だなあ。

「気に入られたって言うのでしょうか、あれ」

——幸子さん！　そんな足捌《さば》きでどうするのです！

——まだ覚えていないの？　まだまだ記憶する事は沢山あるのですよ！

——また転んで！　もっと足元に気を配りなさい！

実はお義母さんのレッスンは更に厳しくなっていた。仕事の方が楽かもしれない、と思う今日この頃。聡介さんが、『扱《しご》き甲斐のある人材だと認められたようだな、わっはっは』って笑ってたけど、笑い事じゃないですっ……！

「父さんも鳳家の事業を手伝う事になって、母さんの時間が出来たんだよな……」

ぽつりと貴史さんが呟いた。そう、あれからお義父さんとお義母さんは話し合って、色々と進展があったみたい。お義母さんにその話を聞いてもはぐらかされちゃうので詳しくは判らない。だけど、今まで自分ひとりで担《にな》っていた鳳家の事業をお義父さんと一緒にする事になって、結果としてお義母さんの空き時間が増え、更にその結果として、ますます私の教育に熱心になって。お義父さんも社長の仕事を控えてお義母さんとの仕事に時間を割《さ》くようになったから、副社長の貴史さんの仕事が増えて、ゆっくり二人で過ごせないのよね……

ふうと溜息をつくと、東野さんが優しい声で言った。

「嫌になったら、いつでも俺に言ってくれたらいいよ、幸子ちゃん」

貴史さんの目が三角になった。

「人の婚約者に手を出すなと言ってるだろう、東野」

「姉貴はここに戻ってくればいいんですから、大きなお世話です」

幸人の声も尖ってる。おまけに――

「いい加減、帰れ。そのにやけた面を見てるだけで腹立たしい」

「私は客だぞ。もう少し親切にしても罰《ばち》は当たらんだろうが」

「ふん、幸子を傷付けたら容赦せんからな」

「貴史の嫁だぞ？　可愛がるに決まっているだろう」

「余計な事をするな、幸子の邪魔だ」

（おじいちゃん達まで、いがみ合ってるー！）

何がどうして、こうなったのか。不運はなくなったはずなのに、何故なの。私の周りは一層慌ただしくなってる気がするんだけど。

（教えて、ひいひいおじいちゃん！　呪いはなくなったのよね⁉）

そう心の中で叫んでも、目の前の言い争いが収まるわけでもなく。

「幸子ちゃん」

「幸子」

「姉貴」

――ああ、まだまだ私は不運なのかもしれない。

美形三人組に見つめられた私は、はあぁと深い溜息をつき、「寿堂の中では大人しくして下さい」と釘を刺したのだった。

年齢＝彼氏ナシを更新中の未散《みちる》、26歳。ある日彼女は、酔ったはずみで、社内一のモテ男・笹森《ささもり》に、いまだに男性経験がないことを嘆いてしまう。すると彼が「それなら俺で試してみる？」と誘ってきた！　おまけに、そのまま彼と付き合うことになったけれど、この関係は、会社では絶対秘密だと口止めされて!?

B6判　定価：640円＋税　ISBN 978-4-434-23760-7